JULES BOISSIÈRE

FUMEURS D'OPIUM

VALD. RASMUSSEN
168 B° S' GERMAIN
PARIS

GEO. DORIVAL

Fumeurs d'Opium

PUBLIÉ
sous les auspices des Français d'Asie

Quatre-vingt-dix exemplaires numérotés
ont été tirés sur papier vergé de Hollande pour les souscripteurs.

Chacun de ces exemplaires
est signé par Madame Thérèse Boissière.

JULES BOISSIÈRE

Fumeurs d'Opium

Comédiens Ambulants

... Ici j'ouvris grande la porte :
— les Ténèbres, et rien de plus.
(E.-A. Poe. — *Le Corbeau.*)

VALD. RASMUSSEN
ÉDITEUR
168, BOULEVARD SAINT-GERMAIN
PARIS

A

MA CHÈRE FEMME

En souvenir d'années heureuses

J. B.

LETTRE-PRÉFACE

A

JEAN AJALBERT

Monsieur et cher ami,

Dans ce deuil terrible qui m'accable, je ne suis pas en mesure de remercier, comme j'aurais voulu, les Français d'Asie *qui ont désiré cette édition de* Fumeurs d'Opium. *C'est à leur demande, sur vos instances et celles de MM. Albert de Pouvourville, Albert Maybon, Pierre Mille que j'ai cédé, — quand vous avez bien voulu me promettre, vous même, votre affectueuse intervention pour la recherche de l'éditeur, la correction des épreuves, etc. Voulez-vous accepter encore de dire aux* Français d'Asie *combien j'ai été touchée de vos démarches, combien je vous suis reconnaissante à tous du souvenir fidèle et de l'admiration que vous gardez à la mémoire et à l'œuvre de mon mari...*

Térèse Boissière.

Novembre 1909.

Fumeurs d'Opium

DANS LA FORÊT

ous ne sortirons plus de la forêt ; — la sombre
forêt indéfinie qui s'étend du Delta tonkinois à
'immensurable et flottante frontière du Kouang-Si,
ous n'en sortirons plus jamais ; nous sommes marqués
our y mourir. Mourir, ce ne serait rien encore ; et
ongtemps j'ai vécu et bataillé sans y songer, car tou-
ours, avant cette heure, je fus, d'instinct comme de
aison, convaincu et satisfait de la nécessité du repos
éfinitif après la vie terrestre. Mais, depuis que j'ai
umé l'opium dans la forêt, je doute, et j'ai peur de
nourir, pour ce qui peut advenir ensuite. Je comprends
ant de choses dont je ne soupçonnais pas même l'exis-
nce, aux jours bénis de la certitude ignorante et de
a joie !

Je devine tant de volontés et tant d'intelligences
parses dans la matière brute et dans le vent de la
uit ! — Hélas ! ce n'est plus pour moi que les vieux
rbres sont muets et les minéraux inoffensifs. L'opium
'a rendu si clairvoyant ! — et parfois je m'en enor-

gueillis, parce que je suis plus savant qu'autrefois ; et
plus souvent j'en souffre, parce que j'ai perdu la quiétude de l'âme. Pour les Annamites, un Génie bienfaisant anime chacun des caractères de la sainte écriture
chinoise ; — pour moi, derrière tous les êtres que vous
jugez privés de conscience et de vie, un mauvais démon
s'est caché.

Maudit le jour où, après avoir vainement tenté la
fortune dans la vieille Europe, je vins ici, de Hong-
Kong, en aventurier joyeux et hardi, pour retrouver de
très antiques mines d'or, jadis exploitées par des vivants, *et peut-être aujourd'hui gardées par des
morts !*

Comment je suis entré dans la forêt mystérieuse,
d'où peut-être jamais nous ne sortirons ? — Écoutez :

Il y a six mois de cela, je me présentai chez le résident français de la province de Thaï-Nguyen, avec une
lettre du Gouverneur Général lui prescrivant de m'accueillir favorablement et de faciliter mon entreprise. Le
résident me choisit, dans sa milice, une escorte, com-
posée de quelques Annamites du Delta et d'un plus
grand nombre de *Thôs* montagnards, recrutés au nord
de la provin   , dans la région que j'allais parcourir ;
ces derniers, au besoin, me serviraient de guides ; ils
m'aideraient à entrer en relations avec les habitants à
demi sauvages de la montagne et de la forêt.

Ce fonctionnaire ne me cacha pas que j'entreprenais
une rude tâche, et que toutes les maladies me guette-
raient à chaque pas, pour me surprendre et m'abattre,

en cette contrée malsaine où les Annamites eux-mêmes, pourtant plus acclimatés que moi, mouraient en quelques mois de la dysenterie et de la fièvre. Bah ! dans la brousse de Bornéo, j'avais couru bien d'autres dangers ! J'étais jeune, alerte, d'esprit froid et positif, et je ne craignais rien au monde. Je remerciai le Résident pour ses renseignements comme pour l'escorte donnée ; et je me mis en route, accompagné d'un Européen — mon employé, — de trente miliciens et d'une vingtaine de coolies porteurs.

C'est dans la vallée du Song-Li, d'après une vieille carte annamite, que se trouvent les mines aujourd'hui abandonnées, pour lesquelles le gouvernement percevait jadis un impôt, payé en lacs d'or par des exploitants chinois. Mais la carte est si inexacte que, depuis six mois, je cherche en vain leur emplacement, à travers la forêt qui couvre la région maintenant déserte, autrefois riche et peuplée. Quatre postes militaires, — Cho-Ra, Cho-Chu, Cho-Moi et Lung-Son, — y sont disséminés, très loin l'un de l'autre, et sans communication possible pendant la saison des pluies. Aux portes de leur étroite enceinte se presse l'impénétrable forêt.

Les habitants de ces contrées sont de misérables *Thôs*, peut-être autochtones — quelques centaines d'âmes à peine — qui vivent dans la perpétuelle anxiété d'être recrutés comme coolies par les pirates ou par nos convois. Parfois, quand nos officiers en reconnaissance s'avisent de battre le pays en dehors des sentiers tracés et s'engagent sur quelque piste presque indistincte, un peu moins large qu'une foulée d'éléphants, il leur arrive de découvrir à l'improviste un groupe de cases de paille, soigneusement dissimulées au centre d un épais fourré, au sommet d'un mamelon entouré d'une brousse qui semblait inextricable, ou tout au fond d'une ravine, une fente à peine entre deux falaises. A quelques heures de là, on pourra trouver un étroit plateau débroussaillé, où les gens du hameau cultivent le riz et le maïs, dans les cendres d'un hectare de forêt incendiée.

L'eau potable sera plus loin encore. Les cases sont vides, à l'arrivée fortuite de nos officiers, car leurs habitants ont l'oreille fine et l'odorat subtil du chien et du sauvage. Ils ont éventé de loin l'étranger et pris la fuite, emportant la provision de riz, les volailles, les porcs, toutes leurs misérables richesses.

C'est fini ; ils ne reviendront plus ici ; ils chercheront ailleurs, toujours dans la forêt, un autre asile : là, pour quelque temps encore, ils resteront ignorés de tous, sauf du tigre vénéré — *monsieur le Tigre* — qui, malgré les prières, les sacrifices et la bonne odeur des papiers brûlés à son intention, vient dévorer leurs porcs et parfois, la nuit, pousse la porte de chaume, entre dans une case, et enlève à la force des dents un pauvre diable.

Et, malgré tout, ces gens ne descendent pas dans le Delta, riche et salubre ; ils ne quitteront pas leur monde sans air ni horizon, leur terre mortelle. Ils aiment passionnément la forêt qui a fait leur âme sombre, profonde et triste, à sa propre image.

Son indélébile influence subsiste même en ces miliciens, si soumis, si dévoués, dont une discipline quasi-militaire et le contact quotidien des Européens n'ont pas transformé les idées ni atténué les superstitions. Ils appartiennent à cette race des *Thôs à dents jaunes*, que

l'Annamite aux dents laquées de noir redoute comme
les pires sorciers, et dont il a fixé le type en ses classiques légendes. Pauvres êtres, doux, crédules et bons !
Grâce à leur connaissance intime du pays, presque
tous les soirs je trouve une case pour abriter ma tête,
et les habitants, qui ne s'enfuient plus à notre approche,
m'accueillent en camarade, — en « frère aîné », on dit
ici. Mais comme ils redeviennent défiants et craintifs,
ces miliciens et ces paysans, quand je les interroge sur
l'emplacement des mines anciennes !

Ils les croient gardées par de dangereux fantômes ;
ils se refusent à me renseigner, l'esprit hanté d'effroyables superstitions. Et le soir, autour du feu de
bois et de la marmite, ils se redisent à voix basse bien
des tristes légendes d'autrefois et parlent avec respect
des âmes qui errent dans la forêt environnante.

⁂

Oui, ces terreurs devaient naître en ce monde sans
air ni horizon, sur cette terre mortelle. Peut-être
qu'aussi, dans ce pays où règne, en souverain orgueilleux et absolu, le végétal ; — où l'homme est si
peu de chose, une exception à peine tolérée, et où il ne
peut rester qu'en consentant à mourir jeune, par la
meurtrière émanation du végétal, — peut-être qu'il
survit de ces influences mystérieuses, dont notre
moyen-âge sombre eut la pleine conscience, et que les
fantômes, dépossédés du monde habité, se sont retirés
ici pour y régner en despotes sur les âmes crépusculaires des pauvres gens.

Mais comment, peu à peu, cette pensée s'est-elle

glissée en moi, qui fus toujours si assuré dans mon matérialisme ? Ah ! c'est que j'ai fumé l'opium et j'ai senti s'épanouir en moi un sens qui me manquait autrefois ou, tout au moins, qui n'avait pu se développer quand je vivais dans la sceptique Europe. Et, à mesure que je devenais plus conscient du mystère épars dans tous les êtres et dans toutes les choses, par mon intelligence plus affinée et par mes sens plus subtils, pourquoi, au lieu de s'enorgueillir, mon âme s'est-elle assombrie, aux heures surtout où je me réveille, la tête lourde, au lendemain d'un jour où j'ai trop fumé ?

⁂

Avant d'entrer dans la forêt, jamais je n'avais fumé d'opium ; c'est le sieur Roux, mon employé, qui m'a révélé les rêves et la science enclos dans la bonne pipe. Il mourut l'autre semaine ; et par sa mort et par la pipe, j'ai appris que nous ne sortirons jamais de la forêt : nous sommes marqués pour y mourir.

Savez-vous ce que c'est que la fièvre ? — Dans le Delta et ailleurs, on connaît la fièvre des marais : parfois on en meurt, mais plus souvent on s'en guérit en « changeant d'air », par un simple voyage en France ou au Japon. Ici nous tremblons *la fièvre des bois*, que vos médecins d'Europe ne connaissent pas. La gueuse ! vous la buvez par les poumons et par la peau, le matin, quand vous marchez en forêt.

Elle se tapit, pour vous attendre, dans le sentier, sous les feuilles tombées qui se décomposent en tas et qui gardent sous leur amas, comme une précieuse réserve, — vous le sentirez en y plongeant la main, — l'humi-

vêtu en haut mandarin civil, se tenait debout, un immense sabre à la main, et l'on eût juré qu'il voulait couper une tête, à voir son geste, et les muscles de son visage contractés par l'effort. Le milicien frissonna, balbutia une oraison ; puis il me montra, posée auprès du Génie, une tablette laquée qui portait, en caractères chinois, un décret royal. Et je lus ces mots, après l'obligatoire énumération des titres et des vertus de Ba-Truc :

« Or, le dit Génie fonctionnaire fut délégué par le ciel pour préserver du contact des hommes les mines où mûrit l'or. *Car l'Empereur Céleste garde cet or pour la solde de ses miliciens.* Et Ba-Truc, puissant et sage, s'est acquitté de son mandat en tuant les profanes qui voulaient cueillir l'or réservé. C'est pourquoi, nous conformant à la volonté du ciel, et soucieux de préserver la vie des hommes justes qui pourraient désobéir par ignorance, nous voulons que nul ne s'approche, à moins de deux *lis*, des mines d'or. Respectez ceci. »

Je relus encore une fois le décret, édicté et signé par Lé-Thanh-Thong, — un de ces rois qui, pendant que leurs lieutenants héréditaires gouvernaient à Hanoï et à Hué, mélancoliques et délaissés dans leur sombre palais ne savaient s'occuper que des rites, rabâchaient de vieilles légendes moroses et balbutiaient des choses d'outre-tombe, pour épandre sur le peuple, comme une poudreuse toile d'araignée, l'immense tristesse de leur âme...

Et comme nous sortions de la pagode, le milicien me dit : « Il y a deux ans, Ba-Truc ne portait pas de sabre, mais il avançait les deux mains, et l'on eût dit qu'il voulait étrangler un homme. Car autrefois il étrangla de nuit, avec ses mains de bois, un notable de Ma-Thô. Mais, l'an dernier, le Génie décapita deux Chinois, venus du Kouang-Si pour chercher l'or, et depuis ce jour la statue est armée d'un sabre ».

Oui, je savais tout cela : nous en avons si souvent parlé dans la forêt.

Je retournai vers mon camarade et je me mis à fumer comme lui, pour dissiper les pensées crépusculaires. La soirée commença très gaie, à la lueur douce de la lampe à opium. Roux, après les premières pipes, semblait content et débarrassé pour un moment de ses idées noires. Mon *boy* chantait de joyeuses chansons annamites et les miliciens riaient aux éclats quand la chanson s'apitoyait ironiquement sur les chagrins de la belle Thi-Ba, qui voulait épouser un fils de roi et qui pour mari n'eut qu'un singe. Vers dix heures, le *boy* alla dormir dans son coin et les miliciens continuèrent la veillée autour du feu...

Lentement, lentement, comme une couleuvre, se glisse en nos âmes la tristesse et la poignante sensation de l'ombre immense qui nous entoure. Maintenant, les miliciens causent tout bas ; ils parlent, de quoi ? toujours des morts et des Génies. Roux ne dit plus un mot ; et je n'entends que l'agaçant chuchotement de ces hommes. Puis, ils se taisent tous, et il me semble que la Nuit vient d'entrer. Le vent bruit au loin dans les feuilles — c'est une large et profonde lamentation — et tout près, tout près, il susurre dans les chaumes du toit — c'est une plainte grêle et triste. En ma poitrine et ma tête monte une indéfinissable terreur. Par moments, dans une rafale qui ébranle la charpente de bambous, on dirait qu'une bande de spectres accourt en hurlant, pour un assaut, du plus noir de la forêt. Roux s'est endormi.

. . . .

Maintenant, il est minuit ; les miliciens se sont enroulés pour dormir dans leur demi-couverture de laine rouge ; mais, à la clarté du feu de bois, l'un d'eux veille encore, le sabre à la main ; et son corps tressaille d'épouvante, quand le vent souffle plus fort dans les arbres.

Enfin, je me suis endormi, moi aussi, sur le lit de camp où Roux reste immobile depuis deux heures.

. . . .

Une main m'a secoué pour m'éveiller, et j'ai vu devant moi dressée la forme longue et maigre de Roux. Les chiens du hameau hurlent à la mort, et ce lugubre aboiement monte dans la nuit déserte.

« Ne dors plus ; viens, viens ! —me dit à voix basse mon camarade. Il se passe des choses épouvantables, et, si nous restons ici un moment de plus, je crois notre dernière heure à tous arrivée. »

D'un sursaut je me relève : avant d'avoir compris, par machinale habitude, j'essaie de rassurer Roux épouvanté. Il a les yeux hagards du fumeur qui a trop fumé, brusquement éveillé au milieu de son lourd sommeil. — « Viens, viens, ne restons pas ici ! » Sans m'écouter, d'une voix brève et saccadée, il me répète dix fois les mêmes paroles. Et déjà j'ai peur comme lui. J'ai peur de m'attarder ici, mais j'ai peur plus encore d'aller à cette heure par la forêt mystérieuse et la nuit, loin de la lumière qui rassure. A grand peine, je prouve à mon camarade que nous ne pouvons partir avant le jour, par des sentiers inconnus, inondés et coupés de fondrières ; je l'oblige à se recoucher et à fumer deux ou trois pipes. Grâce à l'opium, il retrouve quelque intelligence et quelque courage ; enfin, répondant à mes questions pressantes, il parle ainsi, parfois secoué de subits tressaillements d'épouvante, — et moi, hélas ! je n'étais guère plus rassuré :

« Vois-tu, je dormais... Non, je n'avais pas trop fumé... Mais est-il bien vrai que je dormais, et bien vrai que j'ai rêvé ? Ah ! les choses horribles que j'ai vues sont trop présentes à ma mémoire, et de trop réelle apparence, pour que je puisse croire à une erreur, à un cauchemar né des songes. Je l'ai vu, le Génie, Ba-Truc, le persécuteur ; il m'a maudit et menacé de sa vengeance. »

Et les chiens aboyaient toujours dans la nuit.

« Je l'ai vu : en mon sommeil il m'est apparu. Je me suis réveillé, haletant, terrifié. Mais pour le défier, le gueux, je me suis levé ; j'ai pris une lampe et je suis allé dans la pagode, où jamais auparavant je n'étais entré. Et là j'ai reconnu le Génie, tel qu'il m'était apparu. Est-ce un mensonge, cela ? Mais hier tu vis la statue, menaçant de son sabre on ne savait qui. Tu l'as vue, n'est-ce pas ? tu l'as vu, le sabre ! Et cette nuit le sabre est, devant mes yeux, tombé sur le sol, — et le Génie a tendu vers moi ses mains, comme s'il voulait m'étrangler. Alors je me suis enfui vers la porte, et comme je franchissais le seuil, en entrant dans l'ombre extérieure, la statue s'est mise à rire et son ricanement m'a poursuivi jusqu'ici. Oh ! le rire de ses lèvres de bois !... Un malheur est sur nous ; j'ai peur ; — et jamais nous ne sortirons de la forêt ! »

Et moi aussi, je frissonnais d'épouvante, en écou‑
tant ces folles divagations d'un malade ; — mais au‑
jourd'hui, oserais-je dire qu'il était malade et fou, celui
qui parlait ainsi ?

Les miliciens réveillés l'écoutaient sans le com‑
prendre, et terrifiés par ses gestes saccadés et par les
intermittents éclats de sa voix, ils tremblaient dans
leur coin d'ombre et se serraient les uns contre les
autres, tels que des moutons effarés. Moi, je répondis
à Roux, pour me rassurer par le son de mes vaines
paroles :

« Demain, au matin, nous partirons. Mais cette nuit,
dors encore ; essaie d'oublier les songes et la colère
peut-être imaginaire des morts. Nous te veillerons, et
tu sais que les démons n'approchent jamais de ceux qui
veillent. A cette heure, nous ne devons pas errer dans
la forêt inconnue et sombre, où les mauvaises influences
de l'au-delà rôderaient autour de nous. »

Envahi par l'appréhension de l'ombre dense, sous
les arbres géants, Roux consentit à se recoucher pour
essayer de dormir. J'appelai un milicien qui, pour
veiller son sommeil, resta debout près du lit de camp,
et je me remis à fumer, — car, si j'avais eu le courage
de rassurer mon camarade, qui m'eût rassuré moi‑
même, qui, sinon le bienfaisant opium ? Oui, si l'opium
nous fait clairvoyants et nous révèle les mystères, en
récompense il arrive un moment où la sainte drogue,
en qui tout le bonheur est contenu, sait nous rendre
indifférents à tout ce qui peut nous faire du mal — que
ce mal vienne de la terre ou de l'enfer.

Et les chiens de Ma-Thé hurlaient dans la nuit.

Donc je me remis à fumer, négligeant pour la pre‑

mière fois de compter mes pipes, décidé à fumer jusqu'à l'anéantissement des sens et de la douloureuse pensée.

A la trentième pipe, je m'aperçus que ma main ne pouvait plus agir et que l'heure de l'absolue inertie était venue. Mais, horreur ! tandis que le tact, la vue et l'ouïe, exaspérés, percevaient mieux que jamais les êtres et les phénomènes du monde matériel, ce sens intérieur, qui se révèle en nous par l'effet de l'opium, pressentait l'environnante approche d'êtres intangibles, innommables, préparant l'assaut.

Le milicien de garde, effrayé par je ne sais quel bruit, se dirigea en tremblant vers la porte, que le vent — était-ce bien le vent ? — venait d'ouvrir, et, pour un instant, détourna ses regards de mon pauvre ami. Alors, — je ne sais comment exprimer et rendre concevable ce qui suit, ayant fermé les yeux, il me sembla qu'une grande ombre s'appesantissait sur nous, comme une toile d'araignée sur deux insectes. Et le souffle d'un être qu'on devinait immatériel, intelligent et hostile, passa sur le lit de camp. Tout mon poil se hérissa. Le milicien revenait vers nous, à pas lents ; mais, tout à coup, cet homme jeta un cri si terrifiant que, par un suprême effort de volonté, j'ouvris les yeux, je détournai la tête vers mon camarade.

Le milicien me désignait du doigt Roux toujours immobile et couché sur le dos ; et je vis la face convulsée de mon ami, ses yeux ternes démesurément ouverts, son cou noir comme si quelque main de fer ou de bois l'eût serré jusqu'à la mort ; et je *sentis* que la vie s'était pour jamais retirée de cette pauvre chair si longtemps animée par le seul opium. Une furieuse rafale emporta l'Ombre maudite qui pesait sur mon âme, et l'épouvantables clameurs de joie s'enfuirent avec elle dans la nuit.

Mais, malgré la terreur galvanisant mes muscles et mes os, je ne pus ni crier ni me lever. Puis, à ce moment, l'opium avait enfin dompté ma pensée, comme mes sens, — et, pour Dieu ! que m'importaient désormais la mort de mon ami, ses causes possibles et ses probable conséquences? Qui peut prouver, du reste, la réalité de tout cela?...

..... Le lendemain, j'ai fait enterrer le cadavre de Roux derrière la pagode de Ma-Thé, et j'ai tremblé, puis j'ai fumé pour chasser loin de moi la crainte et le deuil. Je suis consolé, je n'ai plus peur ; et pourtant la forêt impénétrable m'entoure et m'enlace, et je sais bien que plus jamais je n'en sortirai.

LA PRISE DE LANG-XI

Et la route commençait à lui
sembler longue, lorsqu'il arriva
enfin au septième ciel.

(Jules Tellier).

Le sergent Fanien, du 10ᵉ tirailleurs tonkinois, se
laissa mourir, le quinzième jour du mois d'août, en
ce maudit poste de Deo-Lang où *joyeux* du 30ᵉ bataillon
d'Afrique et tirailleurs indigènes souffraient et mouraient sans médecin. Ce ne fut pas long : à midi, il
mettait au net les écritures du sergent d'administration
— un camarade de *popotte*, — quand il jeta sa plume,
se tortilla, vomit du noir, et, en moins de quinze minutes, passa l'arme à gauche.

Le commandant du poste, un vieux lieutenant
d'Afrique, vint regarder curieusement le mort, lui tâta
les poignets et les ailes du nez toutes froides et me
dit à l'oreille : « Ça, c'est un cas de choléra foudroyant. »
Puis, à voix rude et haute, au sergent de piquet : « Il
est mort de la fièvre, un accès pernicieux. Tout de
même, faites enlever cet homme et qu'on l'enterre
sans retard. » Le sergent hasarda : « P't'être le choléra,
mon lieut'nant? » — Il en avait tant vu défiler, le ren-
gagé ! Mais le vieux dévisagea les maigres *joyeux*, qui

écoutaient avec de l'épouvante sur leurs faces hâves, terreuses, jaunes et vertes ; et il répondit au vieux briscard, en clignant de l'œil : « Non, un cas douteux, quelque accès de fièvre cholériforme. Rompez ! »

On l'emporta pour l'enterrer bien vite, le *cas douteux*, avant la décomposition imminente. Un sergent commanda le piquet d'honneur — quatre hommes en bourgeron, les moins malades du poste. Et le cadavre passa la porte, entre les palanques de l'enceinte, les pieds en avant, porté par des coolies en guenilles, roulé dans une natte trop courte, sous la demi-couverture régimentaire. On le déposa de l'autre coté du gué, où, après la prise de Deo-Lang, nous avons couché quinze soldats dont les récentes tombes, pas assez profondes, dégagent par ces journées humides une odeur de pourriture mêlée à l'odeur amère et salubre des herbes de la montagne.

Et le lieutenant me dit : « Encore un fumeur d'opium, ce Fanien. Vous l'avez vu, comme il était maigre. Les sacrés lascars ! comment voulez- vous qu'ils résistent à la maladie, avec leur sang appauvri et plus de muscles ? Tas de crétins ! — Allons, venez à l'apéritif. »

Et ce fut l'oraison funèbre du sieur Fanien, sergent au 10° tonkinois.

Je l'avais connu, cet homme : un pauvre diable de bachelier, un naïf qui se croyait malin pour avoir noté au jour le jour ses « impressions » de troupier et d'intoxiqué. Il m'avait, une semaine avant sa mort, apporté ses cahiers ; j'en extrais quelques lignes, griffonnées sur le lit de camp, à la clarté de la lampe à opium, aux heures où la lourde fumée rendait son esprit lucide et pacifiait son cœur :

*
**

. . . .

« C'est un triste poste que Deo-Lang ; mais, moi, je ne suis pas triste : j'ai l'opium.

» Un poste que dominent de blanches falaises, moutonnées d'une brousse sombre et frisée comme la tête d'un nègre. Deux cents indigènes, venus de partout et d'ailleurs, se sont groupés autour de l'enceinte : ils cultivent quelques rizières et possèdent douze buffles qui paissent sous la garde de nos hommes — car les yeux aigus des pirates nous surveillent, de l'impénétrable forêt environnante. Nous sommes perdus, plus isolés qu'un bateau en plein océan, au centre d'une immense région hostile où s'espacent quelques misérables villages. Mais l'opium peuple mes rêves de foules cosmopolites, en luxueux haillons de soies multicolores.

» La garnison — indigènes et *joyeux* — est répartie dans douze chaumières, des toitures et des cloisons de paille sur une ossature de bambous. Et, comme la construction du poste n'est pas terminée, la moitié des hommes dort, la nuit, en plein air et, à midi, sieste sous les lits occupés par les camarades. Il n'y a pas ici dix soldats valides. Les moins malades travaillent au fossé et au remblai, et beaucoup meurent de remuer cette terre malsaine. Les plus malades sont astreints aux corvées de quartier : maigres et jaunes, ou bouffis de male graisse et le teint cireux, ils traînent mélancoliquement, d'une main, leur balai sur le sable de la place d'armes. Et, parfois, on voit sortir d'une case, soutenu par un camarade et titubant, quelque être décharné, la barbe férocement hirsute et noire sur une face de cire, le corps perdu dans le pantalon et le biourgeron de coutil trop larges, les yeux ternes et déjà morts : c'est un dysentérique. Diarrhée, fièvre, dysenterie, moi je ne crains rien ; j'ai la panacée qui sent bon ;

» Hier, on portait un *joyeux* dans la « salle des morts » — un châlit de bambous sous une *paillotte*. Un agonisant — un qui s'accrochait à la vie, de ses ongles tordus, comme aux bords polis et glissants d'une margelle de puits — le regardait partir, avec des yeux attentifs et doux, un air très sage et très réfléchi. Celui-ci s'était juré de tenir jusqu'à l'arrivée du convoi, dont on profite tous les deux mois pour évacuer les mourants vers le Delta salubre où ils se remettent à vivre. Or, depuis trois jours, nous savons que le convoi ne montera pas, les chemins étant impraticables par cette saison d'orages. Le pauvre gars s'abandonne ; — et il a rejoint son camarade dans la salle des morts ; ils y ont passé côté à côté cette chaude nuit si belle où j'ai tant fumé.

» Après tout, Deo-Lang n'est pas un si mauvais poste ; l'opium n'y est pas cher, et pas plus impuissant qu'ailleurs à me donner l'absolu bonheur...

.·.

..» « Cinq heures après midi. J'étais en marche depuis le matin — le sergent-major m'ayant réveillé avant l'aube — et je n'avais pas fumé depuis la veille. Je m'étais mis en route avec vingt-cinq tirailleurs ; il s'agissait de montrer nos fusils dans deux ou trois villages

de la vallée du Song-Li, des villages de *Thôs* montagnards, souvent visités par les pirates. Un vieux mandarin militaire — un *quan-co* — m'accompagnait
comme guide. Tout le jour nous avions cheminé à travers la forêt vierge.

« Donc, depuis la veille au soir, je n'avais pas fumé.
A la halte, vers midi, j'avais essayé, avec l'aide de mon
boy, d'installer ma lampe en rase campagne, au revers d'un fossé. Mais il pleuvait et le vent du nord soufflait en bourrasque ; et mon brave Theu, plus intoxiqué
que moi-même, n'avait pu préparer une seule pipe ; et
il sacrait, le pauvre bougre ! De guerre las, nous avions
dû manger chacun une boule d'opium. Vous savez ? On
fait cuire à la lampe une goutte de la noire drogue, la
valeur d'une pipe, et on l'avale comme une pilule. Et
cela équivant à dix pipes fumées, ou peu s'en faut. Je
ne puis dire que je souffrais, puisque la morphine avait
mécaniquement produit son pacifiant effet, mais la bonne
fumée me manquait ; c'est pourquoi je me hâtais, pres-
sant mes hommes, vers Lang-Xi, le plus important
village de la région, où nous devions nous installer pour
la nuit et où, enfin, je fumerais. Ah, misère ! que la
route me semblait longue, par ces interminables sentiers — des foulées à peine — couverts d'une herbe
courte et drue où mon petit cheval ne perdait pas un
coup de dent !

» Vers six heures, mon sergent indigène me dit que
nous approchions de Lang-Xi. Nous traversions, sous
le ciel gris et noir, une plaine encerclée de montagnes
bleues. Ça et là, je remarquais quelques carrés de rizières, entre les vastes terrains vagues, hérissés de
brousse sombre où la brise froide sifflait. Avec l'es-

poir de bientôt atteindre le village, le besoin de l'opium s'exaspérait en moi, et je me rappelais en rageant ces bons jours où, dans notre poste fiévreux, on se hâtait de manger à cinq heures pour fumer après. Et je pensais avec délices que, avant un quart d'heure, je m'étendrais sur un lit de camp, sur une natte — propre ou sale, qu'importait ? — et la sacro-sainte veilleuse enfin allumée.

» Cependant la campagne restait déserte; pas un homme dans les rizières ni sur le sentier; et, aux abords d'un gros village, je sentais bien que cela ne nous présageait rien de bon. Par précaution, j'ordonnai la halte derrière une haie vive. La nuit tombait rapidement, sous un ciel d'orage, après le bref crépuscule des tropiques.

» Nous étions arrivés aux bords du Song-Li. Sur notre rive, en amont, apparaissaient les toits en chaume de Lang-Xi, et les murailles en briques d'une pagode, dans les masses feuillues de deux banyans. Autour du village on apercevait par endroits, à travers des bambous, le rempart en terre durcie. Tout semblait tranquille; du reste, incité par le besoin de fumer, j'allais sans autre examen commander « en avant, marche ! » quand deux de mes hommes m'amenèrent un indigène qui se disait envoyé par les notables de Lang-Xi.

» Je l'interrogeai; voici ce que je compris à sa réponse entrecoupée de prosternations multiples, à ses phrases ponctuées de « *Bom quan leun* (ah ! monsieur le grand mandarin !) » émises de cette voix lente, basse, hésitante et comme terrifiée, qui signifie le respect dû aux supérieurs en ces pays d'étiquette raffinée, mais qui m'horripilait, pendant ces éternelles minutes d'im-

patience : un chef pirate, le Dôc-To, était venu avec ses
hommes à Langi-Xi, pour y fêter l'anniversaire de son
ami Thanh-Hien, tué par nous l'année précédente, et
honoré au rang des Génies, en ce village d'où sa famille était originaire. On l'avait accueilli sans diffi·
cultés ; mais ses hommes, ivres d'eau-de-vie de riz,
avaient violenté des femmes ; les principaux du village
s'étant interposés, le vieux Dôc-To, qui ne semblait pas
de bonne humeur ce soir-là, avait fait décapiter deux
femmes et trois notables et incendier plusieurs cases. A
cette heure, Dôc-To dormait, ivre d'opium ; un seul
factionnaire gardait le village, et nous pouvions surprendre les pirates dispersés dans les cases et dé-
sarmés.

» Un piège peut-être ? Oui, sans doute : mais je ne
voulus pas y penser ; fumer, mon Dieu, fumer ! J'avais
si fort besoin de fumer ! — Je bâillais invinciblement,
un larmoiement piquait et rougissait mes paupières,
d'horribles crampes tordaient mon estomac, je tombais
en défaillance, et je fusse allé tout droit et sans escorte
au milieu des pirates, pour leur demander à genoux la
permission de fumer, quitte à me laisser empaler après
les premières pipes.

» Cependant un effroyable orage crevait sur nos têtes.
— Voyons, si le coolie disait vrai, pouvions-nous *caler*
devant quelques pirates et passer la nuit en plein air, en
ce pays presque inconnu, avec la chance pour nous
d'être tués le matin, quand on nous attaquerait, tous
harassés et mouillés ? — D'autre part, nous précipiter
à l'aveugle dans une embuscade, sur la foi d'un indigène suspect ? — Mon Dieu, fumer, fumer, tout le reste
est folie et vanité. Et le besoin de l'opium montait,

montait en moi. Las, surexcité, en proie à une indicible impatience nerveuse, j'aurais tout massacré, tout vendu, pour fumer enfin ma pipe, en paix. Pour m'arracher à ce malaise et retrouver toute ma lucidité d'esprit, si nécessaire à cette heure de doute et d'anxiété, il m'eût suffi de manger vite une ou deux boules d'opium ; mais alors je n'aurais pu fumer le soir, fumer à ma guise. J'aimais mieux souffrir en mon corps et mon âme, au hasard de sacrifier ma tête, mes hommes et les fusils, et me réserver pour le lit de camp, pour la douce fumée lointaine, que j'avais crue si proche tout à l'heure !

» Donc, je commande la marche en avant. Protégés par la nuit et l'orage, nous arrivons, sans encombre, au pied du rempart. Et de plus en plus je me disais que tant de tranquillité dissimulait sans doute quelque piège, que j'aurais dû réfléchir plus longtemps, à tête reposée, sur tout cela ; — mais je voulais fumer, je vous dis. A ce moment, l'orage s'enfuyant vers le sud, la pleine lune apparue entre deux nuages nous laissa voir le fac tionnaire assis sur le mur, son fusil entre les jambes. Lui nous aperçut en même temps et, jetant un grand cri, essaya de se relever : mon mandarin militaire l'étendit roide d'un coup de son immense coupe-coupe.

» Et je ne pensais qu'à l'opium.

» En moins d'une minute, nous avions escaladé le rempart et sauté dans le village, quand les pirates, rappelés par la clameur du factionnaire, s'élancèrent hors des paillottes. Je voyais passer des ombres, luire çà et là les lames des coupe-coupe ou les canons des fusils ; et j'avançais le premier, rageant, la tête perdue, avec, en mon cerveau défaillant, l'idée fixe que nous allions tous être tués *et que je n'aurais pas fumé au-*

paravant. Même je ne me rendais pas compte du dé-
sarroi de l'ennemi qui, surpris, n'essayait pas de résister et s'enfuyait par le rempart. J'entrai dans une
case, sur les talons d'un caporal indigène : — la lampe
à opium, je ne vis que la lampe, sur un lit de camp,
douce, pure, luisant clair comme une planète. Je
m'élançai vers elle, dans l'oubli complet des pirates et
de mes hommes ; mais le caporal courait en avant, et
dans la lueur blanche flambait l'éclair de sa baïonnette
croisée.

» Deux secondes à peine, il hésita : sur le lit était
couché un vieil Annamite à mince barbiche, en les
moires violettes de ses vêtements ; d'une main il soutenait la pipe à opium au-dessus de la lampe, et sa main
droite étendue nous commandait d'attendre. Puis il
laissa tomber la pipe, abaissa la main droite, et,
rejetant avec lenteur la lourde fumée amassée dans sa
poitrine, il resta immobile devant nous. Le caporal,
que le geste avait arrêté, comme par un effet magnétique, fit un pas en avant et enfonça la baïonnette dans
le corps du vieux ; l'homme n'essaya pas de résister, il
n'étendit même pas la main vers le revolver placé
auprès de lui sur le plateau incrusté de la fumerie ; il
se laissa tuer sans une plainte, et mourut avec un bienveillant sourire, comme dans l'extase, comme si nous
eussions été impuissants — et nous l'étions — à
troubler par la force sa surhumaine joie de thériaki. —
« Le Dôc-To ! » dit alors le caporal, en me désignant
orgueilleusement le cadavre.

» A ce moment, mon sergent indigène se trouva
près de moi ; vaguement, en rêve, je l'entendis me
raconter que tout était fini, qu'il ne restait plus un

ennemi dans le village. Je l'écoutais à peine, dans l'angoisse du besoin de fumer. Je lui ordonnai de tirer à bas du lit et de faire enlever le corps du bonhomme, et je m'étendis à la place du vieux pour fumer à mon tour ; je l'avais bien gagné. Et tandis que mon *boy* préparait la première pipe, je prescrivais au sergent, en bredouillant, de répartir les hommes dans les cases et d'assurer la garde du village. Il salua militairement, fit demi-tour par principes et sortit.

« Enfin, j'allais fumer ! — Sur le lit de camp, je ne pouvais rester en place, je me tournais et me retournais, tel un fiévreux dans l'épouvantable fatigue qui suit l'accès. Je me sentais las, cruel, incapable de donner un ordre clair et précis. Et comme goulûment je me jetai sur la première pipe préparée, qui ne calma pas ma souffrance ! Les notables accourus se prosternaient devant le lit de camp, comme devant l'autel du dieu Opium, où ils avaient déposé en offrande à mon intention un plateau d'œufs et de bananes. Ils me narraient les crimes des pirates ; j'essayais d'écouter et je ne pouvais comprendre ce qu'ils disaient. Je regardais fixement le maire, un grotesque à face d'ahuri, noir comme une taupe, avec un grand nez bêtement cassé, de grandes dents jaunes, et, au milieu de l'échine, une articulation qu'il développait en ses courbettes, pour ponctuer ses phrases admiratives à l'adresse du haut mandarin que j'étais.

« Il me parlait d'un pirate oublié par ses camarades ; et alors les notables poussèrent jusqu'au lit de camp le prisonnier, un spectre inerte, blême d'avoir trop fumé, mais par cela même indifférent aux brutalités de ces pauvres diables. O saint et divin opium ! — Puis, je ne vis plus le prisonnier : peut-être, aussi, que j'avais donné l'ordre de l'exécuter. Il ne m'en souvient plus, et que vous importe ?

» Après quatre ou cinq pipes fumées, je me sentis revenir à la santé ; je ne souffrais plus en mon corps ; et mon esprit, hors des brumes, me semblait luire, doux et clair, comme la lampe elle-même. Je me retrouvais actif, ardent et gai ; et mon mal se dissipait, avec la paresse, la cruauté, l'indifférence à tout ; j'avais vu tout cela remonter brusquement et disparaître dans l'inconnu, exactement à la manière d'un rideau qu'on lève au théâtre. Alors il me souvint de la faute commise — d'avoir confié à mon sergent indigène la surveillance des hommes et la sécurité du village. Bon Dieu ! à cette heure, mes gens étaient bien capables de faire regretter les pirates dans les cases des habitants !

» A cette idée, je sautai à bas du lit, et, prenant mon ceinturon et mon revolver, j'allai m'assurer de l'exécution des ordres donnés. Allons, mon sergent méritait force éloges ; les hommes répartis dans les cases, surveillaient leur riz en train de cuire dans les marmites de terre, et faisaient bon ménage avec l'habitant. Quatre factionnaires gardaient le rempart, se hélant de quart d'heure en quart d'heure. Je revins, tranquillisé, vers ma chaumière, par la longe place du marché, humant dans la brise les lourdes exhalaisons des mares où les gens de Lang-Xi cultivent leurs salades d'eau. Des coolies allaient enlever les cadavres des décapités. Et il me souvient d'une fillette de treize ans que je vis là couchée parmi les morts, étendue sur le ventre, avec ses pauvres mollets blêmis, laissés à nu par la blouse et le pantalon brutalement relevés, et ses bras en croix ; la tête tenait à peine au corps par un lambeau de peau sanglante.

» La place blanche s'étendait sous le ciel éclairci ; en un tableau très académiquement composé, les assassinés froidissaient sous la lune câline, dans le merveilleux cadre de cette nuit du Tonkin, claire à laisser voir le vert tendre des herbes. Un cochon, éventré d'un coup de baïonnette, courait en criant sur les fumants débris de quelques chaumières, d'où se dressaient les tiges noircies des bambous incendiés.

» Et tout cela sentait le marécage, la paille brûlée, le sang refroidi et l'opium.

» Rentré dans ma case et pacifié désormais, je regarde curieusement autour de moi : en un rouge cartouche planent cinq chauves-souris de bois doré, emblème des cinq Bonheurs ; elles entourent de leurs ailes griffues un caractère chinois qui signifie « bonheur suprême ». Sur les colonnes qui supportent le toit, on a collé de larges banderoles de papier où de sages calligraphes peignirent des sentences énonciatrices de vœux raisonnables ou de bons conseils. Un *con-hien*, oiseau parleur, à bec rose, à jaune huppe, lisse ses plumes noires et luisantes et bavarde dans sa cage ; et sur un autel, derrière les vases où brûlent des bâtonnets parfumés, s'élève l'effigie sculptée de ce Thanh-Hien dont on a fêté l'anniversaire : une statue de grandeur humaine, la face peinte, et de noires moustaches sur la lèvre ; nos tirailleurs qui, dans les pagodes, trouent au bas des reins, pour chercher de l'or, les trois Bouddhas et la déesse Kouan-An, s'écartent avec terreur de l'image du Génie, parce qu'il fut un chef redouté, parce qu'il a des raisons de nous être hostile, et les

Génies inférieurs sont moins cléments à l'impie que les dieux suprêmes plongés dans la définitive béatitude.

» Des coups de fusil éclatent au dehors : une alerte, sans doute une attaque des pirates, furieux d'avoir sans combat cédé la place et abandonné leur chef. Je saute hors de la maison ; je me sens lucide et gai, et je serais content de me battre, avec l'idée que nul de nous ne peut être tué. Merci, vénérable et sacro-saint Opium !

» Mais le *quan-co* accourt à ma rencontre : les pirates, nous voyant bien gardés, se sont retirés.

» Dans l'ombre d'une maison se meuvent une vingtaines de silhouettes indécises, et par éclairs luit la lame large et longue des coupe-coupe. Le *quan-co* s'est fait escorter des hommes du village, *Thôs* montagnards à faces de bandits ; tous ils ont les cheveux noués d'un crépon, en queue de cheval, flottant en arrière, le front découvert, la ceinture sur la blouse. Le mandarin, un bonhomme rabougri, sec comme une racine de buis, brandit un grand sabre à poignée d'ivoire et donne ses ordres pour la nuit. Son domestique élève brusquement une lanterne sourde à la hauteur de nos visages ; et je rentre dans ma case, gardant en mes prunelles les faces féroces, les blouses noires sabrées par des ceintures vertes, la lumière blanche sur les lames, la composition et l'éclairage à la Rembrandt de cette *Ronde de nuit.*

» A tour de bras, un vivant jacquemart sonne dix heures sur une cloche de fer ; les chiens du village jappent et piaillent férocement, et la lune, ivre d'opium sans doute, poursuit sa paisible ascension lente sur

les bruits, les incendies, les pauvres aventures de notre
terre.

» Et je fume, je fume, je fume. Et maintenant je vois
la vie en rose, une bienveillance universelle monte en
moi. Je pense au vieux chef tué, mort heureux sur ce
même lit de camp, — au vieux chef, mon semblable,
mon frère. Vrai, je voudrais le voir là, à mes côtés, et
partager avec lui la sainte drogue, mère du bonheur,
qui luit comme de l'ébène limpide dans l'étui en corne
de buffle. J'écoute avec bienveillance les plaintes interminables du *quan-co*. Il dit que les Français, qui
tiennent tant aux mandarins civils, ne font guère état
des militaires ; on les emploie à surveiller des coolies,
eux, les colonels et généraux de l'antique armée de
Minh-Mang et de Tu-Duc.

» Et le cœur serré, devant le vieux chef qui pleure
lugubrement l'irrémédiable défaite, je me prends à
souffrir de sa peine. Une mélancolie monte en moi,
comme devant toutes les grandes choses qui s'abolis-
sent, surtout quand on devine que les nouveaux-venus,
fils orgueilleux d'une autre race, n'essaieront pas
d'adoucir l'angoisse de l'heure suprême aux derniers
partisans de la Cause en train de mourir. Et je me sens,
en toute sincérité de cœur, le frère du vieil homme,
parce que j'ai beaucoup fumé et que, d'un regard attendri, je vois qu'il fume comme moi.

» Je fume encore, encore. Ma vaste bienveillance
s'élargit toujours ; mais avec elle voici que monte et
grandit l'indifférence et le dégoût d'agir. Un besoin me
vient d'absolue inertie, de rester en place, de ne pas
parler, et de laisser rouler les mondes, sans y toucher,
satisfait de les voir et de les comprendre, du haut de

mon intelligent et lucide anéantissement. Je ne rêve
pas, je ne suis pas ivre ; non, je pense, je vois, j'entends, *mieux que de mon vivant.* L'oiseau parleur bavarde en annamite, et sa voix grêle récite — mais qui
me l'a dit ? — les ironiques et triomphales litanies de
l'Opium. Les chauves-souris, les cinq Bonheurs volent
ensemble, pour un hommage, vers le caractère du
bonheur suprême : et ce caractère, — je le sais à cette
heure, — signifie : opium. Mais cela, c'est trop facile à
comprendre, n'est-ce pas ?

» Sur le socle du Génie je discerne, grain à grain,
la poussière ; je reconnais le cliquetis de chaque in-
secte, au loin dans la brousse ; et, s'il me plaisait, j'en-
tendrais aussi l'herbe pousser : la belle affaire ! Et ce
Génie qu'on nous disait si hostile, son sourire m'apparaît indulgent et doux ; il sait comme moi, n'est-il pas
vrai ? que nous sommes frères, car lui aussi, sans
doute, il fut un sage fumeur. Il est mort, pourtant !

» Il est mort... Oui, mourir... je sais ; il paraît qu'on
meurt... et d'aucuns disent *qu'on en meurt.* C'est toi
qui dis cela, mandarin ? et que j'ai trop fumé, et que
les pirates peuvent revenir en forces. Non ? non ?... Si,
tu l'as dit, menteur ! Et après ? qu'ils viennent donc, les
pirates ! Ce sont des frères, comme le Dôc-To, et
comme toi-même, mon vieux. Tu sais, ce soir je suis
bon, — pas ivre du tout, par exemple ! — j'aime tous
les hommes, tous les Génies, toutes les actions et toutes
les paroles. Et puis, ça m'est égal ; et quoique bon
diable, je ne me lèverais pas pour saluer le Bouddha
lui-même, s'il daignait venir. Qu'a-t-il de plus que moi,
en somme ? Il ne peut pas me faire de mal ; personne
ne peut me faire de mal ; — du reste, je m'en moque,

je suis heureux. Et si, ce soir, les ennemis entraient par la brèche, si je voyais, à deux pas de moi, un pirate levant son coupe-coupe pour m'assassiner, eh bien ! moi aussi, je tendrais le cou ; et, en mourant, j'aurais un bienveillant — et pas même dédaigneux — sourire pour mon assassin, comme ce vieux Dôc-To, — comme mon bon frère ! »

COMÉDIENS AMBULANTS

...Et Bonhomet les avait considérés longtemps
en silence, — leur souriant, même : n'était-ce
pas leur chant dont, en parfait dilettante, il
rêvait de se repaître bientôt les oreilles ?...

VILLIERS DE L'ISLE-ADAM

(*Le Tueur de Cygnes*).

ELLE ne meurt pas, la race des dieux. — Au crépuscule de notre monde ils surgissent encore, en de lumineuses effigies, pour reprendre parmi la foule transitoire les luttes de leurs impérissables passions. Seuls réels, ignorés — en essence — des vaines multitudes, sous les multiples déguisements des incarnations ils dressent face à face d'irréductibles volontés en qui se formule peut-être l'antinomie de Lois éternelles.

— I —

Sous la triste grisaille des nuées, les chétifs ambulants erraient en montagne, rudement cinglés par la bise de février, là-bas, aux solitudes de la frontière chinoise. Mâles et femelles, onze pauvres hères d'Annam — chanteurs, musiciens, bateleurs, transis pèlerins en quête du gîte aléatoire. Ils allaient, sans crainte aucune — car, si dénués d'argent ! — au long des rampes ronceuses, par les gorges taciturnes, à travers ces parages mal famés. Et le vent secouait leurs frissonnantes silhouettes, minuscules sur l'énorme croupe des monts.

Deux mômes dépenaillés halaient à bras la carriole aux accessoires — oripeaux rouillés, lattes dédorées, barbes de crin et mitres de carton. Légèrement, grimpait un déluré trio d'éphèbes, souples échines où ne pèse guère le gagne-pain des musicanti tonkinois — psaltérion à cordes métalliques, guitare au long manche, et la viole en bambou gaînée de serpent. Pour tromper l'ennui de la route, un rustaud de jongleur, en montant, égayait à bouffonnes imprécations les danseuses, trop bachelettes — laides peut-être, mais plaisantes et si mignardes ! des joues fraîches, des yeux limpides et cette câline accortise des filles annamites et des minots. Elles claquaient des dents, pauvrettes ! quand la bise aiguillonnait leur chair grelottante, à travers l'ample pantalon et le sarrau de mince cotonnade, sous le carré de crêpe orange qui voile leur jeune sein.

De gradin en gradin, à durs efforts on avance tout de même. Derrière les ambulants, sous leurs talons, le paysage plus vaste s'approfondit en abîme, des bois sombres franchis avant l'aube jusqu'aux flots éparpillés en archipel sur la houle grise. Entre les palétuviers des plages noyées et l'alpe 'massive, la mousson de nordest ayant balayé les brumes du golfe, la plaine inculte allonge jusqu'à l'horizon occidental ses brousses que marquètent de taches jaunes ou violacées, loin à loin, quelques vagues défrichements. — Mais de tout cela les errants n'ont cure, en leur pénible ascension vers les plateaux où déferlent, dans la poussée irrésistible du vent, les hautes lames des nuées. A longs intervalles, au penchant d'une terrasse déclive, en marge d'un ravin sans eau, des arbres fruitiers à l'abandon parmi la ronceraie envahissante, des regains vivaces — maïs, riz de coteau — pas encore mangés par la folle avoine et les épines, témoignent de vergers délaissés, de récentes cultures. Parfois, au passage de marais, une bécassine jaillie des roseaux raye d'angles aigus le ciel morne ; — aux silencieux abords d'un village en ruine, des perdrix rappellent plaintivement dans le chaume ; — puis on n'entendait plus que le vent colérique des hauts dans les herbes dures... — Et les ambulants, étrangers du plat pays, voués à ne prendre racine en aucun lieu de la terre, ne donnaient pas une pensée aux exilés des hameaux abolis. Leur âme puérile, dans l'unique inquiétude de l'étape, ne s'ouvrait point à la pénétrante mélancolie qu'exhale, comme un brouillard de ses palus, ce recoin du monde.

En arrière du groupe insoucieux, au tournant d'une combe, un dernier couple apparut : Vien, le chef des baladins et leur poète, — et Thi-Teu, la chanteuse, *belle, en ses vêtements de coton,* — disaient les lettrés, amis de la magnifiante hyperbole, — *comme jadis en robe d'or Trung Trac la Libératrice et comme la déesse Kouan-An elle-même.* — Mais quel injurieux destin l'avait jetée hors des secrets appartements, loin des Esprits familiers ! De refuge en refuge, quel caprice du Ciel ou quel forfait des hommes l'exila chez les vagabonds ? Dix mois déjà passés, ils l'avaient rencontrée un matin, au printemps de l'année Tân-Meo, à la saison

Canh-Minh ou de la Clarté-Pure. Dans une auberge des chemins, la vierge ayant requis de Vien un entretien particulier, leur ami, quand elle eut parlé, se prosterna. Elle le laissa faire, sans étonnement dans ses yeux d'immortelle ; — ces yeux ! non pas le calme miroir des prunelles indiennes, mais de pures étoiles vibrant, comme au fond de cieux lointains, sous leur paupière appesantie par le rêve. Vien était de ces heureux qui, par les mérites d'une âme ingénue et profonde, comme il en fleurit aux pages du Légendaire, gagnèrent de discerner toujours l'immuable réalité, sous la transitoire apparence des formes et des phénomènes ; — il fut de ceux-là qui, pour avoir médité le perpétuel miracle où baigne le monde, ne s'étonneront plus. Tandis que Thi-Teu parlait, le lettré, imprégné de la Sagesse chinoise, s'évoquait ces histoires, authentiquées par le témoignage des ancêtres, de bienveillants Génies qui daignent revivre entre les hommes à cette fin de rallumer ici-bas le culte des idées et la flamme de l'amour.

Et Vien entraîna doucement la jeune fille vers le groupe des baladins ; sans questions, ils l'accueillirent ainsi qu'une égale, dédiée par sa vocation aux plaisirs des riches. Dans leur âme sincère ces artisans se réjouirent, fiers de posséder, couronne de clarté au front de leur falot assemblage, la vierge en qui se réalise, selon les rigoureux canons de l'esthétique annamite, l'absolue beauté. Et bons artistes épris de leur compagne, troublés — tous, les femmes avec les hommes — depuis l'heure de sa venue, ils vénéraient, comme un dévot son fétiche, chaque attrait de ce doux visage — le front étroit et poli, la ligne pure des joues, — les

sourcils dont l'ellipse élégante s'infléchit et se relève
vers les tempes, pareille au vol d'une hirondelle — et
le col gracile — et, plus que tout, le sourire des dents
mignonnes, un éclat de jaïet entre les lèvres fardées par
le bétel de vif vermillon.

Leur compagne, ces fins observateurs que sont les
plébéiens d'Annam, la sentirent de supérieure origine.
Paysans libérés de la glèbe, au cours de leurs causeries
Thi-Teu devint la fille d'un puissant mandarin, évadée
de la capitale pour se garder fidèle au fiancé, quelque
étudiant obscur, peut-être un paysan comme eux, —
elle, la vierge de seize ans, *plus érudite que les bacheliers,* — chantaient-ils — *jolie comme la fleur du
pêcher, fraîche comme le bourgeon jaillissant de sa
gaîne.* — Les inflexions de sa voix doublaient d'un
sens profond chaque parole ; ses gestes rehaussaient
de dignité les actes vulgaires ; sa démarche cadencée
selon les rites, révélatrice des savantes éducations,
l'égalait aux plus nobles dames — princesse que dégui-
sent sans doute pour le caprice d'une heure ses vêtements de hasard. Ainsi s'avérait en cette enfant, avec
le droit divin des êtres qui sont beaux, l'inexprimable
prestige des aristocraties, qu'autour des patientes générations la destinée tissa fil à fil. Affable, sans orgueil,
telle ses compagnons l'éprouvèrent — indulgente et
fraternelle vraiment, aux mâles grossiers comme aux
femelles folles de leur corps ; ni la sottise des sots ni
l'effronterie des impudiques, et ces débauches d'occasion
— trop rares ! — où s'agriffe à la volée leur lubricité
rapace, rien jamais n'altéra sa douceur de vierge qui
sait compâtir à la misère des êtres avec le bon sourire
des Bouddhas guéris de la vie.

Seul, Vien avait deviné cette âme profonde et triste, dédaigneuse de l'or comme des luxures, hantée d'ambitions sans borne, d'irréalisables espoirs.

Ainsi les deux compagnons parlaient en marchant, sous le ciel gris, aux solitudes de la frontière.

La jeune fille disait : « Quel présage, ami, vous contriste — ou quel souvenir ? Vous me savez rebelle aux tentations, fidèle à vous suivre... Combien me requirent d'amour ! — La maîtresse des plus séduisants, l'épouse assise des plus sages, ne la serais-je pas, l'une ou l'autre, selon ma fantaisie ? Mais toujours j'ai préféré le riz rouge, avec la joie de chanter et la libre vie des baladins. »

Pour clamer l'appétit en éveil des mâles, sa voix, montant et descendant la gamme à six tons du parler d'Annam, vibra clair ; — puis, aux dernières paroles, elle fut toute douceur zézayante et caresse, avec ce nasillement très léger — le charme au Tonkin des voix féminines, — ces hésitations indiquées à peine, comme un recul de la pensée apeurée et qui s'entraverait d'une réticence perpétuelle.

— « Non, sœur ! vous n'aimez pas notre vie oscillante aux moindres caprices d'un mandarin ou d'un notable villageois. Hélas ! elle monte d'essor audessus des foules : elle se meut dans l'air supérieur et les gens admirent parfois l'audace de ses ailes. Libre et chantante, vous dites ? — Peut-être ; à la manière des cerfs-volants qu'on lance dans la mousson de suroît et qui, au gré du fil et du vent, montent, des-

cendent ou planent — et qui chantent aussi. Mais
ceux-là que notre art a charmés nous abominent ; avec
délices ils nous diffament. Si nous ne trouvâmes pas
trop souvent faces hostiles et portes closes, le privilège à vous seule en est dû, à l'influence tutélaire qui
de vous s'émane. Ainsi vous ne sauriez aimer notre
vie d'humiliés. Vous découragiez les désirs, et tant de
jeunes hommes, et tant de fiers docteurs : mais, beaux,
riches ou savants, vous les deviniez tous inférieurs à
votre rêve, tandis que s'exaltait votre espoir vers l'inconnu, — vers la Chimère toujours décevante ou dont
la rencontre fait mourir. »

Vien parlait en lentes périodes, sans les éclats de
voix indignes du Sage, sans la pantomime des bras et
des prunelles, coutumière aux gens d'Europe, attesta-
trice encore du Singe, l'aïeul où se réfèrent — dit-on —
ces gesticulants occidentaux, depuis dix-huit siècles à
peine émergés des primitives barbaries.

C'était un frêle personnage, sous la noire souquenille
des scribes, un quinquagénaire amaigri et vieilli par les
veilles méditatives — et par l'opium — plus que par les
fatigues de son métier ambulant. Ses cheveux blancs
débordaient en chignon, du crépon sombre qui enserre
correctement le large front crayonné de rides. La moustache et la barbiche clairsemées tombaient en pointes
parallèles sur sa poitrine.

La chanteuse aimait assez cet être falot qu'une bourrasque plus forte pourrait soulever du sol et souffler
d'une halenée jusqu'à la mer, là-bas. Un sage, le maigre
rêveur aux yeux sans ruse, qui pour elle élucida tant
de magiques arcanes, déchiffreur des signatures divines
inscrites dans tous les êtres. Enfant, il s'était initié chez

les bonzes à l'art de guérir par l'empirique emploi des racines, des feuilles et des fruits. A seize ans, instruit dans les livres de la Chine, il prescrivait avec discernement les moxas à la fleur d'absinthe ou les piqûres et dissertait d'après le *Y-Hoc* et le *Ban-Thao* (1) sur le sec et l'humide, sur l'équilibre des humeurs et du sang, sur les correspondances zodiacales du corps humain. Mais, bientôt dédaigneux de la science si vite acquise, il s'était mis, dans les grottes sacrées du Tân-Vien, à l'école d'un *Man à dents jaunes*; au cours d'une retraite décennale, après les mortifications rituelles, ayant commenté les manuscrits thibétains et reçu les traditions ésotériques, il connut les influences du soleil et de la lune ; pour prédire il lisait les lignes de la main et les traits du visage, il mettait en œuvre les racines de bambou, la patte du coq et les baguettes. Inspiré des cinq Dames qui président aux Éléments, puissant exorciste, il déterminait, d'après la position du Dragon Azuré et du Tigre Blanc, l'heureux emplacement des tombeaux, par qui deviennent les familles, riches, puissantes et lettrées ; — et il avait médité le triple symbole de l'emblème Am-Dzuong. Comme dans le poème du *Luc-Van-Tien*, il pouvait dire : *J'analysai l'élixir des philosophes : je possède les dix odeurs, les soixante-quatre sorts, les trois cents conjectures. Ma main me sert de calendrier ; je pénétrai l'essence du Ciel et de la Terre sacrée et le sens caché des mots.* Mais il pouvait chanter aussi, comme le pêcheur du poème : *le jour, je bois l'air libre ; la nuit, je*

---

(1) Livres chinois :*L'Étude de la Médecine* et la *Table des*

*m'éjouis à contempler la lune. Indépendant sur la
terre, heureux sous les étoiles, j'ai pour unique bien
ma barque de bambou tressé. C'est l'eau du ciel qui
me lave, c'est le vent du ciel qui me sèche, sur le fleuve
de Han-Giang.*

Sans l'avoir compris tout entier, Thi-Teu aima le frêle
levin en qui elle reconnut une âme indulgente toujours
et cordiale à la sienne ; aux heures d'ennui elle se ré-
fugiait auprès du « frère aîné » — cette appellation
charmante dont les Annamites se saluent !

Mais lui, à ses côtés, se désespérait. Dès la venue de
l'enfant royale, au premier jour, les désirs, les passions
— qu'un souffle enleva, qu'un vent rapporte — et la
fireur amoureuse de la jeunesse s'abattirent, vol
d'aigles affamés, sur le cœur longtemps désert, pour
s'y agripper du bec et des serres, pour le secouer rageusement, le déchiqueter, en éparpiller le sang en gouttelettes. Et Vien maudit sa décrépitude — triste présent,
certes ! à placer en ex-voto devant la plus fière des
vierges. Il se souvint alors de sa science trop dédaignée ;
il mit en œuvre les plus terribles secrets pour faire
fleurir au cœur de la bien-aimée un réciproque amour.
Mais il reconnut vite que le sentiment divin, par qui
les plus humbles s'égalent à l'Empereur du Ciel, échappe
à la prise des conjurations magiques et seul, ailé,
triomphal, plane au-dessus des sortilèges.

Enfin il sut par les horoscopes que jamais ne s'ou-
vrirait pour lui l'impériale fleur. Mais, au savant adepte
des doctrines ésotériques du Thibet, la vie terrestre
n'est qu'une passerelle offerte à la perpétuelle ascension des êtres. Vien alors s'attacha à la foi de vivre et
de mourir avec son amie, de la marquer d'un signe in-

délébile — ainsi marquent leur bétail les laboureurs —
pour la reconnaître outre-tombe, unir à jamais leurs
âmes dans une existence plus haute. Et pourtant il
souffrit encore, à pressentir qu'après les vains galants
et les étudiants farauds, elle trouverait un jour ici-bas
l'inconnu vers qui tendent les bras ses ambitions cachées,
— le rival prédestiné à conquérir son corps sur la terre,
et peut-être son âme dans l'au-delà. Mais si telle est la
fatalité, que l'ignorant et l'insensé se rebelle ; le sage
obéira, sans geindre à la manière des enfants.

La jeune fille, maintenant, monologuait à phrases
lentes :

— « Si les femmes me honnirent, les hommes m'ont
recherchée. Sur les places publiques où j'ai chanté,
les plus orgueilleux, prêts à tout quitter pour me suivre,
s'avouèrent d'un regard mes esclaves Mais les adolescents
m'aimaient sans oser le dire et, comme ils ne parlaient
pas, souvent j'entendis battre leur cœur dans le silence
de l'heure. Et souvent l'épouvante des mères, comme la
jalousie des épouses, nous exila des hameaux. Ainsi
nous sommes demeurés des parias, par la honte de ma
beauté. Combien peu clairvoyantes, pourtant, ces femelles ! Car je ne veux pas de leurs hommes ; — et
puis, aucun ne m'eût longtemps suivie ; désenchantés
de ce trouble qu'ils prirent pour de l'amour, effarouchés par mon rêve et brûlés pour m'avoir frôlée seulement, comme ils henniraient vers l'étable honnête où
leurs familles digèrent en paix ! Aux jeunes, je chantais :
*Ne vous savez-vous pas trop laids pour partager ma
natte ? Mais regardez-vous donc au miroir !* — Aux
lettrés, je disais la mélopée des aveugles mendiants :
Pauvre mari, l'étudiant ! Il a le dos très long des

paresseux ; il s'habille de neuf et peigne ses crins ; il laisse croître ses ongles, et ne se lève du repas que pour aller dormir. — Les puissants mandarins, les délicats poètes experts à charmer les femmes, sans choix, je les écartai. Et jamais — oh ! non ! — pour de tels séducteurs je ne délaisserai nos frères. »

Elle mêlait au simple annamite des expressions de la langue écrite, ainsi que s'y complaisent les lettrés par coquetterie un peu pédante. Et Vien à son tour parla, expert comme elle à fleurir de mots chinois l'idiome vulgaire :

— « Tu dis vrai ; aussi nous t'adorons, ô sœur en qui résident toute grâce et la majesté des Génies, — digne de siéger à la gauche de Ngoc-Hoang, l'immortel Empereur de Jade. Mais j'ai le juste effroi des espérances que, même à moi, tu prétends cacher. Tu le sais, rien ne m'est plus mystère, des minéraux que l'ignorant croit dénués de vie jusqu'aux âmes. Tu rêves le héros... »

Elle tressaillit ; mais Vien, dédaignant de prendre garde à son émoi :

— « ... Le héros encore innommé, celui qui peut-être, tu penses, n'existe pas. Or, écoute : tôt ou tard tu le rencontreras. Mais je redoute sa venue — pour toi, sœur, plus que pour moi-même. Car tu mourras à ses pieds, devant sa couche, sans avoir seulement ému son cœur indifférent et mélancolique, non plus que l'oiseau qui file en plein ciel ne trouble les eaux profondes du lac Nam-Li. »

Elle sourit doucement, une fleur sauvage aux lèvres ; puis, à mi-voix, elle fredonna le vieux refrain : *Seule la jolie femme est supérieure aux femmes, — seul le héros est supérieur aux autres hommes.*

Sur le plateau les baladins avaient fait halte — à l'entrée d'un pont couvert, jeté en travers d'une ravine, encadré de pins géants où dans les hautes branches la bise jamais n'interrompt sa monotone symphonie mineure. Des banquettes étaient dressées sous l'abri de la toiture angulaire.

Aux temps anciens, un lettré sage établit ce pont pour, aux lentes siestes d'été, y dormir dans la musique du vent et des feuilles, ou refléter en ses vers monosyllabiques la claire source du ravin, la frêle ramure des goyaviers et des myrtes, et les monts du Quang-Si, qui plus hauts que les nuées érigent leurs pics bleus et noirs, emplissant l'horizon, pareils à des sentinelles en faction aux frontières du monde. Pour le devin et pour la vierge, après les solennelles paroles échangées, une mélancolie montait du paysage désert, tandis que la bise emporte là-bas, vers les cimes lointaines, à l'inconnu, la bruissante ondulation des pins et le roucoulement des tourterelles.

Les enfants, insoucieux gamins trouvés ou vendus, se partagent, accroupis sur leurs talons, une boule de riz, gardée de la précédente étape. Les danseuses puériles jacassent avec le jongleur — museau de futé compère et de Calino, paysan naguère chassé de la rizière par ce vent d'aventure qui souffle au hasard sur les familles. Elles déroulent leur crinière pour la renouer en chignon. Les musiciens, d'un même geste, ont extrait de leur ceinture verte une pincée de tabac, et l'un après l'autre aspiré à la pipe commune une longue bouffée qui fait glouglouter l'eau dans le bambou ; ils parlent, maintenant, toujours, de l'art divin qui — affirme le Livre des Odes — *non seulement dompte les fauves, mais encore, parmi les fonctionnaires, sait instaurer la concorde.* — Un trio de purs artistes, bien appariés par la vie. Ils se rencontrèrent, échoués sans sous ni maille contre un trottoir de Hanoï. Frères d'instinct, réunis par le sort, s'étant confié le secret de leur passion, ils se jurèrent de vivre indépendants, pour la musique. Par quel moyen, cependant ? — Voler ? plût au ciel ! mais les occasions du vol vraiment rémunérateur ne s'offrent guère aux déguenillés. Ils s'embauchèrent comme *boys* chez des Européens qu'ils méprisaient de tout cœur, *car la musique n'est point faite pour l'oreille du buffle.* Après un an de sordides économies, leur solde accrue des mille grappillages qu'invente l'ingénieuse ténacité des subalternes, ils possédèrent trois cents piastres, le capital qui, fructifiant à cinquante pour cent aux mains d'un mercanti chinois, les libérera. — Bah ! bien annamites, aux fêtes du nouvel an, ils dissipèrent leur trésor en deux semaines, à mener vie joyeuse, à boire et bâfrer, surtout jouer, *avec beaucoup de méthode* — comme dit la chanson — *après le turban perdant la robe, et le pantalon après la ceinture,* — dans les hasards du *xoc-dia* et du *ba-quan.* Alors ces passionnés entrèrent dans la troupe de l'honnête Vien. Ils en partagèront la fortune bonne et mauvaise, n'exigeant pour salaire que les trois repas quotidiens, experts à se griser des sons quand manque l'alcool de riz, heureux — plus que S. M. Tu-Duc dans sa gloire — quand ils pouvaient, accroupis de longues heures sans fatigue, devant de fins amateurs ou mieux encore sans témoins, exécuter d'inédites variations sur les thèmes invariables de la musique chinoise. Puis ils dissertaient sur l'art divin ; ils possédaient la théorie des sons mâles et femelles, et doctement élucidaient la symbolique des cinq mélodies qui, dans l'universelle analogie, répondent aux cinq couleurs, aux cinq saveurs, aux cinq planètes, et que dans son plumage et sa voix, seul parmi les oiseaux, rassemble le fabuleux phénix.

Le devin et Thi-Teu se sont tus. Vien se remémore les légendes où les dames qui président aux éléments descendent du ciel pour s'unir en mariage à de beaux étudiants : comme Liêu-Hanh, la fille de Ngoc-Hoang, chassée des divins palais pour avoir brisé un vase de jade, l'amie ne va-t-elle pas disparaître, quand une musique annoncera le terme de l'exil ? Assise à son côté, la chanteuse médite les paroles du sage : mais — son sourire trop clairement l'exprime — du grave entretien elle veut retenir les seuls présages annonçant le héros né pour elle, l'élu des jours à venir.

Voici que le jongleur, qui marchait en avant de ses camarades, revint en courant, avec de grands gestes joyeux : « Un village ! un village ! » — criait-il. Tous se levèrent, en joie comme lui. Un village ! l'étape, la probable pâture, la natte où fumer et dormir à l'abri du vent et de la pluie, — le riz et le gîte, si rares sur cette route de Chine ; — et, qui sait ? peut-être aussi la fortune, dont ces aventuriers au vivace espoir, misérables entre les plus misérables, attendent toujours la rencontre au prochain tournant : éternelle féerie d'illusion, dont s'éblouissent les âmes bohémiennes ! — Oui, en avant, au pli d'une vallée, apparaissait un riche village ; parmi les champs de cannes et de patates, dans les

feuilles retombantes des bananiers, on distinguait déjà
les maisons couvertes, non de chaume, mais de luisante ardoise.

Le froid fut oublié ; les mômes se réattelèrent à la
carriole. Une roide côte descendue, maintenant on
longe des cultures — maïs, haricots, patates ; elles
s'étendent parmi la brousse sombre, taches claires toujours plus larges, finissant par se fondre en une bordure continue autour de la haie vive qui enceint le
village. Que rencontrera-t-on aujourd'hui ? des Annamites, ou des Célestes ? un mandarin bienveillant, ou
de brutaux notables, ou des pirates peut-être ? Il n'importe guère, du reste, aux ambulants experts à obtenir la pitance et la niche, même après les injures et les
bourrades, — gens connus pour inoffensifs, après
tout, et trop pauvres pour tenter la cupidité du plus
avide fonctionnaire, du pire bandit.

Arrivés à la haie de cactus et de ronces, ils s'arrêtèrent devant une de ces portes que la nuit on abaisse,
et qu'on relève de jour sur deux piquets. La porte était
close ; en ces parages, la défiance chronique paraît,
certes, justifiée. Ses mains en cornet, le jongleur hélait
déjà vers le village, quand une voix rude interpella
les pèlerins : « Où allez-vous comme cela ? que de-
mandez-vous ? » — Alors, levant la tête, ils aperçurent
derrière la haie un grêle mirador — quatre bambous
fichés en terre, supportant un plancher de bois qu'abrite
un toit de feuilles. De là-haut, un homme dévisageait
les meschins : un plébéien comme eux, vêtu de la blouse
et du pantalon passés au *cunao,* cette brune teinture
où crasses, sueurs ni poussières ne mordent ; un de ces
hommes que le conseil des notables assujettit à la corvée

des gardes nocturnes et qui, pour se tenir éveillés, de quart d'heure en quart d'heure entrechoquent à coups secs deux cliquettes, — le « sentinelle, prenez garde à vous ! » de ces contrées. Et on comprenait que la surveillance ne cessât pas durant le jour, aux régions mal famées de la frontière, dans ces villages toujours en alerte. Rien de suspect, en somme, à ces précautions inusitées dans le pacifique Delta. Aussi, sans appréhension, Vion répondit au questionneur :

— « Nous sommes, frère aîné, d'humbles artistes, qui gagnons la Chine à cette fin d'éjouir les honnêtes gens par les décents attraits de la comédie, et vivre, comme il convient, de nos talents. Qu'on nous laisse entrer et nous reposer à notre plaisir. Pour payer l'accueil, nous glorifierons en mètres élégants le Génie de ce village, et nous exalterons sur le théâtre les vertus de vos bacheliers. Fouillez notre bagage : vous n'y trouverez d'autres armes que les sabres de bois et les casques de carton. »

Le factionnaire, sautant à bas du mirador, souleva la porte :

— « Puisqu'il en est ainsi, entrez, frères aînés. » — Ironiquement il souriait : « Vous me paraissez gens paisibles; d'ailleurs, ceux de May-Xé ne redoutent personne. C'est temps de fête. Sans doute on vous accueillera comme d'aimables hôtes, si vous plaisez au chef. C'est qu'il est difficile à contenter un fin lettré, vous savez ? »

Ils se bousculaient dans le cadre de la porte, les ambulants, pour entrer plus vite ! ils reniflaient déjà la bonne odeur des frairies devinées, pauvres rats de campagne, affamés sans trêve, et toujours appâtés par

le fumet du lard. Mais, homme sage à qui l'expérience
apprit le danger des résolutions hâtives et l'art de passer à propos près de l'aubaine sans y mordre, Vien jugea prudent de se renseigner, avant que fût retombée
la grille de l'alléchante souricière :

— « Le chef, vous dites, frère aîné ? De qui parlez-
vous ? — Est-ce le chef du canton, ou quelque mandarin
de passage ? »

De nouveau l'homme sourit : « Comment peut-on
ignorer ces choses ? Et le grand chef Dôc-Liêt est-il si
peu connu ?... Oh ! — conclut-il, après un geste d'insouciance devant la reculade effarée des pèlerins — il
ne vous mangera pas, camarades. »

Le devin avait baissé les yeux, immobile, terrifié,
comme fasciné par l'apparition d'un tigre ou d'un mauvais serpent. Et lorsqu'avec effort ses lèvres s'ouvri-
rent, elles balbutièrent des syllabes entrecoupées. Il
ne trouvait plus les mots au service de sa pensée,
le lettré, le sage à la parole savante, captieuse et
nuancée :

— « Mais comment oserions-nous, chétifs, paraître
devant le noble chef ?... Non, nous préférons repartir...
Qui ne frémirait à l'idée d'approcher un si grand
homme ?... Merci, frère... Ne parlez pas de nous, nous
partons... ; — nous partons, — redisait-il tout tremblant ; — merci, merci... »

Vien, prodigue de saluts, s'était reculé de deux pas ;
et les tristes ambulants, le cœur gros, voyaient déjà
s'envoler le mirage des plantureuses ripailles, et le
remplacer un brumeux horizon de montagnes, les
âpres sentiers où vous talonne, dans le vent, sous la
pluie, une fringale sans espoir. Le « frère aîné » rail-

leusement les dévisageait ; du reste, il ne s'opposait point à la retraite effarouchée des misérables.

Alors Thi-Teu toucha du doigt l'épaule de Vien. La vierge en cet instant parut transfigurée ; ses yeux illuminés, ses joues fleuries de pourpre, ses frémissantes narines, tout en elle exprimait une intense joie et l'on ne saurait dire quelle prestigieuse audace. — De sa plus câline voix, elle parla :

— « Maître, je dois rester. Liêt n'est-il pas un sage, un pur lettré, digne de s'asseoir sur les lits les plus élevés à la cour, et même chez le Fils du Ciel ? Redoutable aux méchants, il daignera prendre en grâce les pauvres artistes.,. Allons vers lui ; je le veux. » — Elle avait accentué ces derniers mots d'un ton plus impérieux.

— « Mais... » — commença le devin. — « Je le veux ! » — redit-elle. Le grossier gardien ne souriait plus, dompté comme les autres par la radieuse enfant. Il se fit remplacer à son poste par un des hommes qui dormaient au corps de garde voisin ; et pour guider les pèlerins il marcha, précédant la jeune fille. Tous le suivirent par les étroits sentiers qui glissent, sinueux, comme des couleuvres de buisson. entre les verdoyantes haies d'où surgissent, pareils à des panaches, les bambous géants ondulant dans le large souffle d'hiver.

Dôc-Liêt ! — De cet étonnant adolescent la légende courait au pays d'Annam, et jusqu'en terre chinoise. On le disait promis à des triomphes, ce lettré fameux pour son audace et sa beauté comme pour sa science, proclamé Prince des Docteurs — au concours triennal, dans la Capitale — à l'âge où ses condisciples épelaient à peine le *Livre des Trois mille mots*. C'est à lui que les génies réservaient d'expulser du noble Royaume l'envahisseur. A douze ans, prodigieux enfant que le souverain voulut lui-même interroger, il reçut de S. M. Tu-Duc le titre de *Très Savant, Inébranlable Soutien de la Dynastie*. A l'heure de mourir, ce monarque, le dernier représentant vraiment national de la dynastie Nguyên — affirment les Annamites, — prédit à Liét ses gloires futures et en secret l'adopta pour son fils. Cloîtré dans le palais par la jalousie des hauts mandarins, de sa prison Liét vit passer sur le trône Duc-Duc, Hiep-Hoa, Kien-Phuoc, les éphémères successeurs de Tu-Duc, dérisoires fantômes de souverains qui une heure à peine revêtirent la robe jaune et détinrent le sceau d'argent donné par le Fils du Ciel à son vassal, le sceau symbolique où s'agenouille un dromadaire. — Cinq ans plus tard, après la fuite de Ham-Nghi qui, respectueux des intentions de Tu-Duc, désigna le jeune lettré pour son héritier, Liét lutta contre l'étranger aux côtés du dépossédé et de Thuyêt, le ministre de l'exil. Enfin il dut — Ham-Nghi capturé par les Français et transporté loin du sol natal — demander asile à la montagne, aux forêts de la frontière. Les patriotes — du dernier paysan au mandarin, Colonne d'Empire, — juraient qu'en silence il préparait la revanche et reviendrait un jour — bientôt — pour l'extermination des « diables d'Occident »; et, comme à l'Empereur de Jade quand, incarné sous l'image d'un enfant, il chassa les Chinois, il lui suffirait pour arme unique d'un bambou. Ce lettré de dix-huit ans hantait les âmes. Son nom resplendissait, auréolé de prestiges : des Génies, descendus pour visiter Dôc-Liêt dans sa maison, avaient, par respect refusé de s'asseoir, pour boire le thô, à la place d'honneur ; — aux monts du Quang-Si, des tigres blancs l'avaient nourri de manne céleste ; — souvent on vit des Dragons bleus, une énorme perle en leur gueule rose, qui veillaient au seuil de sa case ; — un matin d'imminent péril deux Licornes, l'enlevant à la barbe d'un sergent français, le portèrent sur l'autre rive d'un fleuve ; et les soldats indigènes refusèrent de tirer sur le bien-aimé du ciel ; sur le champ, ayant massacré l'Européen, ils désertèrent pour rejoindre Dôc-Liêt et compter de ce jour parmi ses fidèles. On le savait doux aux faibles, amène pour les enfants et les femmes, — frêle lui-même comme les femmes et les enfants ; modeste, ainsi qu'il sied, devant les lettrés et les vieillards, — lui, plus sage que les octogénaires et Prince des Docteurs ; implacable aux étrangers comme aux traîtres compatriotes : car, justifiant ses actes par l'exemple des sacrés ancêtres, c'est lui qui, pareil à à Truong-Phu, éventrait les envahisseurs avant d'accrocher aux branches des arbres leur corps pantelant ; et c'est lui qui, tel jadis Lê-Loï, épargnant la vie des Annamites, se contentait de les renvoyer, leur ayant tranché les poignets, afin que leurs mains criminelles ne déchirassent plus la patrie.

Même en ce pays d'éternel arbitraire, où d'instinct les pauvres diables tremblent toujours quand ils se sentent à la merci d'un puissant, — rien dans cette légende n'était pour effrayer les ambulants. Et maintenant, honteux un peu d'avoir hésité, fortifiés par le verbe impérieux de la jeune fille, joyeusement, ils suivaient leur guide, tous, le nez au vent, avec la traditionnelle insouciance des personnages de roman-comique, par les sinueux sentiers, sous les bambous qui ondulent au vent comme de frêles graminées de montagne. Çà et là, entre les racines colossales d'un figuier-banyan, s'abrite une minuscule chapelle votive où niche, dans les fleurs et les papiers dorés, la protectrice tablette de quelque Génie local. Parfois passe, courbé sous le fléau où deux corbeilles pendent, un villageois qui à tout hasard lève son conique chapeau de feuilles et pour faire place se rencoigne dans la haie.

Le devin se tourna vers Thi-Teu ; toujours cette audace dans les yeux ardents de la jeune fille, et cette attente du triomphe, qui la fait plus belle !

— « O mon maître, seriez-vous triste encore ! — A mi-voix elle lui chanta : *Les bambous s'agitent sous la brise, et votre cœur sous les pensées.* — Elle rit ensuite, coquetterie de souveraine qui d'un mot daigne consoler son esclave.

— « Triste ? » — répondit Vien. Il soupira : « Oui ; les astres nous prédirent malencontre. Et, sœur, plus que jamais m'épouvantent vos espérances insensées... »

— « Frère aîné, en vérité je ne devine guère le secret de vos perpétuelles terreurs. Parlez clairement ; et j'essaierai de vous rassurer... »

— « Parler ? je sais trop la vanité des paroles. Cependant, n'oubliez pas ; vous, dédaigneuse des hommes et qui sans pitié les écartiez, — enfant, vous ignorez combien profondes et tristes les âmes des héros, et plus dédaigneuses que vous-même, et plus dénuées de pitié... »

Il n'osa poursuivre, trop certain, hélas ! d'être deviné. — Car la vierge qui ne l'écoutait plus, pensive, se murmurait l'antique chanson : *Ne crois pas que tu ne comprennes point ; la rencontre que tu fais, en cinq cents ans — aucune femme ne fera la pareille.* — Et, pour la danseuse exaltée par des visions de gloire, les silhouettes des aréquiers et leur plumeau vert en panache évoquèrent de jeunes héros sveltes et rigides, tendant vers elle en signe d'hommage les palmes de la victoire...

— II —

A un détour du sentier, ils se trouvèrent au centre du village, sur la place du marché, en pleine rumeur de multitude affairée.

... Un rectangle que limitent de trois côtés des cases de torchis ; en bordure sur la quatrième face, la pente rapide d'un ruisseau qui écume à travers roches.

— Et dans ce cadre bruit la même foule qu'aux marchés du populeux Delta, la plèbe criarde aux piailleuses querelles vite enterrées sous de gros rires, la canaille ingénue et gouailleuse d'Annam, irascible puérilement, rancunière jamais. Des coolies, leur fardeau jeté bas, avalent une goulée de thé, bâfrent le riz à plein bol, hument à longues aspirations la fumée de la pipe à eau — un tronçon de bambou, muni d'un fourneau minuscule. Ils se hèlent à grands cris ; ils rient à large bouche, trépignant, se roulant pour un lazzi banal, éculé depuis mille ans, qui vaut toujours à les émerveiller. Car il suffit de peu pour débonder leur gaîté facile. Comme dans les riches villages du plat pays, çà et là un gras Céleste, face de lune, mine placide, fume sa pipette de cuivre en attendant la pratique, — sur le pas de sa porte décorée de papiers en longue bande où les écrivains publics peignirent de fastes sentences. Des Cantonaises parées de colliers et de bracelets, boucles aux oreilles, anneaux aux jarrets, passent, en leur dandinement de canard ; elles portent le large pantalon chinois et la courte blouse aux flottantes manches. — Mais, gens qu'on ne rencontrait guère aux marchés de Hung-Yên ou de Nam-Dinh, ici stationnent en groupes désœuvrés certains robustes malandrins, reconnaissables pour hommes de guerre à leurs cheveux serrés sur la nuque et qui tombent jusqu'aux reins en queue de cheval, à leur ceinture tordue par-dessus le sarrau, au fusil en bandoulière ; et plus encore à cette attitude résolue, cet air insolent du *partisan*, qui contrastent tant avec l'allure craintive, le museau foulnard des villageois. Et, tenez ! quatre de ces gens, accroupis sur une natte, en plein air, dévalisent au jeu « des trois sapèques » un paysan. Avec quelle mine méfiante, quelles lèvres pincées, quels roulements de prunelles, le bonhomme surveille les coups ! Il n'est pas de force, pauvre gars ! En dépit des véhémentes objurgations au « Génie du marché », il a perdu. Les monnaies ont déjà filé dans la gibecière des truculents gaillards ; et, comme il n'a plus une sapèque aux plis crasseux de son turban, on ne se gêne pas pour lui rire au nez.

— Des pourceaux à soies noires, de gloussantes gélines, errent en liberté, se vautrent et picorent dans la boue des flaques ; — des bambins se bousculent,

roulant tête-bêche parmi les porcs, effarant les poules ;
et c'est un grouillis de gros ventres, de culs nus, de
têtes rases. — Et sur tout cela plane dans le ciel gris,
avec un ronflement de bourdons et de toupies hollan-
daises, la vibrante musique des cerfs-volants.

Les pèlerins se faisaient petits en glissant parmi les
groupes ; ils franchirent, sur les talons du guide, à
un angle de la place, un ponceau — deux planches en
travers d'une fosse à purin. Devant une enceinte de
briques on s'arrêta, près d'un corps de garde. Ayant
frappé trois fois d'un maillet le tympan du tam-tam de
bois qui pend à son cadre rectangulaire, l'homme
quitta les ambulants pour courir aux ordres.

Ils n'attendirent guère, les nouveaux-venus, livrés
à la blague bon enfant des coolies et des soldats. Après
quelques minutes, le guide essoufflé vint annoncer que
le chef daignerait les recevoir. Ils traversèrent, le
cœur battant, des cours pavées, des hangars où, vautrés
sur les châlits de bambous, les hommes de service
fument l'opium ou sommeillent, devant les fusils en
faisceaux. En signe de respect, à la troisième porte les
pèlerins abandonnèrent leurs sandales... — Et Liét
apparut, assis sous une varangue, au seuil des appartements privés. C'était à l'entrée d'une maison érigée
sur le modèle de toutes les pagodes et les habitations
de hauts personnages officiels — avec les murs blanchis
à la chaux, les épaisses colonnes de charpente, — et
la toiture de tuiles dont le faîtage de briques vernissées
figure deux chimères affrontées qui supportent un
globe de faïence bleue. Liét attendait silencieux —
s'interdisant toute parole, tout geste, avant les salutations des visiteurs.

Les mâles de la troupe, sur un rang alignés, par quatre fois se prosternèrent et se relevèrent à temps égaux, exécutant avec une précision de soldats à la manœuvre cet exercice dont le rythme et les moindres détails, réglés par les rites, sont inculqués dès la prime enfance aux extrême-orientaux, dans la famille. Les femmes, en deuxième rangée, assises sur leurs jarrets en croix, quatre fois aussi inclinèrent leur front jusqu'à terre, les bras écartés du corps, les mains à plat sur le pavé. Seule la Thi-Teu, sa fleur aux dents, resta droite ; confiante au prestige de sa beauté, elle s'accoudait à l'écran de pierre — isolé au centre de la cour — où en bas-relief est sculpté le Tigre redoutable aux fantômes.

Sur le visage de Liêt, à peine un froncement de sourcils marqua de l'étonnement ou de la colère ; et le regard du chef alla chercher les yeux la chanteuse ; il n'y put démêler qu'une ironie ingénue, dans ces prunelles qu'elle voulait, pour le regard curieux, désertes de la pensée et du rêve, — un firmament sans étoiles. Et cependant, à cette même minute, son cœur battant à se briser, elle se connaissait déjà vaincue, l'insolente, asservie au souverain élu de sa chair et de son âme. Tel que l'évoquèrent les insomnies de la vierge, il surgissait enfin, l'Unique, avec la jeunesse immortelle et la beauté non périssable des héros. Dans le simple vêtement des lettrés, — la robe de soie moirée où deux dragons, front à front, soutiennent le caractère : Bonheur, — il se révélait aux hommes comme aux femmes, n'est-il pas vrai ? celui qu'on vénère aussitôt qu'on l'a rencontré, le prédestiné qu'il faut suivre et servir, car on n'éludera pas ses ordres sans crime, car le ciel parle évidemment par sa bouche adorable et les Bouddhas reflètent leurs vouloirs dans la glace de ses prunelles.

Et tandis que passionnément elle se chantait ces choses, la vierge ne laissait pas lire en ses yeux le vœu de l'âme et de la chair asservies ; elle le reculait derrière l'ombre et l'abîme, un érèbe d'indifférence. En cet instant, elle se fût agenouillée pour clamer les aveux de son amour et s'affirmer esclave à jamais du seigneur élu ; mais son impérieuse volonté la roidit dans l'insolente attitude ; sa fleur aux lèvres, de l'ironie naïve sous la paupière, vaguement Thi-Teu souriait ;

— et la vierge silencieuse laissait son rêve chanter tout bas des strophes toujours plus passionnées, de plus douces choses.

N'est-ce pas qu'on ne lui donnerait guère plus de seize ans, au chef si frêle? Fin et délicat suprêmement, son visage arbore le front poli des enfants, très blanc et très pur, qu'à lourds replis réguliers le turban encadre de sombre moire. Oh ! l'ingénuité des tranquilles prunelles? la mignardise de ces dents, claires à se mirer dans leur ébène ! et ce teint reposé de jeune fille ; et le bienveillant sourire, expert à fondre les cœurs en adoration, — le sourire, attrait suprême et mystère de ce visage joyeux et grave à la fois, selon que Confucius le prescrit !

— Thi-Teu le sentit affable et hautain, le svelte adolescent, né pour l'empire, et seul digne d'aimer comme d'être aimé, — et d'une douceur qui se révélera peut-être impitoyable. Et dans le cœur de la vierge passa le frisson des douleurs futures ; si jeune devant la vie, si neuve devant la passion, elle devina que l'amour, à qui aime, ne réserve que souffrances — plus tragique

parfois et plus douloureuses que les supplices énumé-
rés, pour la juste épouvante des méchants, dans le
code criminel de Gia-Long. Mais en même temps, dès
cette première rencontre, elle comprit aussi par divine
intuition l'amour seul désirable, — seul digne, en y jetant l'étincelle, d'animer la statue encore sans vie de son
âme ; elle connut qu'ici-bas, comme au ciel, nulle des
joies dont s'éprend la folie des hommes ne vaudra
jamais, pour tels êtres d'exceptions, pour les élus, les
pires angoisses, les suprêmes tortures de l'amour.

Sous le regard obstiné du jeune homme, Thi-Teu
n'avait pas rougi. Et quand de ce regard il eut vainement interrogé les yeux, où l'écran d'une mensongère
ironie voile encore le soleil déjà levé de la passion, il
abaissa lentement ses très longs cils de femme et se
récita la strophe antique : *Une jeune fille — visage
d'ivoire, prunelles de jade — s'accoude au mur du
pavillon, parmi les chrysanthèmes dorés.*

.... Cependant — car le rêve de la vierge avait
flotté, au large comme une jonque en pleine mer,
dans l'espace d'une minute, et le temps aussi n'est que
vanité — les ambulants, leurs mains jointes, complétaient les saluts rituels par quatre inclinations de la tête
et du buste, de moins en moins profondes ; puis ils
croisèrent les bras et se tinrent debout, attendant que
le maître les favorisât de sa parole.

S'adressant à Vien, il dit : « Bienvenus soyez-vous,
et vos amis, puisque l'hospitalité d'un proscrit ne vous
fait point peur. » — Qu'il vient de loin, le verbe voilé,
si lent et si las ! Certes, en cette voix très basse, et monotone, et sans timbre, se trahit l'élégante afféterie,
commune aux lettrés, qui ne veulent accentuer les

mots, accélérer les phrases à la mode du vulgaire bruyant, prodigue d'exclamations et de gestes. Peut-être encore y-démêlerait-on la calme confiance du chef qui ne daigne élever le ton pour des subalternes, assuré de leur attention pieuse. Mais, aux oreilles de la baladine, il semble — ce verbe voilé, si lent et si las, — l'écho d'une âme lointaine, au ciel des songes retirée ; cela descend de haut, d'un inaccessible empyrée, à travers la délicate floraison de ces lèvres : ainsi, par la bouche oraculaire des statues, un dieu parfois se manifeste et répond pour consoler nos détresses.

— « Bienvenus soyez-vous dans mon village, en ces jours de fête. De l'exil, le légitime empereur envoya le brevet de *Colonel, délégué pour pacifier les frontières du Nord*, à mon ami le Lanh-Bich, ici présent. Vous prendrez votre part de notre joie, s'il vous convient de contribuer aux communs plaisirs. »

En nommant le Lanh-Bich, Liêt avait désigné de la main un colosse à rude mine de bandolier — front déprimé, cou de taureau, tête carrée de Mogol. Ce geste autorisait les nouveaux-venus à saluer le lieutenant en présence du maître. Et tous, mâles et femelles, recommencèrent devant cet homme les salutations prescrites. Comme avant, Thi-Teu resta debout, sans même incliner en signe de vague hommage son front altier. Le grossier soldat — sa large face congestionnée par l'émotion, de la colère braisillant dans ses yeux étroits — ne daigna pas regarder les pauvres errants : très animé, bredouillant à l'oreille du chef ses indignations exaspérées, il pointait la menace de son doigt vers la jeune fille toujours impassible, et qui sourit. Ce qu'il disait, les misérables l'entendirent ou le devinèrent, tandis que, verts de peur, ils multipliaient les rapides génuflexions. Mais Dôc-Liêt posa doucement les ongles effilés de ses frêles mains sur le bras gesticulant du fidèle. Lettré qui fleurit ses lèvres de citations classiques, toujours trop brèves à son gré, et qui se plaît à rehausser la moindre action par les exemples de jadis remémorés à propos, — aux récriminations de Bich il laissa répondre les saintes Annales. en cette phrase cadencée lentement par sa voix basse :

— « *Or, à l'entrée du temple, Ly-Thanh-Thông aperçut une jeune fille qui se tenait droite, pareille à la tige du lys en fleur; indifférente, qui ne s'empressa point avec les autres autour du cortège impérial. Et le prince l'aima; et d'elle il fit son épouse.* — Le noble général exige-t-il que son ami châtie l'insolence, ou veut-il la châtier lui-même, ou s'égalera-t-il par sa clémence au plus sage empereur de la famille Ly ? »

Et ces paroles, d'une ironie à peine dissimulée, suffirent à consoler le glorieux colosse. A voir le chef hautain apaisant, d'un mot, le stupide soldat grisé par le vin de la plus grossière flatterie, on l'eût deviné maître en l'art de manier, à gestes doux et savants, le cœur des hommes, et si expert à faire prévaloir son désir léger sur les caractères les plus indisciplinés, sur les plus farouches volontés, aussitôt fondus en passionné servage !

Aux ambulants, Liêt dit alors : « Ainsi vous participerez à la joie des miens ; vous serez nos hôtes. Restez parmi nous aussi longtemps qu'il vous agréera. Vous égayerez mes amis par la musique et sur la scène évoquerez les héros d'autrefois, pareils à mon généreux Lanh-Bich. Aussi pourrai-je vous dire avec le poète :

— « *Tu me donnas des pêches ; accepte en échange, faible hommage de ma gratitude, ces pierres précieuses.* — Quels soins de l'hospitalité vaudront jamais à payer les trésors de l'art et des beaux talents ? Maintenant, allez en paix. » — Et Liêt, escorté de ses officiers, à pas égaux et lents gravement regagna les appartements secrets.

Les voyageurs suivirent un des serviteurs, qui les devait conduire à la maison commune, l'ordinaire logis des hôtes de passage, au pays d'Annam. Sur les lits de bois recouverts de nattes neuves, ils installèrent leur maigre bagage. Et tout joyeux de l'aventure, ils se vantaient les uns aux autres en paroles fiévreuses, en exclamations émerveillées, la grâce et la douceur du grand chef ; en secouant en plein air et lustrant de la main les oripeaux froissés, on répondait aux lazzi comme aux questions des villageois — les enfants surtout, et les femmes, — accourus déjà vers les baladins, l'éternelle attraction qui, sous tous les climats, ne lasse jamais la curiosité humaine. Puis, jusqu'au repas, ce fut une heure de reposante flânerie. Les danseuses et le jongleur tiraient une bouffée de la pipe à eau, chiquaient le bétel offert par les notables, et bavardaient avec leurs hôtes, — déjà familiers et confiants, les pauvres ambulants : — cette aimable facilité des mœurs annamites ! Les mélomanes, dans un coin à l'écart, essayaient sur les cordes frôlées d'inédites variations. Thi-Teu se taisait, pensive, à demi couchée sur une natte ; près de la jeune fille, Vien se tenait assis, triste plus que jamais, et n'osant parler le premier.

— « Eh bien, maître ! — dit-elle enfin — ils mentirent donc, vos pressentiments. Après une semaine, enrichis de quelque monnaie, nous repartirons. N'y voyez-vous point une aventure vraiment terrible ? » — Ainsi elle interrogea le maître, captieusement, avec une affection d'insouciance légère. Mais, déjà, elle se sentait bien engagée, cependant, dans une sombre aventure, moins simple qu'il ne semble à ces baladins ingénus ; le sang battait la charge, à rompre les artères et la cloison du cher petit cœur ému, tandis que, superstitieuse à cette heure, la vierge enfant, de sa feinte ironie, provoquait le sage à parler, — tandis que, livrée aux démons de l'angoisse, elle écoutait l'oracle de cette bouche qui ne proféra jamais erreur ou mensonge.

Vien s'étendit sur la natte et, fermant à demi les yeux, il répondit de sa voix la plus monotone, comme pour se réciter à lui seul un verset de Manh-Teu :

— « Les pressentiments parfois ont menti ; mais les horoscopes ne trompent guère. Pourquoi le ciel prendrait-il une joie cruelle à nous égarer, quand nous l'interrogeons avec respect, dans les rites prescrits et selon les règles qu'il nous a données ? Un sort mauvais plane sur nous, et nous guette une néfaste influence. Veuillent les Génies protecteurs que nous sortions d'ici tels que nous entrâmes, pauvres et contents. »

— « Que redoutez-vous encore ? » — interrompit la vierge irritée : « Donc, vous supposez que Doc-Liôt vexera de misérables ambulants, lui si bienveillant et si glorieux ? » — Et sa colère tombée, la chanteuse laissa ces mots s'envoler sur un sourire d'heureuse langueur : « Pareil au prince, dans le livre du *Chi-Kinh : Quel air imposant ! en son maintien combien de dignité ! et quelle splendeur de majesté dans sa démarche !* »

— « Enfant ! qui de nous connaît le cœur d'un si haut personnage ? Tout le monde croyait Doc-Liêt réfugié par delà la frontière, en Chine. Pour quel motif se cache-t-il ici, quel nouveau projet ? Sache que le contact des grands hommes, comme le feu, nous tue et nous consume, nous, les chétifs. Voici que Liêt, en veine de générosité, nous accueille pour ses hôtes ; mais dans une semaine, laissera-t-il partir ceux-là qu'un hasard initie au redoutable secret de sa présence en ce village ? nous laissera-t-on vivre seulement si, notre humble vie d'inoffensifs, on l'estime — qui sait ? — funeste à tels graves intérêts qu'un bavard, sans même s'en douter, pourra compromettre ?...

— « Oh ! — s'écria la passionnée chanteuse — Liêt ne devine-t-il point déjà notre adoration et que chacun de nous, avant de trahir l'élu, investi des mandats du ciel, subirait les tortures de la mort lente ? »

— « Sœur, vous dites bien... Pourtant je crains encore, pour d'autres motifs ; et vous les connaissez »...

Ses purs sourcils froncés par la colère, une inflexible décision dans la glace de ses prunelles, la fille dévisagea le vieux maître.

— « Sœur, ma sœur, plus que tout je crains le conflit de vos âmes. Vaincue par l'homme, oubliée »...

— « Tais-toi, frère aîné » ! — Furieusement sa fine main s'était crispée sur le poignet de Vien. Puis le front se déplissa, la main retomba, les lèvres contractées se fleurirent de sourire ; et, la soudaine vision des triomphes futurs ayant rasséréné la vierge, voici que, dans la froide nuit des prunelles, tel qu'un nouvel astre au ciel du monde, un orgueil cruel se leva.

Et le sage ne parla plus ; et la pensée que nul

ne prévaudra contre les destins pacifia sa belle âme.

— Depuis la minute où, devant les errants, de Liêt
le radieux visage apparut, le désespoir avait conquis le
triste mage ; il s'était installé en seigneur de droit divin
sur le trône du pauvre cœur ; et le pauvre cœur avait
reconnu en Liêt — adolescent aux rouges lèvres et
dont le visage a le pur éclat du diamant — le prépotent
rival, celui-là qui, avec la jeunesse et la beauté, plus
que personne possède, pour séduire ou dompter, la
science du verbe et la féerie des idées et peut épandre
aux pieds de l'Aimée les gemmes des mots, l'or de la
pensée, les joyaux sans cesse sertis à neuf des antiques
légendes et des sublimes projets. Et plus que tout cela :
armé de l'inexplicable attrait qui désigne aux hommes
l'homme né pour les commander, Liêt régnait par la
grâce de ce câlin — et pourtant si dédaigneux — sourire qui fond les vouloirs rebelles en adoration passionnée. — Mais, Vien le savait, jamais la royale enfant ne se ploierait à vivre en modeste épouse auprès
du héros attendu ; pour son triomphe unique, elle exigeait la domination absolue et qu'elle eût dompté,
douce vierge, le doux éphèbe dompteur des hommes.
Sa victoire, aux humbles ambulants accordera le repos
de la définitive étape, une existence tranquille et for-
tunée, — à Vien seul elle laissera le désespoir que la
pitié des dieux ne consolera point par le bienfait du
néant. La défaite — qu'annoncent les présages — ap-
portera la mort à tous, la mort sanglante, — la mort
bénie si le frêle songeur gardait l'espérance d'enlever
à travers les bleus éthers l'ombre aimée, libérée enfin
des passions terrestres, et de la consoler éternellement,
l'âme douloureuse, après la défaite, après les mas-

sacres, après la mort. Mais voici que l'adversaire s'est révélé plus redoutable qu'on ne le rêva, rival prépotent, aux serres d'aigle qui, s'il ne dédaigne la capture, peut-être ne lâcheront plus au lendemain de la mort l'ombre chère ; et s'il en est ainsi, dans la suite des siècles les lourdes chaînes du regret lieront pour jamais le triste sage à la terre ; serf du désir inassouvi, oublieux de la perfection à conquérir, impuissant à s'élever jusqu'à la gloire promise du néant, — à travers les vains avatars qui ne sauront lui donner l'Oubli, à jamais le vaincu tournera ses yeux pleins de larmes vers la douce Aimée qu'une âme aux serres d'aigle emporta, dans le passé des siècles, vers les bleus éthers...

Mais si telle est la destinée, à quoi servirait la révolte ? C'est pourquoi, quand la vierge, serrant d'une main furieuse le poignet frêle, eut ordonné : « Frère aîné, tais-toi ! » — le sage obéit ; et cette pensée, que nul ne prévaudra contre les destins, vacilla sa belle âme.

— III —

... Le même jour, à l'heure *Ngô*, au sortir d'un plantureux repas dans la maison commune ; un repas de riches où défile au complet la théorie des mets succulents : après les herbes bouillies, les grains de grenade et les vermicelles de riz, y figurèrent les poissons secs ou confits en saumure, et poulets frits et pigeons rôtis, hachis de porc et d'œufs en saucisse, filets de buffle sautés à la graisse ; et les viandes étaient coupées menu, en pe-

tits cubes, — pour être avalées sans que les dents y tou-
chent, selon le précepte des rites. Et pour les arroser,
on versa les alcools de poire, de prune et d'orange
mandarine, les capiteuses eaux-de-vie chinoises.

La bise hostile, qui là-haut pourchassait d'un furieux
aboi les errants et les mordait aux jambes, s'est ra-
doucie ; au creux du val hospitalier, elle n'a plus pour
eux, comme pour l'hôte de la maison un chien fidèle,
que des haleines cordiales, soufflées en plein visage, et
de chaudes caresses. Le soleil de clair argent descend
vers les cimes, nimbé de floconnantes mousselines qui
se parfilent en fumées légères librement envolées parmi
le pâle éther. Une de ces après-midi de l'hiver tonkinois,
tièdes comme un matin d'avril à la corniche de Provence,
moins lumineuses pourtant et qu'une atmosphère toujours humide, émoussant les dures arêtes et les couleurs éclatantes, enveloppe d'une grâce particulière, le
charme plus intime des lignes fondues et des nuances
atténuées en grisaille. Aux crêtes sauvages, le vent,
sonnant l'hallali, poursuit encore les brumes attardées,
les déchire aux pointes des ronces et rabâche dans le
bruissement des brousses ses désespérantes légendes ;
mais ici, sans force, à bout d'haleine, il s'apaise. Le
souffle alenti soulève à peine les lourdes feuilles des
bananiers, pareilles à des boucliers de jade vert, et fait
bruire doucement le plumet des aréquiers, autour de la
maison commune où les pauvres errants étirent sur les
nattes fraîches leurs membres si las, et pour se réchauffer lampent à tasses brûlantes le thé de Chine, le
thé « des Dix Mille Printemps »...

Un partisan vient annoncer que le maître exige —
pas d'excuses surtout, pas de retard ! — une repré-

sentation sans costumes de théâtre, ni fards aux joues,
— sur l'heure, dans les jardins.

Vien et la chanteuse, précédant de quelques minutes
leurs camarades, se rendirent à l'ordre, pour soumettre
au chef un programme improvisé. A la suite du soldat,
ils revirent les hangars et les cours franchis le matin ;
puis, lentement, avec respect, ils gagnèrent les privés
appartements par deux vastes salles, entre les hautes
colonnes de bois dur où s'appuient de colossales tra-
verses tordues et chantournées en Chimères. Au long
des cloisons, des coffres de fine vannerie alternent,
dans la première chambre, avec les tabourets rectilignes
— lourds, noirs et polis comme de l'ébène, — et les
éventails éployant en forme de lyre, au bout d'un
manche très long, leur tissu de blanches plumes ; au
milieu une massive table rectangulaire, entre deux
banquettes sculptées. Dans la salle suivante, sur
l'autel des ancêtres, entre deux lampadaires de
bronze, les tablettes familiales proclament par leurs
caractères d'or la gloire des antiques vers qui, des
bâtons d'encens monte sans trêve la fumée dont l'odeur
plaît aux ombres gardiennes. Contre la muraille, sous
l'abri des quatre parasols, insigne du pouvoir, des
chevalets supportent le palanquin — hamac de soie
tressée, bambou tigré que rehaussent de guivres
d'argent, tentures de cuir et de bleu crépon. Aux murs
lavés de chaux, aux fûts rigides de la charpente, sont
appliqués des panneaux en bois, incrustés de lettres de
nacre — souhaits de longévité, axiomes de morale.
Et, de tout côtés, une profusion de soieries brodées et
de pesantes orfèvreries, les brûle-parfums de cuivre,
les plateaux niellés et les gigantesques défenses d'élé-

phant ; et plus précieuse encore, sur son piédouche en
corail, une corne de rhinocéros ; tout cela, sans doute,
une part des trésors de Hué, donnés ou confiés par
l'empereur fugitif à son fidèle. De la double lucarne
grillagée, deux traînes de clarté pâle s'allongent dans
la pénombre où luisent, comme de félines prunelles,
les laques, les rares métaux, les moires fleuries de la
nacre. Et le sage Vien, au passage, frissonna devant
un bouddha tout doré, colosse au sourire affable,
ironique et implacable à la fois ; car voici que, dans
l'éclair d'un pressentiment, pour le devin l'idole indifférente symbolisa le chef au doux visage de femme,
l'adolescent qui gagne les cœurs, puis les déchire de
ses doigts fins et rejette leurs sanglantes loques.

Mais sur les impériaux trésors, pour les faire resplendir, une lumière glissa, qui ne venait pas des
rondes lucarnes, quand la baladine, pareille à la déesse
Kouan-An, parut parmi ces merveilles. Ils s'éclairaient
de sa présence, les souriants Génies, les ancêtres se
survivant dans l'immortalité des tablettes, les vœux et les
sentences gravés en nobles caractères. Tous, se réveillant,
semblaient dire : « Voici l'enfant que nous espérions,
seule digne de nous garder, et de vivre dans la pacifiante
atmosphère de gloire qu'autour de nous, tous, nous
épandons. Nous voici plus attrayants de sa beauté ;
plus riches, du luxe qui réside en elle ; plus profonds,
du mystère qui d'elle émane ; et, de même, en de subtiles analogies, le miracle de l'enfant royale s'alimente
et grandit, plus attrayant, plus profond et plus riche,
par notre mystère, notre luxe et notre beauté. »

Des serviteurs silencieux errent, nu-pieds, en robe
noire et large pantalon de soie neigeuse, et coiffés du

crépon violet : une recherche de propreté, bien extraordinaire en cet Annam où les domestiques des mandarins, — les porte-parasol du roi, même ! — sous le rouge terni de la blouse d'uniforme, dans leur. haillonneuse culotte, égalent par leur crasseuse incurie les puants mendigots. Sous la varangue qui borde le jardin, Liêt, étendu sur un large lit de camp, en feuilletant un livre, fume l'opium. Lui, dont les plaisirs réclament la solennité d'un rite, il a paré son svelte corps de la jaune tunique, brochée de dragons à quatre griffes, que l'empereur confère parfois, suprême honneur, à ses ministres, aux membres du Conseil Privé, Colonnes d'Empire. Des nattes de Hoai-Duc, doublées de soie, couvrent le lit sculpté que décorent aux quatre angles des appliques de métal ; et sur la fine sparterie versicolore la *fumerie* est sans honte étalée aux regards de tous : lampe d'argent ciselé, boîtes de laque dorée, massive pipe d'ivoire jauni par les fumées, ovale plateau de bois dur, fleuri de papillotantes nacres. A portée de la main, un gong de cuivre blanc, aux claires sonorités de clochette, est suspendu dans un cadre d'ébène. Et, parmi tant de délicatesses, pas un de ces vils bibelots d'importation française — boîtes à gants, flacons à l'effigie du Bon Patriote, boules de verre, — que collectionnent les plus intelligents des Annamites, pour enjoliver la fumerie et raffiner les voluptés de l'opium. En avant du lit, sur une table, le minuscule service à thé, la boîte à bétel, et la coupe de bronze niellé garnie de cigarettes roulées en très minces cornets ; — et des banquettes de marbre attendent les officiers de Dôc-Liêt, ses hôtes pour la soirée.

Et le goût affiné du maître se révèle encore en l'ar-

chitecture du jardin, dans le symétrique arrangement
des arbres nains, dessinant des hiéroglyphes chinois
avec leurs branches bizarrement tordues, — des cactus
jaillissant des vases vernissés ou sur les gradins d'arti-
ficielles rocailles. Un pont, à revêtement de bleues et
blanches faïences, s'incurve sur le bassin où des cyprins
frôlent paressement du frisson cuivré de leurs écailles
les feuilles polies et les globes fleuris des symboliques
nénuphars.

Entre les frêles touffes vertes et dorées des jeunes
bambous, ondulent les myrtes et les églantiers qu'un
souffle fait vibrer ; les « fleurs de la passion de
Bouddha » saluent de leurs rouges panaches l'ardent
épanouissement des grenades. Les oiseaux familiers
errent librement parmi les herbes : sur l'aile des
perruches se fondent en d'indécises nuances le soufre,
le bleu, le saumon, le rose tendre, les teintes les plus
douces ; — les poules sultanes se chamarrent de mor-
dorures sombres et violettes ; — et les faisans ar-
gentés, gravement, promènent, comme à la Cour, leur
habit noir sous le manteau de plumes neigeuses ; — et
voici les merles mandarins, bec et pattes de corail rose ;
et le *hoang-niao* au ventre jaune, aux ailes vertes, le
volucre légendaire des Odes Chinoises, *l'oiseau doré,
symbole de l'amour fidèle* — dit le *Chi-Kinh* — *et
qui jamais en volant ne s'éloigne de sa femelle.* Sur
les clairs bavardages d'oiseaux, sur le friselis des
jeunes herbes et de l'eau, sur l'ocre rouge du sol et
la fraîche palpitation des feuilles, la brise secoue
l'odeur légère qu'épandent les blancs pétales de l'aloès
tonkinois.

Ainsi l'adolescent voulut créer ce délicieux retrait à

l'image de ses rêves ; ou, sans même qu'il y pensât, ces merveilles se cristallisèrent en silence, selon ces rêves, sur un geste inconscient de son âme, et les salles luxueuses, comme le miracle des jardins, vivent par cette âme, immanente à leur beauté : car on ne sait quel vague attrait de mélancolie y flotte avec l'odeur légère des blancs pétales. Mais, quand la vierge parut dans le cadre de la porte, les herbes ondulèrent plus largement, comme acquiesçant à sa présence, et plus délicieusement les oiseaux chantèrent. Dans ce retrait à l'image du maître, imprégné de sa seule pensée, tout à coup, pour fêter l'advenue, une clarté plus douce enveloppa le jardin, baignant toutes choses de sa magie, auréolant leur adorable réalité d'une plus adorable illusion.

... Et ce coin du monde, — fleurs, bois précieux, rares orfèvreries, contournées comme les branches des arbres nains suivant les lignes élégantes d'une âme, — exprimaient bien, par de silencieuses correspondances, la délicatesse et le raffinement du chef ; mais le populaire ne les voyait pas, et la légende n'avait pas tout révélé du sublime enfant, du charmeur qui sait apprivoiser, comme une chienne, l'adoration des hommes et des femmes. Elle n'avait pas demandé pourquoi Dôc-Liêt vivait parmi les trésors qu'assembla son égoïsme de pur lettré, et sans femmes, — une anomalie très bizarre, en ce pays.

La vérité côtoyait la légende, sans s'y confondre. — Et seul le sage Vien, dès la première heure, sut voir, en sa réalité, le héros qu'ignorent ses plus fidèles séides, et mesurer d'un perspicace regard l'égoïsme impérial du jeune chef. Dôc-Liêt, en fuyant la capitale,

s'était juré de ne jamais servir les diables d'Occident, non plus que les rois fantômes, leurs esclaves.
Avant tous ses compatriotes, il comprit la folie de
lutter contre le nouveau pouvoir, et que le vieil Annam
venait de mourir, et que nul bouddha ne descendrait
pour ressusciter ce cadavre. Se soumettre aux vainqueurs? parader dans les palais, jouer au jeu innocent
des Rites, sous le contrôle des Occidentaux ? il n'y
pensa même pas. Quémander, aux côtés de Thuyêt,
l'injurieuse hospitalité des Chinois ? il n'eût jamais
ravalé son orgueil à d'aussi basses besognes. D'ailleurs,
s'il répugnait à coudoyer ces Européens à l'odeur de
cadavre, il n'aimait guère plus les Célestes, — si pro-
fondément annamite qu'au rebours des autres lettrés il
admira toujours les poésies populaires de son pays et
que, à l'exemple de l'empereur Ly-Thanh-Thông, il
interdisait à ses partisans les larges manches et
la tresse des Chinois, — un déguisement où parfois
vers la frontière se complaît la vanité tonkinoise.

En d'autres temps, Liêt eût réalisé de grandes
œuvres ; il n'était qu'un rebelle à cette époque où
*ceux qu'on vit hier sans culottes peuvent aujourd'hui
s'acheter des bottes,* — où, comme l'écrivait naguère
le général Thê, *on ne sait plus qui est rebelle et qui
ne l'est point.* Il s'était chanté l'Élégie de Confucius :
*Quand on méprise le phénix, et qu'on fait cas des
plus vils oiseaux de proie, pourquoi la pensée de ma
vieille patrie me hanterait-elle encore?... Le sage partout se trouve bien : la terre entière, il la possède.* —
Puisque l'heure ne sonnait pas des hautes aventures, Dôc-
Liêt en l'attendant se voulut, loin des barbares d'Occident,
une vie paresseuse de potentat régnant sur quelques

soldats et quelques villages, une vie de luxe, de puissance et de méditation, magnifiés par la magie de l'opium. Entouré de compagnons fidèles, patriotes convaincus de sa mission libératrice, il se réfugia aux montagnes inexplorées de la frontière ; il s'y cloîtra, adoré de partisans qui pirataient pour son compte et, largement payés par l'irrésistible sourire de ses yeux, entretenaient son bonheur égoïste et sa magnifique paresse ; — et royalement il méprisait ces subalternes qui, inébranlables dans la foi de vouer leur existence à la patrie malheureuse, en réalité se sacrifièrent tout entiers — proscrits, traqués, fusillés par les Occidentaux, voire décapités par le caprice du maître pour assurer à l'adolescent frêle, hautain et doux, dont parfois l'ennui se distrait à faire mourir, le loisir de fumer, d'évoquer en ses livres les sages mélancoliques d'autrefois, de cultiver dans la solitude les rares orchidées de ses rêves. A défaut d'autre indication, cette lampe à son côté, la fumerie qu'il ne daigne cacher à quiconque, prouve un hautain mépris du monde extérieur, en ce pays où les mandarins dissimulent avec tant de soin leur vice, où les plus avérés fumeurs avouent à peine qu'ils possèdent une pipe pour, à l'occasion, régaler des hôtes.

Dès qu'apparurent le devin et sa compagne, Liét, se soulevant sur le coude, les salua d'un geste gracieux : « Êtes-vous satisfaits de l'accueil ? — demanda-t-il. — Je vous réclame un peu vite ; mais les distractions nous manquent depuis tant de jours ! »

Vien, avec grands saluts et emphatiques attestations de gratitude, s'excusa sur le bref délai : la représentation, ainsi improvisée, sans costumes, paraîtrait bien insuffisante, sans doute indigne du haut mandarin, prince parmi les docteurs, et de ses valeureux lieutenants. Demain, on essaierait de satisfaire à leur attente, en dressant sur la scène les héros anciens dont la gloire reste en exemple et modèle aux plus glorieux contemporains. Aujourd'hui, on tentera de ne point trop ennuyer le maître et ses hôtes, par quelque chants, danses et jongleries, si le chef, dans sa bonté, condescend à tolérer la vue de visages sans fard, et pardonner, indulgent, au médiocre talent des artistes.

« Mais — interrompit Dôc-Liêt — la seule présence de l'incomparable Thi-Teu m'assure que vous plairez aux délicats ». — Cette galanterie, qu'il jetait, de son grand air détaché des choses, enveloppée d'un sourire, s'acheva dans un bâillement léger. Et, comme le devin répondait, avec son humilité de commande : « Nous osons espérer en votre bienveillance », — la vierge, irritée par la courtoise indifférence, par le banal compliment qu'ambitionneraient tant de femmes, se détourna, la lèvre plissée d'une moue dédaigneuse. Le prudent Vien alors intervint :

« Oui, maître, vous ne sauriez vous tromper ; et le talent, chez cette jeune fille, surpasse encore la beauté du visage. Elle connaît les plus jolis poèmes en langue vulgaire, et récite, sur le mode antique, les stances du *Y-Kinh*. Elle peut même, comme jadis la noble Cô-Teu, répondre en mètres parallèles au plus expert lettré, sur des rimes improvisées. »

— « Je veux donc qu'elle me donne la réplique ; » — et le chef érudit, qui se complaît aux citations opportunes, ajouta galamment : *Elle est pareille au gra-*

cieux aréquier, élancé sur sa tige. Qui ne se ferait avec joie, pour l'étreindre, flexible liane ? »

Boudeuse encore, elle dut regarder l'élégant adolescent. Il lui apparut plus beau qu'à leur première rencontre, avec sa royale mine et son radieux sourire. Elle s'était promis de résister encore, la vierge ; mais de son âme, vaincue par le mystérieux attrait de cet homme, la réponse aussitôt monta jusqu'à ses lèvres pour s'y épanouir en une strophe symétrique au verset que le chef avait improvisé : « *Il est semblable à l'odorant oranger, quand neigent les fleurs sur les branches. Qui ne se ferait avec bonheur, pour le respirer, oiseau captif ?* »

Elle parla, et les mots envolés de sa bouche furent le verbe même des multiples âmes éparses aux veines des pierres et sous l'écorce des arbres, orchestré et condensé dans la voluptueuse musique de sa voix.

Cependant le soleil venait de disparaître derrière les hautes roches, et déjà l'on entendait le bramement des cerfs dans la montagne. La brise, qui fraîchit rapidement, charriait une langueur de désir et roulait des caresses au pli de ses vagues molles. Les « oiseaux dorés », la poitrine gonflée, leurs plumes soulevées par la tiède haleine, se répondaient, ivres des fleurs et des feuilles, en passionnés duos d'amour. Et la vierge se sentait défaillir, tous ses orgueils éparpillés au vent d'une parole, fondus à la flamme d'un regard. Mais, évoquée à temps, implorée par un suprême appel de toute l'âme, pareil au dernier cri des noyés, sa volonté put maintenir l'enfant rigide et fière. Et pourtant, même avant la froideur des phrases courtoises, de l'éphèbe indifférent à la hautaine baladine, un lien que rien ne brisera plus s'était déjà tendu, joignant deux êtres qui

n'ont pas besoin des mots pour se parler, du geste pour
se comprendre. Sous le ciel à peine voilé de diaphanes
vapeurs, sur le paysage nuancé de gris blanc et de gris
bleu par l'enveloppement de l'humide atmosphère,
qu'ils semblèrent effrayants au triste Vien dans la gloire
de leur jeunesse et de leur beauté, les jeunes gens,
déjà semblables à des Génies, avant l'heure de l'enla-
cement qui les fera dieux !

Les pauvres ambulants se présentaient à leur tour ;
après les salutations rituelles, ils se rangèrent sur une
ligne, aux ordres.

Un serviteur, à coups pressés de maillet, frappait la
peau tendue d'un énorme tam-tam. Un à un arrivèrent
les officiers, vêtus de soie, tous arborant à leur poitrine, tels que d'authentiques mandarins, leurs grades
gravés et peints en caractères chinois sur une plaque
d'ivoire. Ils saluaient, joignant leurs mains — lourdes
pattes et phalanges carrées de soldats paumes sèches
et griffes immenses de scribes —· puis ils prenaient
place autour de la table. Derrière ces personnages se
tenaient leurs domestiques, porteurs de la pipe à eau,
de la boîte laquée qui contient, avec les chiques de bétel et d'arec, l'étui d'argent empli de chaux rosée, le
mouchoir, la montre, les cigarettes.

A distance respectueuse des privilégiés, la foule des
plébéiens — rudes mines de partisans, faces naïves de
villageois — formait le cercle, autour des baladins
assis sur les talons en leurs misérables tuniques aux
couleurs criardes.

Suivi des gamins, comme eux vêtu d'un maillot
rouge, le jongleur s'avança dans l'espace vide. Les
trois artistes se prosternèrent devant l'impassible rangée

des hôtes marquants ; et le spectacle commença. Ce furent alors de vulgaires exercices de voltige, où les souples mômes, se donnant la chasse, glissent entre les barreaux d'une échelle en verticale équilibre, sans l'appui des mains, sur les épaules de l'homme. Puis vint le tour des prestidigitations, ressassées depuis deux mille ans, toujours neuves : d'une motte de terreau, prise au sol du jardin, un minuscule pêcher en fleur jaillit pour la joie de six cents prunelles écarquillées. La foule puérile trépignait d'admiration, incapable de cacher, à la manière des lettrés, sous un masque d'indifférence, ses impressions. Les spectateurs se poussaient, se bousculaient pour mieux voir, jusqu'à toucher le lit de camp. A leurs exclamations, à l'ingénue licence de leurs rires, on devinait combien populaire le maître, aimé autant que redouté, si assuré de leurs respects qu'il ne daignait pas confier à de sévères étiquettes le soin de garder son prestige, et qu'il laissait bruire autour de sa natte la gaîté des subalternes.

Maintenant, le jongleur extrayait d'un chapeau du riz blanc et des arachides à pannerées, de roucoulantes tourterelles, ou proposait d'escamoter la tête de patauds villageois qui, pris de peur, se rencoignaient parmi leurs camarades, avec d'affreuses grimaces. Et de grands rires secouèrent le troupeau des spectateurs. Les officiers ne s'amusaient guère moins que la plèbe. Distraitement, Dôc-Liêt continuait à feuilleter son livre. A rares intervalles, seulement, levant le front, il tournait vers. le spectacle et vers les spectateurs le pur regard ingénu de ses calmes prunelles, un regard comme étonné de la bruyante hilarité, et qui naïvement en veut savoir la cause. Le chef ne cherchait même pas à céler son dé-

dain, qui se révèle à chaque instant en un bâillement
très léger, en un battement des cils très longs. Puis,
avec des gestes élégants et menus, des demi-sourires de
mélancolie, des coquetteries de vierge, le doux maître
reprenait sa lecture. Et à cette heure, dans les robustes
corps de soldats, derrière les faces brutales, plus d'une
âme, oublieuse des baladins, captivée par l'ineffable
attrait de la beauté et du dédain, rêvait passionnément
à des sacrifice inouïs, à d'héroïques morts, à d'effrénés
dévouements, avec la seule récompense de mourir pour
cette chair fragile, d'avoir servi les desseins ignorés de
cette pensée embrumée de mystère. Au pur lettré,
qui les devine, qu'importent ces adorations silencieuses? Il oublie les vivants, ces fantômes, pour les
paroles immortelles qu'aux grandes époques les sages
consignèrent aux pages de leurs écrits. Ces formes humaines, que meut une inculte cervelle, ces rudimen-
taires existences en qui se manifeste et fleurit l'imbé-
cillité universelle, n'existèrent jamais pour Dôc-Liêt.
Quelquefois cependant, quand sur les théâtres de la
Cour des artistes évoquaient les héros de jadis, il avait
daigné regarder et entendre ; mais, indifférent aux passions éloquentes, inaccessible à la terreur des impératrices comme à leurs amours, il se passionna pour les
mots lumineux et sonores ; nostalgique du passé, il
jouit à voir glisser en les décors d'empire et de massacre, les nobles corps, les fières attitudes, les éclatantes couleurs, et ces mélancoliques ombres, belles de
leur vanité même, ces fugitives apparences, aussi
réelles et vivantes, certes, qu'au temps où les animait
l'âme énergique des héros.

Le jongleur s'étant retiré à reculons, les danseuses

prirent sa place dans le cercle — et Thi-Teu s'avançait parmi ses compagnes, lys royal parmi d'agrestes liserons. Vien présenta, respectueux, à Dôc-Liêt, le tambourin que le plus qualifié des spectateurs frappe à fréquents intervalles — un coup, deux coups, trois coups — pour soutenir le chant, marquer la mesure, exprimer la satisfaction ou le mécontentement des connaisseurs. Mais le chef, distraitement, tendit le tambourin au colossal Bich, rouge d'émotion, un passionné de musique. Les trois mélomanes, accroupis, attaquèrent une rapide mélodie, sautillante, vivement rythmée. Les danseuses entouraient Thi-Teu, leurs seins durs palpitant sous le carré de soie orange ; presque jolies, d'une mignardise amusante, les pauvres filles, avec leurs frimousses naïves qu'a colorées l'ardeur de plaire et qui sourient, toutes roses, dans un cliquetis de colliers et de bracelets. Leur danse était de gracieuses poses — gestes lents, balancements et pirouettes ; les corps sveltes ondulent comme de grandes fleurs ; les doigts montent et descendent, en des passes conventionnelles qui symbolisent des désirs et des refus. Puis elles chantèrent ensemble, immobiles, érigées en cariatides, seule leur main droite agitant l'éventail, dans une cadence accordée au rythme des guitares, à la musique voilée maintenant, monotone, et qui rappelle le bruissement du vent dans les haies, avec des langueurs traînantes et des ressauts de brusque ironie — toute la poésie de l'âme annamite. Les trois danseuses s'assirent à terre et Thi-Teu, seule, chanta d'anciens couplets, selon la monotone mélodie ; à temps égaux, comme pour reprendre un refrain, lui répondaient ses compagnes. Alors le chef, fermant son livre, écouta,

émerveillé par la musique délicieuse de la voix. Dan-
sant une danse lente et chantant, la jeune fille à trois
reprises prit sur la table une tasse pleine de thé, qu'elle
tendit à Liêt. La tasse offerte, après trois versets, fut
chaque fois repoussée d'un geste qui écarte et dédaigne :
suivant les coutumes d'Annam, par de tels refus le
maître provoquait la chanteuse à déployer un art plus
savant encore, un plus beau talent, à se surpasser
pour la joie des hôtes ; ou peut-être n'y avait-il là
qu'une taquinerie de potentat qui s'ennuie. Atteinte
dans son orgueil de femme et d'artiste, et rouge de la
honte, comme après un affront, Thi-Teu se retirait, au
mépris des convenances, en reine insoucieuse de plaire
ou d'avoir déplu, quand elle surprit aux yeux du jeune
homme un regard chargé de désir. Oui, le hautain
adolescent ne voyait qu'elle ; pour la contempler il
avait oublié ses livres. Alors elle sourit, et resta silencieuse un moment, à jouer d'une main distraite avec
les perles de son collier, guettant entre ses cils mi-clos
l'œil inassouvi qui la convoite, et consciente d'exaspérer l'attente et l'amour par le silence calculé. Et brusquement, sur un signe d'elle, le chœur des comparses
se tut ; et seule, à peine soutenue par la mélodie toujours plur lente et plus voilée, la vierge improvisa un
hymne au los du héros. La volonté du triomphe divini-
sait son visage. En mètres souples, martiaux et clairs
comme l'acier, sonores comme le bronze des gongs de
guerre, elle prophétisa la lutte et la victoire ; les
strophes, vibrantes et pressées comme un essaim
d'abeilles, nimbèrent d'une auréole dorée l'adolescent
promis à l'apothéose. Puis, la voix amoureusement rou-
coulante, avec des inflexions câlines, des modulations

tournoyantes et fuyantes ainsi que la fumée d'opium,
disait les futures voluptés, en le mystère des palais
impériaux, parmi les trophées de la délivrance. Ce fut
si beau que les plus grossiers de ces hommes, le cœur
délicieusement étreint, connurent un court moment la
rêverie où se réfugie hors du monde l'âme des poètes
et des rois blasés ; et, dans le silence qu'approfondit le
frisson léger des feuilles, Dôc-Liêt tendit la main vers
la tasse encore offerte. Alors, anhélante d'orgueilleuse
joie, ses lourdes paupières chastement abaissées, la
vierge se rassit entre ses sœurs.

Le chef souriait avec une indulgente ironie ; pro-
fondément il avait joui de l'art divin, de la voix ensorceleuse et de l'adorable chair — ombre mélancolique, belle de sa vanité même.

Thi-Teu se releva bientôt, pour improviser un de
ces chants en langue annamite qu'au rebours de Dôc-
Liet les mandarins affectent de mépriser au profit de la
littérature chinoise — tels les lettrés d'Europe, jadis,
sacrifiaient les dialectes vulgaires au vénérable latin,
— un de ces chants où des femmes hautaines, et magnifiques étrangement, agacent de leur coquetterie savante l'indifférence des jeunes héros. Les yeux fermés
à demi, les bras pendants, elle commença, — en accord
avec le balbutiement d'une guitare, sur le rythme
classique des déclamations : *Vous êtes l'or éclatant,
je suis le bronze noir ; — vous, la blanche fleur par-
fumée du carambolier, — moi, le lotus du lac Tay-
Hô ; — nos mérites, sans se ressembler, s'égalent. —*
Puis, audacieuse, elle déclama — et son doigt désignait
tour à tour la pipe, la lampe, l'aiguille :

« *A celui qui fume, j'apporte la vérité : le fourneau*

de sa pipe, j'y vois un trou minuscule ; — c'est par là que passent, ave: la vapeur envolés, la maison, le jardin, les biens et la gloire. Même le plus sage docteur, s'il fume l'opium, oubliera les caractères, et jusqu'à l'usage du pinceau ; — même le plus vaillant général, s'il fume, oubliera la guerre, et jusqu'à l'usage du sabre ; — même le plus entreprenant des bonzes, quand il fume, oubliera sa galante audace, et ne saura plus à quoi servent les jolies femmes. »

Les spectateurs n'osèrent applaudir, ni sourire. Seul, le Lanh-Bich, après un long intervalle de temps, quand son épaisse cervelle eût compris, se renversa sur le dossier de la banquette, dans un tonitruant éclat d'hilarité. Dôc-Liêt loua fort le chant et la chanteuse ; et, toujours couché, à son tour, il déclama, sur le même rythme. Epris d'art et de lettres — comme le jeune Néron se passionnait pour les vers et la course des chars — ainsi ces lettrés d'Annam daignaient participer quelquefois, même devant la multitude subalterne, aux subtils tournois du mètre et de la pensée ;

« A qui méconnaît les dons du ciel, j'apporte la vérité : qu'une femme épouse un fumeur, c'est comme si elle se donnait à un Génie. Le moustiquaire écarté, d'abord elle voit la lampe, claire comme une étoile, et près de la lampe un homme étendu, dans la majestueuse at.'tude de Confucius, avec un livre. La main manie l'aiguille, comme Triêu-Teu, jadis, son sabre victorieux ; — le couteau qui sert à rdcler les résidus ressemble au pinceau de Trdn Huyên, qui trouait la pierre ; et la pipe est inflexible, comme le désir d'un bonze galant. »

Dans le murmure admiratif où bruissait l'adulation

de la foule, on entendit la chanteuse dire à mi-voix :
« L'humble poétesse ne peut s'égaler au prince des docteurs. » — Liêt avidement la regardait, la hautaine indifférence du seigneur des corps et des âmes troublée un
moment pour avoir respiré le parfum de la fleur unique.
Ses éclatantes prunelles exprimaient tant d'admiration
que la chanteuse y lut aussi de l'amour...

Cependant la nuit rapide descend ; la lune s'est épanouie au plus haut du ciel ; on allume parmi les ramures des lanternes de papier colorié ; par intervalles
retentit au lointain le monotone appel des veilleurs,
sous le couchant vert et de roses. A cette heure crépusculaire où les désirs de caresses — plus languis-
sants qu'aux torrides midis, plus furieux que sous les
fraîches étoiles, — hantent la chair des jeunes hommes,
— le cœur désert de passions, desséché par la domination, par le mépris des foules, par le culte des
phrases et des idées, le cœur blasé du maître peut-être
s'épanouit avec les fleurs du baiser allenti des brises
et s'emplit, comme d'une rosée, de l'amour.

Vien, pour finir, devait dire au chef et à ses hôtes
la bonne aventure. Liêt tendit sa main gauche ; grave,
le devin la saisit, la tint un moment ouverte sous son
regard attentif, tandis que son doigt suivait en leurs complexes détours les lignes entrecroisées. Puis, il prédit
une vie illustre, le retour dans la capitale à côté de
l'empereur restauré, la honte des diables d'Occident.
Dôc-Liêt, indifférent avec une mine vaguement en-
nuyée, retira sa main : « A notre belle amie, maître ! »
— et il désignait la chanteuse. Impassible toujours,
Vien obéit ! — la vierge assurée que son ami ne menti-
rait point, même pour écarter un péril de mort — atten-

dait, fière et tranquillo, sa part des glorieux présages.
Mais le devin resta silencieux ; et, serrant le mince poignet de la jeune fille, ses doigts tremblèrent : « Ne
voyez-vous rien ? » — murmura l'impatiente. En soupi-
rant, il laissa retomber la petite main : « Rien, — répon-
dit-il ; — parfois les Génies, pour égarer notre curiosité, brouillent les lignes révélatrices. » Ainsi — pensait
Thi-Teu, — ayant lu dans la main les futurs triomphes,
il se taisait, par dépit sans doute et par male rage, non
point par crainte certes, le devin qu'aucune force
humaine n'empêcha jamais de parler. Et le chef subtil
devina les pensées des deux amis : cet homme opposait un refus au vouloir exprimé du seigneur des corps
et des âmes ? et cette femme prétendait peut-être, en
ses folies d'orgueil, s'asservir un jour le maître des
hommes ? Insensés et rebelles ! — Mais il dissimula
sa colère comme il convient au lettré ; et, très doucement : « Votre main, sage Vien, l'avez-vous interrogée ?
Dites-nous, ô mage savant, ce que le ciel vous réserve. » — « Grand mandarin, pour moi-même, jamais
je ne consulterai les sorts. Instruit de ma future destinée, vivrais-je heureux comme maintenant, et libre
d'appréhensions ? » — « Lisez dans votre main, je le
veux ! » — commanda Dôc-Liêt, tandis qu'un éclair
passait dans ses prunelles soudain troubles et méchantes.

Et le devin obéit encore. Le chef le dévisageait de
ses yeux cruels. Tout à coup le bonhomme devint très
pâle ; il ne trembla pas cependant : « Hé bien, que
voyez-vous, mon savant ami ? » — « La mort ! » —
répondit froidement le sage, déjà calme, ayant ressaisi
déjà sa volonté d'une forte étreinte.

Liêt sourit légèrement, rentré dans son rôle d'affable charmeur : « Les Génies parfois nous égarent, maître ; ne le disiez-vous pas ? la preuve en est faite. Allez en paix et vous réjouissez. Vos talents nous assurent d'aimables heures. Salut, maître ; et vous, divine enfant, digne de régner ailleurs qu'au théâtre ! — Et, sans crainte des Génies très bons et très doux, tous confions-nous au destin. »

Alors, pour la première fois, la vierge, à l'exemple de ses compagnes, se prosterna. En son cœur, qui devine les présages cachés par le jaloux devin, s'était dressé pour jamais l'impérieux devoir de dompter le seigneur des hommes ; et ce vouloir qu'elle devait jusqu'au bout garder en elle, comme l'effigie des Bouddhas en les secrets des sanctuaires, ne quitterait plus sa chair qu'après la mort, pour se réfugier dans son âme toujours vivante. Car maintenant elle comprenait les dires mystérieux de l'initié, longtemps écoutés sans attention, vains bruits de paroles ; et, devant le rêve de la merveilleuse enfant, la Doctrine enfin venait de resplendir, hors du tabernacle des arcanes, en ostensoir éblouissant comme le soleil.

Au loin les veilleurs se répondaient, sous le ciel nocturne où plane la lune : et Thi-Teu regardait cette lune — errante déesse — qui, dans son ascension solitaire et son triomphe au zénith, symbolise les destinées présentes et futures de la chanteuse, errante elle aussi, et demain — peut-être — elle aussi, déesse.

— IV —

Huit jours de fêtes, sous la lune et sous le soleil, — en ce vallon ignoré, aux régions désertes de la frontière... Huit jours de fêtes et d'orgies que domine l'élégante silhouette du chef affable et hautain, attentif à son livre. Et parfois il se distrayait à questionner ses hôtes, affectant de s'intéresser à leur roman-comique de pauvres ambulants. Pour eux, on tira des coffres laqués les antiques robes aux teintes éclatantes ou fanées, les crépons ramagés de grandes fleurs, les soiries, les bracelets massifs et les colliers. Epris de riches couleurs et de formes harmonieuses, Liêt jouissait à voir glisser en robes précieuses, sous le masque des fards délicats, les baladins, fantômes éphémères et tramés de fumée, sur l'immuable fond des phrases et des pensées, gravées pour l'éternité dans ses livres. Couché sur la natte, éventé par les bruissantes feuilles des bambous, il admirait ces ombres gracieuses évoluant dans le bleu de la lune, et buvait du vin doux — comme Li-Taï-Pé — dans la porcelaine, en relisant les raisonnables aphorismes des classiques.

Mais il voulut parer, plus que les autres, l'étrange fille. Chaque soir, le chef dont les plus éphémères désirs sont obéis comme un ordre de Ngoc-Hoang, empereur du Ciel, la faisait mander auprès de lui, non par de grossiers soldats, mais par des secrétaires lettrés, docteurs en l'art de courtoisie, ingénieux à rehausser avec l'or d'inédites flatteries leur quotidien message. Tandis que les baladins égayaient la foule sur la place du marché, Thi-Teu chantait pour son héros, seule auprès de lui, sous les feuilles du jardin, dans le mystère des secrets appartements. Elle chantait les fières légendes de l'antiquité ; elle ressuscitait les impératrices mortes. A son gracile cou d'enfant, les perles d'ambre jaune ; à ses doigt fluets, les bagues d'or martelé ; autour de son corps glorieux, les lourds satins aux brillantes cassures, la neigeuse dépouille des chèvres mongoles. Elle pouvait se vanter, comme la reine des Odes chinoises : *A l'extérieur, la soie de mon vêtement est de couleur verte; sa doublure a l'éclat de l'or. Le jade, en bracelet, tinte clair à mes poignets.* — Laissant aux humbles ambulants les masques comiques ou de tragédie, les perruques dressées à la mode ancienne et les fronts postiches, son pur visage resplendissait sur les robes luxueuses, parmi les joyaux, — mais peint soigneusement et fardé, selon le vœu du chef. Pour le lettré subtil, épris des raffinements, le fard eut toujours l'attrait de l'art et de l'artifice, des choses plus complexes et plus belles que nature, de tout ce qu'aime son âme, comme le fard, artificielle et compliquée, — et le charme des illusoires apparences, fait de leur vanité même et de leur brève durée. Mais, sous les costumes divers, le lettré ne voulut retrouver qu'une femme, toujours la même. Tantôt, par sa bouche, la guerrière Trung-Trac, désespérée, invoque les Génies du mont Ba-Vi, — tantôt la veuve Cô-Sât implore du ciel la résurrection d'un fils assassiné, — ou Thi-Lan, promise au prince des Dragons, se lamente et pleure l'étudiant qu'elle aima ; mais dans chacun de ces rôles, Liôt ne vit jamais que la chanteuse adorable, elle toujours, animant de son souffle les grandes mortes, douant de sa beauté, de son génie, de sa passion, les femmes lettrées d'antan et les impératrices de légende ; — ainsi, pour l'enfant subtil, les héroïnes antiques, et les guerrières, et les douloureuses sacrifiées, c'était dans la suite des siècles la même Thi-Teu, l'immortelle qui toujours reparaît, et se révèle sous le voile des multiples incarnations. Et les fards parfumés servirent seulement à sublimer, à idéaliser en l'accentuant la beauté du visage, sans jamais en modifier les traits ni l'expression.

Elle vécut de chères heures, l'amoureuse enfant, roidie devant Dôc-Liêt par la volonté du triomphe. — Elle s'était édifié tout un plan de bataille, très compliqué, qui devait aboutir à la défaite de l'homme, à l'agenouillement du maître, seigneur des corps et des âmes, devant la frêle victorieuse. — Et puis, dès le premier soir, elle sanglota sur sa natte, au souvenir du svelte adolescent pensif à qui, dans ce cadre resplendissant et sombre, sa voix avait évoqué les grandioses voluptés des impératrices mortes. Elle avait revu les salles silencieuses où veille la flamme dédiée aux ancêtres, et le jardin calme sous la lune, et l'unique héros. C'est là qu'elle eût voulu régner, dominatrice de celui qui domine les hommes, parmi les bois précieux incrustés de nacre, les laques et les porcelaines, sous les sentences brodées en lettres d'or et de soie, dans l'encens des baguettes qui se consument, dans la magnifiante brume de l'opium... Régner sur ce luxe triste et lourd, sur l'âme plus luxueuse et plus mélancolique du maître. Avant de s'endormir, elle se récitait la plaintive élégie : *Les cinq veilles de la nuit, je les passe, en songeant à l'ami, à contempler les étoiles, et la beauté des cieux me réveille son souvenir... Où cueillerai-je la plante d'oubli ? Pourtant, elle croît dans la cour de ma maison, du côté du nord ; mais, hélas ! je ne veux point y toucher.*

Souvent ils improvisaient des vers ; ils conversaient en strophes alternées, en mètres parallèles, couple adorable, isolé dans les chambres secrètes et sous les grêles bambous. Et, quand le maître hautain causait avec la chanteuse, elle ne retrouvait plus sur ses lèvres ce verbe voilé, si lent et, si las, de leur premier entretien, cette parole basse et monotone, — l'écho d'une pensée lointaine, au ciel des songes retirée. Pour plaire à l'amie, sa voix sonnait le cristal et l'enfance ; puis, sans transition, modulait en inflexions caressantes des phrases, que paillette de gaîté le tintant cliquetis d'un mot : une âme câline et joyeuse y chantait. Par intervalles, la voix de la jeune fille mêlait à ces paroles l'accent léger de l'ironie mal jouée, le grave accent de la passion contenue. Et c'était comme un duo d'amour et de coquetterie, sur de délicieuses musiques. Personne, à guetter le couple solitaire, n'eût douté que Dôc-Liêt n'aimât follement la chanteuse, — et sans doute l'aimait-il en effet. — Le deuxième soir, le lettré s'émut : sous le voile des poésies remémorées, il confessa les désirs secrets, le vœu du cœur enfant, cloîtré longtemps dans l'inexpugnable mépris des femelles, et qui, un matin, voit s'épanouir pour lui seul la merveilleuse fleur de la chair et du rêve.

Alors, maîtresse de ses gestes et de ses paroles et
leur interdisant la trahison, Thi-Teu se révéla dédaigneuse, en vers ironiques, avec une coquette imper-
tinence. L'homme ne lui semblait pas encore réduit,
livré, pieds et poings liés et pour la vie, au caprice de
la souveraine. Elle se jurait d'irriter la passion du
chef par de longues résistances. Jeune certes, la
pauvre enfant, et sans expérience aucune. Mais n'a-
t-elle point appris, dans les livres, les mystères de
l'amour et de la vie? N'a-t-elle pas — tant de fois —
dressé sur la scène les fortes héroïnes, les rouées
amoureuses de la légende, ingénieuses à exaspérer la
passion qui s'offre, expertes à vaincre, par des calculs
de stratège et des audaces de bandit, le plus vaillant?
Elle les égalera, certes, elle qui les ressuscite au
théâtre, les héroïnes d'antan, plus belles, plus fortes
et plus habiles qu'au temps de leur éphémère splendeur.
Ainsi s'exaltaient les espoirs de l'humble fille. — Et
puis, éternelle faiblesse du cœur féminin! dès le
lendemain elle s'abandonna aux bras du doux enfant,
comme il avait, avec sa voix caressante et vibrante,
parlé de leur beauté, de leur jeunesse. et des heures —
perdues pour le bonheur — qui mélancoliquement
effeuillent, à leur souffle d'hypocrites berceuses, deux
vies solitaires, deux tremblantes églantines de montagne. Sophismes toujours renouvelés de la passion!
vaincue, la femme se jura que par sa défaite même
elle triompherait, quand, intoxiqué de ses baisers,
il y retournera comme à l'opium. Mais ensuite, dans
l'emportement de l'amour, dans l'assouvissement du
désir, dans l'accouplement des bouches neuves aux
caresses, sa chair brûlante collée à la peau fraîche,

de l'éphèbe, elle ne pensa plus aux serments de ses ambitions. Et, six nuits pleines, ils s'aimèrent parmi ce luxe éclatant et triste, sous les sages sentences d'or et de soie, dans l'ensorceleuse vapeur des pipes et de l'encens. Ils songeaient uniquement à la minute présente : mais, parfois, elle fermait les yeux et s'étourdissait de parfums et de musique, car, tout à coup frissonnante, un pressentiment l'avait épouvantée : peut-être, après tant de joie et l'extase des voluptés surhumaines, la vie ne vaudrait plus un espoir, même la vie en ce glorieux jardin, aux bras de l'enfant divin, quand il serait devenu pareil aux autres, le maître et le mâle, — et rien au delà. Oui, à de rares heures elle entrevit — présage rapide comme un éclair et cruel comme un sabre — que du céleste amour rien ne se recommence, qu'on ne cueille deux fois dans une année les graines du lotus, ni le bonheur deux fois dans une existence. Puis, pacifiée, elle s'endormait dans l'atmosphère lourde d'opium. Et souvent, lorsqu'elle sommeillait ainsi, pâle parmi les verts satins, les damas brochés, les laques et les bijoux, l'amant se leva doucement pour contempler de plus près et pour respirer — l'immatériel baiser de ces pays ! — les petites mains jointes, les joues froides, les lèvres décloses qui sourient à la bonne destinée. Ce furent des nuits délicieuses dans les chambres muettes et le jardin inondé de lune. Ces purs lettrés divinisèrent leur amour par la poésie. Il chantait : *Ah ! si je pouvais vous espérer mon épouse, — je creuserais, pour y baigner vos pieds, — un bassin de briques roses. — Nous vivrions en joie ; au printemps, nous irions boire la brise ; — l'automne, nous écouterions les cigales ; —*

l'hiver je vous jouerais des airs anciens — sur ma flûte de bambou. — Elle chantait : J'aime manger la fraîche orange — et m'asseoir à l'ombre de l'oranger. — Nous serons deux époux heureux et beaux, — possédant la candeur du riz blanc, — la saveur du riz gluant, le parfum -- du gâteau appelé gid. Ensemble — nous supporterons tout sans nous plaindre ; — ensemble nous mangerons le gingembre comme le sel. — Aux vallons du ciel, où les héros et les sages errent parmi les allées de flamboyants, — nous surgirons, nous tenant par la main, — et les ombres, éblouies — de ton éclat, nous feront escorte.

— Et c'était exquis, cet amour d'enfants, tramé de haute poésie, de naïfs aveux et de caresses ingénues. Mais quand ils s'étaient séparés, à l'aube grise, elle allait frissonnante par les sentes mouillées d'aiguail et sanglotait entre ses compagnes ; — et lui, élégant et tranquille comme à l'ordinaire, fumait l'opium dans sa pipe d'ivoire ou peignait de sveltes caractères, énonciateurs de raisonnables aphorismes, que les brodeurs transposent sur la soie et l'or.

Aimait-il la baladine, Dôc-Liêt, le subtil docteur ? — Certes, non pas au sens idéal, non pas de cet amour qui suscite l'espoir et le vœu de fondre deux êtres, âme et corps, en un seul. Trop personnel et trop dédaigneux, le jeune chef, pour une telle passion. Mais, du moins, sa chair se crut asservie à l'odeur d'une autre chair, au jeune corps de la femme ; ses nerfs s'éprirent des rares talents et de l'art hautain qui s'étaient révélés pour embellir sa solitude ; et son âme, ingénue et compliquée à la fois, connut le charme des muettes causeries avec une intelligence fraternelle,

avec une âme naïve, exquise et fardée, elle aussi. Il
crut aimer ; et sans doute, autant qu'il fut en sa nature,
il aima. Il savait bien que cette beauté, un matin
éclose pour l'éjouir, n'est qu'illusion et que vanité devant l'immuable beauté des phrases. A chaudes lèvres,
il la savoura, comme toutes les éphémères apparences
dont se fleurit l'inaccessible mystère des mondes ; et
jamais, émerveillé de leur splendeur, il n'avait ressenti
inquiétude ou tristesse à les voir si vite flétries. La vanité même n'est-elle pas l'essence et la condition de
leur charme ? — Mais, pour la première fois, près de
la jeune fille il connut l'angoisse du temps qui fane les
choses et ne leur permet point de durer en gloire et
beauté. En son cœur, monta, heure par heure, l'anxiété
des jours futurs, la haine de ces années où l'enfant
royale se changerait en vieille infâme, démenti vivant et
durable au souvenir qui la veut garder triomphante et
jeune. Que plutôt, vraiment favorisée des dieux, jeune
et triomphante, elle meure avant le temps de sa honte
et de sa laideur ; et que, recueillie dans une mémoire
fidèle, immortalisée par les baumes puissants de
l'amour, elle y persiste, plus fraîche qu'aux matins de
son adolescence !

Ainsi songeait le lettré subtil ; et, témoins inquiets
de ses ardeurs passionnées, les grossiers partisans parlaient entre eux, à mi-voix, d'influences démoniaques ;
à leurs niaises hypothèses la baladine apparut telle
qu'une redoutable magicienne ; ils ne savaient pas qu'il
n'y eut jamais ici-bas d'autre philtre et sortilège, en
amour, que la duperie de l'éternel désir. Ils ne connaissaient guère leur doux seigneur. Invulnérable dans son
âme, inexpugnable dans sa pensée, à coup sûr, le joli

docteur, — comme le fut en son corps l'homme de bronze, au foie de fer, qu'ont célébré des légendes. — Tel un voyageur distrait, de la rive, voit le fil des eaux entraîner des feuilles, des barques et des cadavres, tel Liét regarde, distraitement, couler les phénomènes et les êtres, les formes et les couleurs, transitoires apparences, quelquefois charmantes, — décors dont la grâce peut une heure agréer au sage, par le charme délicat de leur vanité.

Dans ce Tonkin livré depuis un demi-siècle aux plus humiliantes prépotences — les mandarins de Chine après les pirates, et les Européens après l'armée de Hué, — de curieuses personnalités ont surgi, fruits éclatants et bizarres des greffes récentes, serties sur le vieil arbre de la société annamite. Bien des lettrés, désespérant de sauver l'antique civilisation, se désintéressent de la patrie ; suprêmes égoïstes, ils se réfugient de tout l'essor de leur âme et se concentrent dans le rêve du passé. Et puisque l'espoir ne leur reste pas d'expulser la dure engeance d'Occident, comme leurs aïeux repoussèrent l'invasion mongole, du moins ils ambitionneront de vivre libres en montagne, gardiens des traditions, ignorants de l'Européen, comme si jamais il n'eût foulé la terre sacrée. Ils ne savent rien de nos civilisations nouveau-nées ; et, les yeux clos, dans l'univers entier ils s'obstinent à reconnaître uniquement les dix-huit royaumes des Annales chinoises, qu'en ceignent de vagues contrées, repaires de forbans sauvages, solitudes inhabitables pour des lettrés. Ceux-là oublieront l'irrémédiable décadence en résidant par le souvenir auprès des sages et méditant les exemples de jadis. — D'autres apprirent comme eux à mépriser la

foule contemporaine, les vils esclaves de maintenant ;
mais ils ne s'élèvent pas, ainsi que Thuât et Dê-Hien
parmi les premiers, à la divine indulgence. Accessibles
encore à la joie de commander, comme au désir des
voluptés rares, — pour continuer en paix leur rêve solitaire, pour le plus passager caprice, ils n'hésiteront
jamais à sacrifier les êtres éphémères qui les adorent et
leur vouèrent un culte. Ainsi, de la classique éducation chinoise et du monde actuel, dur aux sages, — de
ces deux éléments amalgamés, comme d'un terreau
puissant, jaillirent certaines âmes méditatives, orgueilleuses et tristes, — des lettrés qui regardent
comme la fleur suprême de leur ambition le talent de
composer des vers en une langue étrangère, — des savants doux, pensifs et courtois, contemplant au ciel du
songe un idéal de vertu surhumaine qu'en des siècles
propices ils auraient atteint, — mais tous si dédaigneux
de l'homme, si convaincus de sa déchéance intellectuelle et morale, qu'ils s'égalent souvent, par leur transcendante cruauté, aux pires tyrans.

Liêt fut de ceux-là. — Et, certes, plus pleinement
que personne, il se sentait en droit de mépriser les
hommes. Mais, lorsqu'apparut la vierge, Liêt fut aussi
de ceux dont le cœur enfant s'ouvre pour la première
fois au désir, lui qui dans les fumées retrouvait, idéa-
lisée par la magie de l'opium, son impériale adorée.
Elle le hanta, en ces moments surtout où, las de lire et
de méditer, il laisse sa rêverie errer à travers le monde
papillotant des souvenirs, — à l'heure où, filles de la
fumée, essaiment et bourdonnent sous le crâne des
idées sans lien, pareilles aux fugitives images du ka-
léidoscope. Elles flottent éparses, puis — miracle de

l'opium ! — s'harmonient en tableaux brillants, parfumés et sonores. Mais, dans les pires incohérences du rêve, les formes les plus lointaines ramenaient, par d'indubitables analogies, les yeux tranquilles de la belle fille, et les lèvres fardées, et l'odorante chevelure. Thi-Teu reparaissait en les successifs paysages du songe, toujours ondulante parmi les fluides transparences de l'eau, émanée toujours des ruisseaux chanteurs, des mers bruissantes ou des lacs endormis. Tantôt les cascades prolongent sa robe jusqu'au pied des monts en traîne immense, et sur un pic inaccessible s'érige la face pâle de la femme dont le regard sourit à l'aimé ; — tantôt les seins gonflés s'étendent, emplissant l'horizon, pareils à l'océan et palpitant au rythme des lames, et Thi-Teu ressurgit de l'onde, en frissonnante déesse de la mer. Et, toujours, sa beauté se révèle immanente au monde, au fond des paysages qu'elle doue d'une âme féminine et câline, paysages de symbole, où les parfums sont transposés en sentiments et les couleurs en idées. Et quand sa présence semble déserter du songe plus vague, moqueuses, ses prunelles brillent encore là-haut, dans l'étoile bleue qui monte avec la lune, au zénith.

Pourtant, après ces délices des premiers soirs, la lasse indifférence rentra bien vite au cœur blasé de l'éphèbe, qui venait de tarir, en quelques heures et tour à tour, sans même s'enivrer à souhait, la joie des sens et la volupté des rêves. — Et la coupe était déjà vide, que sa simplicité d'enfant crut inépuisable. Alors il haïssait l'innocente fille pour les déceptions si tôt venues. Aprement il invectivait la beauté par qui sa transcendante sagesse, séduite une heure, s'est reprise, avec des naïvetés d'ignorant, au charme des apparences vaines ; seules vivent, seules permanent, réelles et douées d'un attrait qui ne mourra pas, les phrases harmonieuses et les profondes pensées, et aussi la mémoire des belles formes, non plus passagères et périssables, mais embaumées pour jamais dans le souvenir du lettré. — Alors, les prunelles pâlissaient, qui semblent guetter, près de la lune, au zénith ; leur vibrante lumière s'éteignait sous une nuée sanglante ; et au cœur blasé glissait un affolant désir de voluptés cruelles, de splendides massacres unissant, pour un délice suprême, aux gloires de l'amour les prestiges de la mort...

Gavés d'une hospitalité princière, tous soucis oubliés, les pauvres ambulants, eux, ne pensaient guère qu'aux prochaines tristesses du départ : du moins ils les adouciraient, sur les longues routes, par l'évocation de l'heureuse semaine. On achèterait un second coffre pour y entasser les présents de l'hôte généreux, — barres d'argent, soieries, lourds crêpons de tête, et les colliers d'ambre jaune, et les bracelets de jade. — En attendant, chaque jour c'était royale orgie au village de Maï-Xê : porcs égorgés par douzaine, canards saignés sans compter, les œufs en monceaux, le riz blanc, les poissons de mer ; — et, le soir, la saoûlerie générale que regarde de loin, son livre à la main, Dôc-Liêt très élégant, très hautain et très doux.

Les danseuses, malheureuses filles âpres à jouir de leur jeunesse si vite passée, de leur grâce si tôt fanée, avaient élu là-bas des amants de hasard ; après les durs sentiers de montagne, les fatigues et les misères, quelle joie de retrouver chaque nuit un brave garçon, robuste officier ou délicat étudiant, et de se livrer à plein corps,

à pleines lèvres, à plein cœur! — Le sobre devin, soul,
restait comme Dôc-Liêt étranger à l'orgie environnante,
plus attristé de jour en jour, assailli de pressentiments
mauvais que sa science retrouve dans le vol des oiseaux,
dans le frôlement des feuilles, dans les grains de riz
éparpillés sur la natte après le repas. Mais qu'importent au désespéré les effrayants présages ? — le destin
peut lui réserver un siècle des pires souffrances ici-bas,
et, plongé aux gouffres les plus noirs de l'enfer, les démons pourront s'acharner durant l'éternité sur sa chair
ressuscitée et sur sa pauvre âme ; les démons ni le
destin ne sauront trouver, pour le martyriser, de torture
qu'il n'ait connue et subie dans cette semaine, à compter du jour où l'infidèle amie, marchant à petits pas,
s'est approchée du tentateur, comme la tourterelle
glisse en battant des ailes vers la gueule fascinante de
la couleuvre.

Le lendemain, les pauvres errants devaient repartir ;
et Vien voulut avec la jeune fille un dernier entretien.
Il évitait l'amie de naguère, depuis le soir où, pleurant
ses espoirs trahis, il la vit se glisser en hâte et furtive
vers la maison de l'ennemi et franchir le seuil des secrets appartements. Et demain sans doute, délaissant
ses compagnons de détresse, restera-t-elle seule auprès
du maître élu, à l'instant où s'achemineront les tristes
errants vers les sentiers de montagne, vers les fatigues futures et les fringales sans espoir...
Vien l'aborda, à l'heure crépusculaire, dans le jardin

qui enceint la maison commune. — Les premiers appels des fonctionnaires et les tam-tams de veille se répondaient au loin ; de rares étoiles dégageaient leur scintillation encore indécise du ciel blême d'où reflue vers l'occident une marée verdissante et dorée. Un souffle tiède flottait parmi les fraîches feuillées, déjà sombres sur le couchant clair.

La jeune fille accueillit le maigre devin avec un geste d'impatience, les yeux mauvais sous les sourcils qui se froncent. A lui comme aux autres elle dissimulerait ses secrètes angoisses, — à lui plus qu'aux autres. Et celui-là, pourtant, c'était l'ami d'hier et d'avant, le fidèle qui l'eût consolée peut-être, à cette heure surtout, — à cette heure crépusculaire où l'odeur des feuilles et le souffle tiède charriaient pour elle des nostalgies, un besoin de défaillance et de larmes, un indicible énervement, — à cette heure où l'enfant souffrait à crier, ses sens cruellement éveillés, ses nerfs pincés par la pire angoisse, son intelligence en déroute et sa volonté tout à fait morte.

— « Sœur, pardonnez à ma parole importune. Une dernière fois je tenterai de vous sauver. Et peut-être j'interviens trop tard.,,

— » Mille grâces à vous, frère aîné ! — qu'avez-vous à dire ? je vous écoute.

— » Celui qui vous fascina ne vous aime point ; jamais il ne vous aimera, car...

— » Qu'en sais-tu, vieil homme ? » Elle l'interrompait, hautaine, méchante, un défi dans le regard.

Indifférent, et comme s'il n'eût pas entendu, Vien continua :

— » Jamais il ne vous aimera. Près de lui vous seriez

l'esclave amusante, le jouet d'une heure, **d'un mois,**
d'un an — le temps n'importe guère. Et pas même l'esclave, peut-être, ou le vil jouet : car un imminent péril
de mort nous menace et vous menace. Je vous offre les
moyens de l'écarter ; ces moyens, vous les refuserez sans
doute. Mais je devais vous avertir : nous pouvons fuir
ce soir : viendrez-vous avec nous ? »

Elle répondit par **un geste de violente dénégation.**
Puis, haussant les épaules :

— « Que dites-vous là, bonhomme ? Je ne reconnais
point votre ordinaire sagesse. Vous m'annoncez un
péril de mort ? Certes, je vous croyais plus subtil.
Car, tenez ! en mémoire de notre amitié de naguère, je
serai franche avec vous, avec vous seul. Les Génies
mentirent qui me présagèrent dans vos songes le rôle
d'une esclave méprisée. Vous qui m'avez aimée, n'avez-
vous pas senti qu'ils mentaient ? et doutez-vous de mon
pouvoir — supérieur à votre magie, vieux maître ? Oui,
je ne vous tromperai pas : j'aime Dôc-Liêt, mais il
m'aime plus encore, et c'est lui qui sera l'esclave, et
lui le jouet, s'il me plaît ainsi. »

Elle s'animait en parlant, les prunelles étincelantes,
les joues toutes roses. Et n'est-ce point folie, de penser
que la radieuse enfant, la fleur de la chair et des
rêves, trouvera son maître — un tyran sans pitié —
dédaigneux de son amour et de sa beauté ? — Pourtant
Vien reprit, à voix plus basse, comme pour se raconter
à lui-même ces étranges choses :

— « Oui, ta beauté resplendit, et ton âme, plus clair
que l'âme des autres femmes, et que leur beauté. Et
l'éclat de ton étoile, là-haut, effaça longtemps tous les
astres des mortels : mais il s'éteint, maintenant, noyé

dans les rayons d'une étoile plus brillante encore. Oui, quand tu t'es approchée du maudit, l'éclat de ton étoile a pâli, tandis que l'autre semblait dévorer tes rayons et s'accroître de leur lumière... »

A voix plus haute il dit : « Fuyons, mon amie, fuyons vite ; la vie est à ce prix, à ce prix notre salut dans ce monde et ailleurs. »

Elle ouvrait de grands yeux, émue enfin, troublée par l'accent, solennel et passionné tour à tour, de ces paroles. Mais elle ressaisit sa volonté et, comme avant, de toute son énergie elle refusa :

— « Fuir ? — y pensez-vous, maître ? un homme isolé ne réussirait pas à sortir du village sans l'aveu du chef ; si même nous parvenions à quitter Maï-Xê, on nous rattraperait vite sur la montagne. » — Elle frappa du pied : « Et puis, ce n'est pas cela : proposez à d'autres de s'enfuir comme de vils domestiques que chasse la peur du rotin. Je veux le triomphe, — ou la mort, puisque vous parlez de mort. Oui ! la mort sanglante plutôt que la fuite infâme. J'ai dit ! »

A pas lents, elle s'éloignait ; tout à coup elle se retourna ; et, moqueuse, un sourire lui vint aux lèvres, comme une rose soudainement épanouie : « Dites, vieux maître : vous souvient-il du médecin Tranh-Canh qui voulut créer un Génie, pour la garde de ses trésors ? Dans le caveau souterrain il fit périr une vierge dont le fantôme, lié par les magiques formules, veilla sur les richesses du sage. Dôc-Liêt me réserve peut-être le même sort ? Et je rendrai grâce au ciel, s'il m'est donné de mourir pour cet homme et de le protéger après ma mort. »

Légère, elle s'enfuit. Yiên demeura seul, dans le

jardin assombri par le crépuscule qui monte. Il était vaincu ; il avait lutté contre plus fort que lui. Il avait accompli son devoir : aux dieux le reste ! — La mort l'inquiétait peu, puisque, pour le sage, *naître c'est sortir, mourir c'est rentrer.* Les pauvres errants, il n'y pensait guère ; — des subalternes, dont l'âme impersonnelle, tôt ou tard, doit se mêler et se confondre avec l'haleine des brises, comme leur chair avec la terre, les racines et les eaux. Si la jeune fille périt par un caprice du chef, elle sera, dans l'éternité, séparée de cet homme par une infrangible épée ; alors, peut-être, elle sera rendue à celui qui l'aima plus que la vie.

Lorsqu'on ouvrit le cercueil de Lê-Chiêu-Tông, rapporté de Chine en Annam, on trouva, douze ans après la mort, le cœur intact, plein d'un sang rouge et frais, et toujours battant pour la patrie. En sa foi sublime, le falot bonhomme ne doute pas que dans l'infini son cœur ne batte à jamais, comme aujourd'hui, pour l'enfant miraculeuse.

.
. .

Le soir, avant la suprême représentation, dans les secrets jardins, Dôc-Liêt revit la chanteuse. Elle l'attendait, assise sur un banc à l'écart, au tournant d'une étroite allée ; les lilas neigaient autour d'elle, et leurs grappes roses roulaient sur les bras nus et sur le cou de la jeune fille, déjà parée pour la scène, et pareille — avec le beau sourire de son visage fardé, parmi les fleurs et les parfums, — à l'effigie de la divine Kouan-An. Elle se leva pour accueillir le maître, en chantant : *Que cette nuit soit longue, longue ! — J'ai tant de*

choses à vous dire ! — Ah ! si seulement elle eût parlé
du secret amour, abrité par les rochers et par les brousses
aes voluptueuses années à laisser lentement couler
— couple jeune et beau pour longtemps — parmi ce
luxe éclatant et triste, dans le mystère de ces jardins.
— Le souvenir des caresses divinisées par l'opium eût
peut-être attendri le mélancolique adolescent qu'éven-
tent doucement les feuilles sombres. Mais — folle, si
folle ! — la baladine souffrait, en son imbécile orgueil,
à cette pensée d'un rôle d'esclave, et d'être un jour le
vain jouet d'un homme. Elle ne songea pas seulement,
ingénue, à sûrement asservir cet homme, peu à peu,
par la patiente sorcellerie des baisers, jusqu'au matin
où l'ami se réveillerait emprisonné — pour jamais —
par l'étreinte de ses cuisses et de ses bras. Folle, si
folle ! elle clama la honte des loisirs embrumés d'opium ;
elle prédit les âpres luttes, la fuite des Occidentaux, — et
le trône un jour. — Et ces présages chantèrent délicieusement à l'oreille du pur lettré, tandis que, jouissant
comme au théâtre des images suscitées par l'ardente
parole, il voyait se lever cette splendeur d'apothéose,
telle qu'à la fin des drames classiques, quand le chœur
des vierges et des guerriers lance dans les quatre vents
l'hymne de gloire. Tendre, il tenait la chanteuse en-
lacée, sous la caresse des feuilles sombres qui ondulent
selon le rythme des éventails. Mais quand se tut l'ardente parole, la vision splendide s'effaça, — comme,
après le rideau remonté, les classiques apothéoses ; et,
l'émotion envolée déjà, le sens critique reprit ses droits,
comme à la fin du drame, au théâtre. Alors Liét entrevit, hors de sa luxueuse retraite, loin des phrases harmonieuses et des profondes pensées, les fatigues, les

longs ennuis des embuscades, les défaites et les misères, au profit d'éphémères empereurs, pour des causes vaines, — et sa sublime paresse quittée pour l'inutile agitation chère aux médiocres. Et, parmi les éloquentes tirades, à ses yeux aigus se révéla cette âme d'ambitieuse qui ose espérer son esclave — esclave d'une femelle — le maître des hommes. Le doux héros en frissonna. Ses mains retombèrent ; se dégageant de l'étreinte, il dit, avec un geste las d'enfant gâté qu'on ennuie : « Vous êtes donc, mon amie, énergique comme Tiêu-Mon, la Dame du mont Cao-Son, la terrible guerrière aux seins longs d'une coudée, l'héroïne chaussée de fer, qui montait un éléphant ? » — Les yeux étincelants, elle répondit : « Non pas, maître ! mais, enflammée par votre exemple, j'essaierais de ressembler à ces jumelles qui chassèrent les Chinois, et méritèrent ainsi d'être honorées en des temples dont les ornements sont noirs ; à vos côtés, fidèle, je saurais m'égaler peut-être à cette dame, la fille de Mac, qui combattit jusqu'à la mort pour protéger la retraite du roi son père. » — « Assurément, vous en êtes digne », — répliqua courtoisement le lettré ; mais il salua de la main, et très vite il s'éloigna.

... Une nuit chaude, mère des désirs, propice aux caresses. Devant la maison de Liêt, parmi les jardins, la foule afflue des invités. Dans la brise oscillent les transparentes lanternes, enluminées de dragons multicolores et de sentences ; leur fauve clarté fait ressortir, sur fond d'ombre, le minois drôle des baladines, la face truculente des partisans. Mais la lune envahit déjà le coin d'ombre où Thi-Teu s'est enfoncée pour bouder seule ; à travers le feuillage des bambous et des lilas, elle pleut en gouttes de lumière sur les rocailles, sur le bassin fleuri de nénuphars, sur les ormes nains ; et vers ce monde errant, où Ngô-Cang coupe éternellement le cannellier lunaire, s'élèvent de la montagne des rumeurs lointaines : cliquetis d'élytres et de mandibules, graves coax-coax du marécage ; et, par intervalles, le bramant appel des cerfs, le rauquement du tigre. Un musicien pince distraitement les cordes métalliques du psaltérion, et la claire vibration de cuivre s'envole aussi vers la lune : *Prenons la guitare et chantons,* — dit le poète ; — *hâtons-nous à jouir de l'heureuse saison, avant que l'automne ne dessèche les feuilles sur la montagne.*

... Quand s'avança Thi-Teu dans le demi-cercle lumineux où ses compagnons avaient pris place, Liêt impassible lisait, et parfois soufflait la fumée d'opium en lourdes volutes, étranger à l'inepte multitude, indifférent aux éphémères apparences.

La danseuse frappa du pied ; et : « tout n'est pas perdu ! — murmura-t-elle ; je triompherai. » — Vous nous condamnez tous à mourir » — prononça derrière elle une voix tranquille. Thi-Teu reconnut le devin ; mais, haussant les épaules, elle passa très fière, sans un frisson. — ... La lune, au terme de sa lente ascension, planait au plus haut du ciel ; symbole des merveilleuses fortunes, avant de descendre dans sa gloire, l'errante déesse triomphait au zénith, sur les vaines rumeurs du monde, sur les silencieuses solitudes de la montagne.

— V —

'... Au matin, après la représentation d'adieu, e grâces rendues au chef généreux, les pauvres errants se départiraient vers la Chine. Les officiers siégeaient sur les banquettes, aux pieds de l'adolescent frêle et hautain, qui lit et fume, toujours couché. Et les partisans, mêlés aux villageois, grouillaient en foule joyeuse qui se presse jusqu'au lit du maître bien-aimé. A voir ces gens hilares, soucieux uniquement du spectacle espéré, et surtout à voir cet éphèbe au beau sourire, qui médite, en fumant, le Livre des Sentences, — on eût supposé bien folles, et dénuées de vérité, les prédictions du falot bonhomme.

Et pourtant le devin ne s'était pas trompé : sa mort, comme la mort des chétifs ambulants, à cette heure était résolue. D'abord le gracieux adolescent n'en avait accueilli l'idée qu'en d'éphémères rêveries, que suggère l'ingénieux opium, évoquant, parmi les multiples images d'un univers idéal, un tableau de massacres, savamment composés, dans un cadre de luxe et de mélancolie. Puis, s'intéressant à cette idée, il la discuta par jeu d'esprit avec son âme. Ces étrangers, des inconnus en somme, n'est-il pas vrai ? Des espions, peut-être ! — Non, certes, pas si méchants ni si dangereux que cela, les pauvres hères ! — Mais, émerveillés du royal accueil, n'allaient-ils pas, même sans malice, par simple étourderie, révéler à d'autres la présence à Maï-Xé du héros, du doux éphèbe à la merci — n'est-ce pas ?

— d'un bavardage ? — Cela vaut d'y réfléchir. Car, alors, que deviendront le mystère de cette retraite, et ce luxe, ces livres, cette chère solitude qu'une parole indiscrète risque de livrer aux brutes d'Occident ? — Bien sûr, Liêt ne hait nullement ces gens, les chanteurs puérils, les mignardes bachelettes, et le falot diseur de bonne aventure. En revanche, le lettré subtil, dénué de haine, manquait aussi de pitié. Ces pauvres ambulants, qui font sonner le rire en grelot aux oreilles des ennuyés de ce monde et revivre sous le cliquetis du paillon les grandes figures d'autrefois, Dôc-Liêt — en telle autre occurrence — les eût comblés de richesses et de sa bienveillante indulgence. Mais à quoi bon s'embarrasser de scrupules, au profit de ces êtres, éphémères en somme, presque irréels ? — Après tout, quand elle menace la paix profonde du héros, leur existence ne vaut pas une seconde d'hésitation ; elle ne compte guère dans l'ordre du monde. Ah ! s'ils possédaient, ces gens, l'âme divine et la beauté de la chair qui fleurissent en leur délicieuse compagne, — oui, alors, il y aurait crime, sans pardon possible, à faucher de si nobles vies, à retrancher de l'harmonie universelle un si rare élément. Crime dont le doux éphèbe, avec une indignation sincère, s'affirme incapable, certes ! — Mais encore, qui sait ? Puisque, au fond des secrets appartements, dans un cadre unique de luxe et de mélancolie, l'impériale fille a déjà vécu les plus divines heures de sa jeunesse et de l'amour, — et jamais ne sonneront d'aussi belles heures ! — ne serait-ce pas, vraiment, une merveilleuse charité d'éviter l'horreur de la vieillesse et des chairs flétries à la frêle amie qui ne cueillera plus les inoubliables extases, et qui, parmi les heureux, sera désormais l'inconso-

lable exilée du bonheur, du paradis jadis connu ? — Il
est permis d'hésiter ; mais les naïfs errants doivent
mourir. Et, s'il en est ainsi — pauvres gens ! — que, du
moins, leur mort — inattendue, oui, n'en doutez pas !
et subite, afin de supprimer d'inutiles angoisses, — que
leur mort procure au maître une neuve jouissance,
une volupté plus poignante que l'amour, un de ces
spectacles — or, soie et sang — dont il s'enivra parfois, dans la fumée des pipes, entre les pages éternelles
des sages. Et le doux maître souriait à sa dialectique
subtile ; après le délice de ces discussions poussées par
jeu d'esprit, en tête-à-tête avec son âme amusée, il se
sentait plus indulgent, meilleur, plus digne de comprendre les pages éternelles.

.... Aucun tréteau pour les baladins ; nul décor,
même. Ils donnaient, ce jour, un pièce inspirée des
Annales. En ce pays de lettrés à la complaisante imagination, on jugerait superflue la reproduction exacte,
selon le goût barbare d'Occident, des milieux — pagodes, champs de bataille, palais — où les ancêtres vécurent leur fière vie. Et, si le décor vaut uniquement à
mettre en valeur, par évidentes analogies, les sentiments exprimés sur la scène et les idées, quel cadre
plus propice au drame national, à la vaillance des généraux, au geste passionné des reines amoureuses,
que ce jardin sous la lune, ces montagnes protectrices
des vaincus, — et ce cercle de partisans, derniers
fidèles de l'exil, serrés autour de l'enfant à qui les destins ont réservé de libérer la terre sacrée ?

Pour une suprême tentative, Thi-Teu avait choisi
avec soin la pièce à représenter. Dôc-Liêt — elle ne
l'ignore pas — dédaigne jongleries, horoscopes et mu-

siques, et aussi la mimique des danseuses ; et si parfois, entre deux pipes, il écouta de câlines mélodies balbutiées sur la chanterelle des guitares, il ne se passionne vraiment qu'à retrouver sous le masque du comédien et dans ses livres les preux ancêtres, lorsque, en costumes de guerre et de fêtes, il les voit évoluer aux pages du Légendaire ou sur la scène. Alors, par la grâce souveraine de l'illusion, il revit les jours resplendissants des siècles abolis. Et pour son âme acclimatée au sortilège du rêve, dédaigneuse du temps, et de l'espace, et des périssables phénomènes qu'ils encadrent, les morts évoqués s'affirment plus réels que cette tourbe bruyante des spectateurs.

Plus réels certes et vivants, puisque ces illettrés passeront sans laisser de trace, et que les anciens héros, applaudis toujours, admirés, érigés en exemple aux générations, ressuscitent d'âge en âge et se perpétuent dans le geste de l'acteur, dans le verbe de poète.

.... La vierge s'était attribué le rôle principal (1), celui d'une princesse dont l'amour suggère au lettré Lê-May la force de chasser les intrus chinois. A cette heure, sûre de son génie et de ses charmes, une fois encore l'espoir du triomphe la ressaisit tout entière.

Dôc-Liêt cessa de lire quand elle apparut, vêtue de deuil, sous les longs voiles blancs de l'impératrice proscrite, pour implorer Lê-May, l'adolescent unique, *proclamé docteur en les concours triennaux de la capitale, à l'âge où ses condisciples jouaient encore au*

---

(1) D'ordinaire, les rôles de femme sont tenus par de jeunes garçons ; mais dans les troupes ambulantes bonnes à tout faire, chacun, de son mieux, se rend utile.

cerf-volant. Des masques enluminés et barbus cachaient le visage des baladins ; seule, la Thi-Teu laissait à découvert ses traits radieux, son pur visage resplendissant sur les robes de deuil, ennobli par le charme des fards savants, et révélateur d'une âme aussi fardée, savante, exquise. La princesse exilée ne regardait que Dôc-Liêt, tandis que, déclamant les fières tirades, elle commentait leur éloquence par les gestes étudiés de ses beaux bras, par l'harmonie des poses et des lignes. Veuve de l'empereur assassiné, ambitieuse du trône à relever, de la patrie à libérer, plus que de vengeance, elle se donnerait en récompense, et donnerait avec sa beauté l'Empire, au libérateur, le soir de la victoire. Vien, sous un masque de jeune homme, de sa voix profonde et lente jurait obéissance et s'engageait à combattre les étrangers. Et tout à coup, la face empourprée — indubitable signe de l'inspiration divine — la princesse révélait au vaillant le secret des dynasties, le lieu précis où bâille la gueule du Dragon terrestre, la caverne où — pour s'assurer le mandat du ciel — les souverains enfouissent les os de leurs ancêtres ; — et, par un couplet héroïque, âprement scandé, elle lançait l'étudiant aux batailles.

La foule attentive haletait dans l'ombre, — âmes très neuves, êtres ingénus qu'envoûte, pour les ployer à tous les caprices du poète, le son de cette voix *pareille à la vibration d'une cloche d'or.* Cette voix, experte à jouer sur les nerfs tendus des auditeurs la symphonie multiple des passions ! Pour séduire, elle semblait se glisser vers le cœur troublé du héros, en serpentines inflexions aux courbes harmonieuses ; pour annoncer le combat, elle retentissait en terribles accents, comme l'épée sur l'acier des cuirasses ; et tour à tour c'était le tam-tam de guerre et la viole d'amour, pour enflammer les subtils lettrés d'une ardeur belliqueuse ou révéler aux grossiers soldats le rêve des plus mystérieuses voluptés. Evocatrice des siècles abolis, elle douait de réalité les fictions du drame ; soldats ou lettrés, ces hommes assemblés autour de la merveilleuse artiste participaient en corps comme en esprit aux exploits, par eux revécus, de la grande époque. Par la seule présence de cette authentique impératrice, en la chair des vils comédiens s'avéraient indubitablement Lê-May et ses compagnons, et, réincarnés, les patriotes d'antan. Et, plus encore que son peuple de subalternes, Dôc-Liêt jouissait, délicieusement ému, de cette résurrection, de ce beau rêve. Une délicate teinte de rose colorait son visage charmant. La Thi-Teu surprit d'un regard l'émotion ainsi révélée ; et, rayonnante d'espoir, elle se rassit parmi les spectateurs, comme le jongleur entrait en scène.

Celui-ci figurait un paysan poltron, grotesque caleb du héros, qui se lamente sans trêve pour ses buffles razziés, sa rizière dévastée et sa chaumine à l'abandon. Une des danseuses, suivante de l'impératrice, donne la réplique à ce fantoche ; inquiète d'un amant parti en guerre, aux couplets désolés du buffon elle oppose son amoureuse plainte, en strophes rigoureusement parallèles ; — un interminable dialogue.

Puis, sous un prétentieux accoutrement de mandarins militaires, les musiciens et les gamins, ceinturés de pourpre, mitrés d'or, clament à voix stridente les exploits de l'étudiant : pirouettant sur un pied, avec des mines terribles et joyeuses, ils brandissent des sabres, ils effilent de la main les crins de leur barbe immense. Après eux passent et repassent long-temps, pour la joie de faire admirer leurs uniformes verts et les pavillons multicolores qu'ils agitent en hur-lant, les soldats du triomphateur, comparses prêtés par Dôc-Liêt, naïfs partisans, fiers de gesticuler et de rugir, et de se piéter en des poses rébarbatives. Et cela se prolonge pendant des heures, sans fatiguer les curio-sités puériles ; officiers et lettrés, guerriers et cro-quants, tous les spectateurs s'esclaffent aux internièdes de force ; ils trépignent d'enthousiasme après les ti-rades belliqueuses et les défis, et réfléchissent dans le miroir de leur visage les plus subtiles nuances, accen-tuées et grossies, des sentiments mimés et parlés par l'art des comédiens. Liêt, indifférent au hourvari, lit et fume ; il ne ferme son livre ou ne repose sa pipe qu'aux réapparitions de l'impériale Thi-Teu. — Et de quart d'heure en quart d'heure, autour du village, se répondent à travers la vibrante atmosphère, dans le bleu de lune, les appels lointains des veilleurs.

... L'aube déjà blanchit l'orient où, fleurs nocturnes, les prunelles des étoiles se closent. La lune, très loin du zénith où, cette nuit, elle a triomphé, est descendue jusqu'à l'horizon, — errante déesse, toujours solitaire, près de disparaître maintenant, mélancolique symbole des destinées errantes et solitaires comme elle et qui passèrent aussi, dans leur gloire éphémère, au zénith. La brise fraîchissante fait onduler les bambous frêles, sous la coupole aérienne aux pâleurs de nacre ; et ce ciel, si pâle, léger et subtil, on dirait que, la pièce jouée, il va s'évanouir avec ses clignotantes étoiles — irréel décor, tendu pour encadrer une heure les ancêtres réveillés et les tragédies d'autrefois.

... La représentation s'achevait ; Thi-Teu reparut avec le vainqueur, pour leur jumelle apothéose.

Lê-May, empereur par le sabre, rentre dans sa capitale en fête ; et, dédaigneuse des rites, la femme a quitté les secrets appartements, pour courir à la rencontre du vaillant. L'épée miraculeuse qu'il reçut du ciel pour sa mission s'est changée en un Dragon de Jade qui, remontant vers les étoiles, a béni le couple victorieux. Alors ils proclament leur amour et les présages splendides du règne.

Si beaux, la fille et le devin, lui sous un masque de jeune homme et dressant sa taille svelte ; — elle, montrant sans voile son pur visage, dans ce matin léger où le bruissement des feuilles s'accorde en sourdine aux hymnes de joie pour unir à la félicité des hommes la complice harmonie de l'univers. Vien se tut ; elle, ses éclatantes prunelles tournées vers Dôc-Liêt, prédisait passionnément les voluptés et les gloires ; et le génie, pareil aux langues de feu qui sacrèrent les disciples du Bouddha, illumina ses traits sublimes où la musique du verbe se transpose en sentiments exprimés. Les comédiens — jongleur, musiciens, gamins et danseuses — se prosternèrent pour la quadruple salutation devant le couple rayonnant, tandis que des partisans, figurants improvisés, érigeant à bout de bras leurs sabres nus, hurlaient les vœux et les enthousiasmes du peuple affranchi. Pour l'âme mystérieuse du maître, qui seule *savait*, pour l'âme éprise de symboles, rien de plus mélancolique, délicieusement, sous le ciel de pâle nacre, que ces merveilles, — soies vertes et pourprées, ors vibrant au col délicat des femmes, et l'éclair des larges lames envolées sur ces êtres transitoires, beaux de leur vanité même, doués du charme unique des choses qui vont s'abolir. Ils demeuraient prosternés, les pauvres errants, frémissants encore, encore haletants des clameurs qu'ils avaient lancées en hymne de gloire vers l'aube grise et rose, orgueilleux pour l'admiration, enfin consentante, du miraculeux adolescent déjà légendaire.

Liёt, ayant bâillé, — oh ! très courtoisement, la main sur la bouche — étendit le bras, avec une élégante nonchalance : et le couple héroïque resta, comme pétrifié dans sa pose, tandis qu'un silence d'effroi, éteignant de proche en proche la rumeur admirative, s'élargissait sur la foule spectatrice.

Derrière les baladins, neuf des bénévoles comparses s'étaient dressés : et, d'un revers de sabre, chacun avait tranché une tête. Un beau travail en vérité, méritoire chef-d'œuvre d'artistes experts à manier le coupe-coupe ! — Elles roulaient parmi les gazons, la tête hébétée du jongleur, les fines têtes des femmes et des gamins ; et le sang, jailli en écumeuses cascades, épandait ses vagues vermeilles sur les soies vertes et de pourpre, sur les satins moirés et les palpitantes chairs.

Liёt, le très doux lettré pervers, avidement admirait la glorieuse apothéose, transfiguré, le blanc de ses prunelles injecté de rouge. Épris de la beauté de son crime — si toutefois un tel mot : le crime, put jamais signifier les œuvres par qui se manifeste une âme si haute, — on l'eût dit, à ce moment, possédé des malfaisants Génies qui hantent les mornes fumées de l'opium. Mais les deux héros restaient impassibles, plus forts que lui, dignes de Lê-May et de l'impératrice qu'ils figurèrent ; — le devin, sans gestes inutiles, en vrai sage, attendait, soumis à la destinée contre qui nul effort des hommes ne prévaudra ; la jeune fille, indifférente en apparence, assurée peut-être que le tyran n'osera pas la sacrifier comme les vils baladins, arracha de ses doigts négligents une brindille fleurie, pour la porter à ses lèvres.

Jamais, avant cette heure, Dôc-Liêt ne contempla tableau vivant si savamment composé, figure de ballet si harmonieuse ; le bras tournoyant des bourreaux, tout à coup immobilisé, les robes splendides, le sang jailli des carotides, et le couple victorieux debout dans l'aurore. Et quand sa belle âme eut à souhait savouré ce délice d'admirer les héros, si nobles et si doux, qu'entoure le flot vermeil avivant les couleurs claires, élargi parmi les soieries, et stillant sur l'or des colliers, Dôc-Liêt alors leva un doigt. Un soldat appesantit sa paume énergique sur l'épaule du frêle Vien. Les yeux du sage exprimèrent une terreur insensée, mais qui n'était pas l'angoisse du condamné sous le sabre levé, ou devant les imminentes tortures de la « mort lente ». Non ; lui, tranquille jusqu'à cet instant, heureux de périr avec l'adorée, par un commun supplice, il frissonna de peur, épouvanté à l'idée de tomber seul, et qu'épargnée Elle survécût pour s'unir à l'adversaire, comme ici-bas dans l'éternité : c'était le ciel désert et vide, après la terre sans amour. Dôc-Liêt, comme irrésolu, regardait le devin sans parler ; une minute de rare plaisir, aigu jusqu'au spasme, cet instant où, sous l'impassibilité du corps, il devina 'a peur folle, il entondit battre le cœur éperdu : — une pure jouissance psychique, après la volupté physique dont s'étaient extasiées ses prunelles. La seule présence de l'impériale aimée et du douloureux adorant auréolait de lumineuse poésie le crime vulgaire : spiritualisant la joie du maître blasé, elle réalisait l'incident éphémère en permanent symbole. — Et peut-être, comme les jouissances spirituelles prédisposent à la divine Bonté la volonté amollie, Dôc-Liêt épargnait-il le couple héroïque; mais, en ce même instant, comme Thi-Teu devina l'hésitation, il vit un sourire s'épanouir sur les belles lèvres fardées de l'amante ; il comprit qu'elle s'obstinait à l'espoir de vaincre. Et complices de l'orgueil, les mornes Génies de l'opium chuchotèrent au doux lettré que, par de basses pitiés, serait détruite l'harmonie de son œuvre — qu'il ne connaîtrait pas la merveille unique, le spectacle enfin digne de lui, conçu dans la chère atmosphère des rêves ; qu'un jour la noble amie, transformée en vieille infâme, imposerait d'abominables démentis au souvenir qui la garde triomphante et jeune. Ah ! que plutôt, vraiment favorisée des dieux, jeune et triomphante, avant le temps de sa honte elle meure ; et que, dans une mémoire fidèle, elle persiste, plus fraîche qu'au matin de sa jeunesse, immortalisée par les baumes puissants de l'amour ! — Un geste encore, et le sort fut jeté; la femme, écrasée par une patte brutale, tomba sur les genoux auprès du devin. Alors, sur le maigre visage de Vien resplendit enfin l'heureuse extase. Deux têtes roulèrent jusqu'aux pieds du jeune maître et le sang des vaincus ruissela sur la soie jaune de leurs vêtements impériaux.

... Le globe empourpré du soleil, pareil à une tête tranchée, roulait à l'orient parmi les neiges croulantes et les floconneuses mousselines des nuées. Un instant, devant la foule muette qu'il ne voyait pas, Liét admira les pâles chairs mortes — et le sang en claires gouttelettes, rubis et grenats exaspérés, braisillant au soleil, crépitant sur les lourds satins, les joyaux et les soieries versicolores. Il s'enivrait, artiste passionné pour son œuvre unique au monde, du tableau miraculeux, où s'harmonisent en subtils accords et se répondent en contrastes savants, comme les pétales des plus rares orchidées, les formes souples, les sveltes lignes, les splendides couleurs que parfois il entrevit dans les fumées de l'opium, — et cette apothéose radieuse et triste, enfin réalisée, de la Mort et de la Beauté, sur qui plane, ceinte d'une gloire, la volonté triomphante du doux lettré. Puis, rassasié de son crime et des mélancoliques merveilles, il ordonna — d'un geste ennuyé — d'enlever cela. Et lentement, en de câlines inflexions, il se récita les strophes populaires : *Ciel d'or, nuages d'argent. — Les arbres se courbent au vent, sur le versant lointain. J'écoute l'appel éclatant des coqs ; à l'occident, la lune pâlit, des corbeaux croassent, sur le versant lointain. Ma case, entourée de bambous, est pleine de livres. O joie d'y reposer à l'ombre, d'y méditer le verbe des sages !*

Et, comme les rais du soleil glissaient jusqu'au lit de camp parmi les cristaux, les nacres et les ivoires, Liét se leva ; avec un bâillement étouffé par un joli geste de la main, le frêle adolescent élégant et hautain entra dans la maison fraîche et reprit sa lecture :

Des fleurs, — disait le livre, — *des fleurs ! Epa-*

*nouies à l'aurore, elles se flétrissent avant le soir ;
ainsi la vie humaine. Pourquoi s'inquiéter de chose
au monde ? Qu'est donc, sous le ciel, la montagne de
Nam-Son ? Et qu'est, sous le ciel, la terre entière ?...*

Au dehors, la foule se dispersait en silence. Il ne
resta, sous le soleil nacré, que le jardin désert où les
« oiseaux dorés », par couples, chantaient éperdûment
l'amour et la joie de vivre, — et qu'un sombre paysage
de montagne.

—Les eaux s'écoulent, les hommes passent et les
dieux même. Seules, les profondes pensées et les
phrases harmonieuses ont l'éternité.

Et il est dit, dans un antique évangile de Nubie :

*... Or Salomé offrit en un plat d'or la tête du Pré-
curseur au jeune rhéteur hellène qui dédaigne l'amour.
Mais lui ; « C'est votre tête, ô Salomé, que je voudrais. » — Ainsi, par jeu, il parlait. — Et le lendemain un esclave lui apporta la blonde tête de l'amoureuse. — Or, le Sage plus ne se rappelait son vœu
d'hier ; il commanda de remporter la chose sanglante,
et il continua de lire Platon...*

LE BLOKHAUS INCENDIÉ

Je renfermai mes parfums inconnus
et je restai debout, immobile.

(*Poésies chinoises.* — Li-Sao.)

A l'égard des actions humaines, je
n'ai pas voulu les juger ; je me suis
contenté de comprendre.

(Spinosa.)

Dans le journal du sieur Fanien, sergent au 10ᵉ tirailleurs tonkinois, un malheureux sous-officier pourri de prétentions littéraires, je copiai quelques notes datées de Haï-Ninh — ce poste qu'un ruisseau, guéable à mer basse, sépare de Tong-Hin, ville chinoise de Quang-Tong.

17 novembre 1888

... Enfin passée, l'épouvantable nuit. Nous venons d'enterrer douze hommes, légionnaires ou tirailleurs, tués par ma faute. De la garnison du blockhaus incendié par trahison survivent deux indigènes, — et moi, le chef, dont l'insouciante inertie fut mortelle à mes soldats. Depuis ce matin j'ai beaucoup fumé ; et maintenant, grâce à l'opium, il me souvient du massacre à peine comme d'un cauchemar longtemps après le réveil. Les décapités ne se lèveront pas pour m'accuser

et il me plaît de repenser sans remords ni haine aux
assassinés comme aux assassins. Le coupable, c'est la
Cause, l'inaccessible Cause, et non pas moi, guère plus
criminel que le sabre aux mains d'un furieux. En orgueilleux initié, je sais tout comprendre, tout excuser :
et vous aussi, vous m'excuserez, — si vous êtes dignes
de me comprendre.

Je quittai le fortin de Haï-Ninh, hier à cinq heures,
à la tête d'un détachement — huit tirailleurs et six légionnaires. C'était notre tour de veiller, à quinze cents
mètres de là, dans le blockhaus de bois en vigie sur
le ruisseau que traversent souvent, pour piller les
villages et nous harceler, des pirates encouragés, soudoyés peut-être, par les mandarins du Quang-Tong.
Quand nos escouades leur donnent la chasse, ils repassent tranquillement le gué, et nous n'osons les suivre
en territoire chinois : affaire de diplomatie. Eux, la diplomatie ne les empêcha pas, le mois dernier, d'empaler
vif mon vieux copain, le caporal Tabard, sur la rive
tonkinoise ; — mais deux heures après, quand je rap-
portai les oreilles de l'empaleur en chef, que j'étais allé
quérir en Chine, le commandant d'armes, en récompense, m'alloua quinze jours de prison, portés à trente
par le colonel : et bien heureux de couper au conseil
de guerre, encore ! — Aussi, que les diplomates entre
eux s'arrangent ! Moi, je fume de l'opium de contrebande, bon et pas cher, et je serre la main loyale du
Chinois qui m'approvisionne.

Après la soupe et le rata, nous descendîmes, par un
sentier à pic, le mamelon du fortin, — un mamelon
conique, hérissé de brousse et d'arbustes sauvages,
comme un panache au milieu de la plaine alluvienne.

Et la pensée m'égayait des pipes que je fumerais à la veillée, tandis que sous le rouge et vert crépuscule glacé je regardais au nord la campagne plate s'arrondir jusqu'à la mer où s'érigent, pour leur faction éternelle, les sombres promontoires de l'aklung. A nos pieds s'étendaient la résidence — pagode fortifiée — et les baraquements de la garde civile, — des cases de chaume et de torchis : dans la cour quadrangulaire, à double enceinte de bambous, des *congaïs* cuisaient le riz du soir pour les miliciens, et, par l'air léger, vibrait clair leur rire insouciant de femmes à soldats.

Nous traversons Hoa-Lac, le village annamite, jusqu'à la placette du marché où naguère des pirates décapitèrent le commissaire français Haïtce et ses gens, pris dans leur fuite, liés à des poteaux et martyrisés longuement. Par la porte en pierres qu'ombrage un énorme banyan, nous entrons dans Monkay, aujourd'hui désert, en ruines. Sur les larges dalles des rues dépeuplées, sonne le pas lourd des légionnaires, éveillant d'étranges échos dans les maisons à l'abandon. Je pense aux générations qui vécurent heureuses en ces lieux, et surtout à mes aînés, les fumeurs doux et lents, les bienveillants thériakis chinois que la fusillade ou la baïonnette firent passer de leur extase passagère au définitif sommeil, cette froide soirée d'hiver où nos soldats vinrent occuper la ville.

Le blockhaus, au sommet d'une colline inculte — brousse sombre et hautes herbes — surplombe le gué. Sur l'autre rive, les maisons de Tong-Hin, en avant du fort chinois, dévalent en désordre jusqu'à l'eau, comme une bousculade de béliers à l'abreuvoir. Tong-Hin a recueilli la population fugitive de Monkay, et nos déserteurs, et des contrebandiers, et des pirates, tous les interlopes de la frontière : — ville de jeu et de débauche, où les bandits de la région, après les profitables aventures, accourent se saouler de *choum-choum*, d'amour à bas prix et d'opium. Les teintes claires du brillant et léger crépuscule s'enfument comme un vieux tableau d'église : à l'occident, une ligne de pourpre sombre souligne le bleu sombre du ciel, et la grenouille-bœuf mugit au bord des marécages. A cette heure, triste à mourir, mon cœur se serre de je ne sais quelle presciente angoisse, tandis que la ville s'allume là-bas, pour sa nuit de mornes luxures chinoises, et que dans le fort de Tong-Hin les trompes de cuivre beuglent, sur trois notes longtemps tenues, une mélancolique retraite.

Voici, par bonheur, l'ami Tich, qui m'apporte de l'opium de contrebande ; la veillée sera gaie, en compagnie de cet aimable garçon. Un type assez inquiétant, tout de même : bandit débauché, vrai sacre ; mais les mandarins, qui ne l'aiment guère, le tiennent pour fin lettré. Ce Tonkinois de vingt-deux ans ne nous garde pas rancune de la mort du *lanh-binh* son père, tué d'une balle française à la seconde prise de Hanoï. Il vendit sa sœur à un douanier européen, amateur fou de cette statuette ivoirine, faite au moule, exquise comme un fin bibelot du Nippon. Une ou deux fois par semestre, le Dôc-Tich — général Tich (disent les respectueux indigènes) vient se ravitailler auprès du beau-frère, le fait rire, lui fume son opium, lui boit ses économies, en des noces terribles où roulent sous la natte les pires garnements de la région ; puis, nostalgique de la brousse et des aventures, il disparaît, et va pirater — oh ! affirme-t-il, en terre chinoise seulement — à la tête de quelques gredins qui le craignent comme le feu et la corde, jusqu'au jour où, traqué par les paysans enfin lassés de servir d'enclume à ce joyeux porte-marteau, il rentre à la douane, pleure, supplie, implore pardon, asile et tabac, et reste tranquille pour quelques semaines. Après fumer, il se déboutonne et me raconte, dans la familiarité du commun lit de camp, d'effroyables histoires, — pages de sa vie hasardeuse, presque épiques rhapsodies à la gloire de héros sans scrupules. Il méprise fort son gabelou, qu'il devine ignorant et brutal — sans rien connaître pourtant de nos sciences, par affinement d'intellectuel et simple instinct de lettré. A certains moments, il me semble que seul j'ai conquis sa confiance et son affection ; — et parfois, fumant ensemble, je crois voir flotter dans le bleu nuage de la pipe un souriant Génie tramé de vapeur éphémère, quelque dieu de l'opium, qui nous suggère une réciproque bienveillance et fait fraterniser nos âmes.

Nous restons un instant à l'entrée du blockhaus, à regarder les beaux Chinois jaunes qui se baignent au fleuve, riant et criaillant, et font rejaillir l'eau, vite évaporée sur leur peau huileuse à la bise d'hiver. Ils sont là une dizaine qui, par quotidien passe-temps, nous injurient gaiement en leur dialecte cantonais, avec des gestes obscènes et le simulacre de nous scier le cou. La nuit tombe en quelques minutes, une nuit sans lune du Tonkin, plus impénétrable qu'aucune de nos nuits de France, sous les yeux clairs des étoiles à myriades. Là-bas, en Chine, les lanternes de colle transparente, historiées de dragons verts et jaunes, oscillent aux portes des maisons de jeu et d'amour. De joyeuses clameurs passent le fleuve ; des odeurs d'absinthe, d'opium et de chinois traînent dans le vent, avec l'odeur de l'eau et des feuilles.

Un légionnaire posté en faction, mes soldats roulés dans leurs couvertures, je m'installe sur le lit de camp en face de Dôc-Tich, qui va préparer mes pipes. Ce soir, par exception, je le trouve préoccupé, défiant, inquiet, et je ne tire de lui que quelques paroles. Dieu sait pourtant s'il se confessa à la dernière veillée ; et je ne pense pas qu'il lui soit désormais permis de faire la mijaurée avec moi. M'a-t-il point avoué comment il embrocha, d'une broche rougie au feu, le chef pirate Lanh-bi. pour quelque histoire de femmes ? Mais qui donc se vanta d'avoir essorillé je ne sais quel beau saltimbanque, surpris en conversation secrète avec une gamine que Dôc-Tich élevait, l'ayant achetée toute jeunette, pour ses nuits futures ? Et qui me fit tant rire, à propos de danseuses et de chanteurs — toute une troupe ambulante — enlevés sur la grand route, hébergés, gavés de riz, d'alcool et d'une hospitalité quasi royale, — puis, après une semaine de noces, de festins et d'amourettes, décapités par certain chef bon diable au fond, qui les aimait fort, mais qui, sa tête mise à prix, gardait le secret de son gîte et redoutait les bavards ? Hein, mon vieux Tich, c'est-il en les *Morales* de Koung-Fou-Tsé que nous lûmes cela, ou si nous l'avons recueilli de votre bouche d'or, l'autre soir ?

Justement, sous l'influence de l'opium, ce soir très savoureux et parfumé, je me sens un exceptionnel besoin de causeries expansives, au rebours de mon taciturne compagnon. Lui, malgré tous mes efforts, s'obstine en son silence préoccupé, se soulevant parfois sur le coude pour guetter le factionnaire dont s'encadrent le képi et la baïonnette dans la lucarne du blockhaus. Je me lasse de l'interroger, et nous fumons en silence.

... J'ai fumé plus de vingt pipes : maintenant je reste étendu, immobile, sans parler ; pour un mot, pour un geste, il me faudrait à cette heure une incroyable ten‑sion des muscles, un surhumain effort de volonté. Je ne dors pas cependant ; mais ma pensée, longtemps vigilante, s'assoupit ; ou plutôt on dirait qu'elle s'éva‑pore en fumée, laissant mon crâne vide, léger, intérieure‑ment illuminé d'incertaines visions heureuses. Tich se lève et sort, — pourquoi? — emportant le fanal du poste, après — il me semble — quelques vagues mots d'ex‑plication que je n'écoute même pas. Il bavarde un mo‑ment, là-bas, dehors, avec le factionnaire, puis s'éloigne dans la brousse ; mon ouïe affinée par l'opium discerne son pas rapide et le froissement des herbes. Une demi-heure se passe ; tous mes hommes dorment ; mille bruits épars dans la nuit approfondissent le vaste si‑lence environnant, — la respiration des troupiers, les poux de bois vrillant dans la charpente, les vibrantes ailes d'un coléoptère autour de la lampe, les *cuics* effarés des rats poursuivis par les couleuvres, dans le chaume du toit.

.... Sans presque détourner la tête, d'un regard coulé de côté, je venais de regarder l'heure à la montre posée auprès de moi sur la natte : il était environ minuit. Je refermai les yeux, pour suivre à mon aise, sans mou‑vement et sans volonté, les capricieuses arabesques d'idées et d'images que l'opium enroule et déroule dans l'atmosphère du rêve : images pures et belles, dignes

de somptueusement vêtir les idées nobles ou subtiles ;
— légères, ainsi que les fées dans le vieux conte des
Trois Citrons, elles s'approchent et s'éloignent, toujours insaisissables comme la fumée bleue, et le réveil
les recule bien loin, bien loin, dans l'infini. Mais si, par
un prodigieux effort, nous les emprisonnons dans une
rase de notre cerveau, avec la foi de les sortir un jour
en quelque page qu'elles illumineront, — à l'heure
d'évaluer notre butin nous ne retrouvons qu'une idée
misérable, une métaphore banale ou baroque, — et
c'était l'opium illusionniste qui leur prêtait la souveraine magie de ses charmes.

... Tout à coup dans la nuit muette jaillit un cri dé-
chirant, angoisse terrifiée et horrible douleur à la fois,
comme l'agonie d'un mâle surpris en pleine vigueur. Et
cela recommence, persiste et se prolonge, telle la plainte
aiguë d'un porc qu'on égorge. Mais avant qu'un brusque
sursaut m'ait jeté à bas du lit, des hurlements sauvages
ont couvert, noyé, englouti cette clameur de moribond :
la porte fracassée vole en éclats ; dans le rectangle du
chambranle, sous la lune énorme et pleine, nouveau-
levée, je vois mon factionnaire s'abattre sous une
poussée furieuse, et l'éclair des baïonnettes cribler sa
poitrine. Et d'affreuses faces chinoises, vociférantes,
apparaissent, plates et jaunes comme le masque ricaneur de la lune qui semble avec elles bondir à l'assaut.
D'un revers de main, en criant aux armes, je renverse
la lampe à opium ; l'ombre soudaine s'épand dans le
poste, jusqu'au cadre lumineux où grouille un combat ;
car nos hommes, vite sur pied, surgissant du sol tout
vêtus, se défendent en désespérés à coups de crosse et
de sabre. Les assaillants hésitent une seconde. Et tout

cela, vu à travers une violente migraine, m'apparaissait
irréel comme un cauchemar. Tour à tour refoulés et re-
poussant l'ennemi, nous résistons en enragés, trépignant des corps mous, hurlant, mordant, piquant de la
baïonnette ; et jaillissent des cervelles, et une odeur de
sang fume en holocauste vers la lune maintenant lointaine, reculant toujours plus haut au fond du pacifique
empyrée sa face moqueuse de complice. Puis — comment cela s'est-il fait ? — je me retrouve accroupi dans
la brousse, seul parmi la nuit silencieuse. Tout à l'heure,
en pleine lutte pour la vie, la baïonnette au bout du
fusil, j'étais brave, combattant à côté de mes soldats,
prêt à mourir pour le salut de tous et le bon exemple.
A présent, tombée l'excitation du combat, dissipée la
magnétique influence de l'effort commun coude à coude,
sans une arme dans la main, je ne suis plus un chef
responsable, un militaire, mais un pauvre homme qu'on
traque et qui n'ose remuer, mourant de peur, pareil au
cerf pourchassé par des chiens féroces. J'ai roulé en
bas du mamelon, jusqu'au bord de l'eau, dissimulé
dans l'ombre des maisons de Tong-Hin qui, en amphi-
théâtre sur l'autre rive, me cachent la lune encore loin
du zénith.

Voici que sur les herbes ondulent de larges clartés
rouges ; — là-haut, les Chinois sortent du blockhaus,
ayant sans doute exterminé mes camarades; ils agitent
des torches de paille tordue, noirs tels que des diables
dans la calme clarté lunaire. Sur la pente, à grands
gestes réguliers, ils rament dans la brousse pour découvrir les survivants d'entre nous : et je vois un légionnaire serré de trop près se lever, lutter et tomber,
au milieu des rires cruels, en hurlant à l'appel d'un

secours qui ne vient pas. Puis une immense flamme jaillit, tremble, s'élargit, pousse jusqu'au ciel une fumée criblée d'étincelles ; des bambous crépitent et détonent au feu comme une enragée fusillade ; — et subitement s'écroule en braise ardente le blockhaus incendié...

Silence de mort : on n'entend plus que les Chinois affairés à leur recherche, avec imprécations et ricane. ments. J'ose à peine respirer. Parmi eux, à quelques mètres de mon pauvre corps trempé de sueur et mou comme une loque, mon ami Tich : c'est bien lui ; je l'entends sacrer en annamite, injurier les Célestes — — tout de même, il ne craint rien ni personne, le scé- lérat ! — jurer que le sergent n'est pas mort, qu'il faut à tout prix le retrouver, sinon ledit sergent — c'est moi — le trouvera, lui Dôc-Tich, et lui coupera la tête : voilà ce que lui vaudront les Chinois, une belle récom- pense, en vérité, pour le poste livré. — Ce bandit, c'est lui qui nous trahit. Si j'en réchappe, son compte est bon ! Mais voilà, je n'en réchapperai pas. Ma tête ira sommer cette pyramide sanglante, les crânes amoncelés de mes compagnons, que j'ai vue, en un remous des flammes, quand un Chinois, comme au jeu de boules, y jetait la tête du dernier Européen surpris dans la brousse.

Cependant la meute acharnée à mes trousses se dé- tourne à l'appel d'un homme qui la hèle, de l'autre versant du mamelon, pour indiquer un ravin non fouillé, un sentier par où j'ai pu fuir. Tich, joyeux, entraîne la bande, criant qu'il me tient déjà, car le sentier ne mène qu'au bord de l'eau, en face du fort chinois. Tous s'éloignent, par grand bonheur, car à ce moment la lune, émergeant des toits de Tong-Hin, m'enveloppe

de clarté : une minute encore, j'étais découvert. Je me
traîne un peu plus loin et me blottis au fond d'un fossé.
Du calme et du silence enfin, et la lune sur le fleuve.
Mes ennemis disparaissent dans les hautes herbes. De
Tong-Hin m'arrivent, vibrant sur l'eau, des musiques de
guitares cantonaises, et de gaies chansons hurlées à
grands râclements de gosiers chinois. Là-bas, c'est nuit
de fête, et la fête se prolongera jusqu'à l'aube ; dans les
casernes comme chez les mandarins c'est royale débauche, en toute sécurité protégée par les conventions
diplomatiques, et l'on y rit des Européens et des diplomates, et l'on y boit à la santé des bandits, soudoyés
pour nous massacrer. De mon aléatoire asile, en proie
aux angoisses, j'entends les chants et les rires ; de pacifiques lettrés récitent les vers de Li-Tai-Pé, tandis
qu'un rayon de lune joue au flanc de la tasse en porcelaine pleine de vin ; — à cinquante pas de moi, tranquillité, joie et triomphe ; les lanternes multicolores
vacillent dans le vent aux portes des maisons, — et les
lentes vibrations des guitares cantonaises traînent sur
l'eau.

Mais une horreur sans nom glace mon sang, un
frisson secoue de la tête aux pieds mon corps anémié,
tout dégouttant de sueur froide. Au milieu du fleuve,
qu'ont vu mes yeux fixes ouverts ? Ah ! les affres de la
mort et la terreur des Chinois sont oubliées ; — mon
Dieu, fuir, offrir ma tête au coupe-coupe des ennemis, et
ne plus voir *cela*, cela, peut-être inoffensif, que l'hébé-
tement de l'ivresse et mon intelligence, aussi débilitée
que ma volonté, emplissent pour mon imagination de
toutes les horreurs de l'enfer. Est-il né des hallucinations
de l'opium, l'effrayant spectacle ? est-il réel ? — Oui,

réel; les fantômes surgis dans les cauchemars du fumeur
n'eurent jamais cette netteté, cette immuable précision
des contours ; ils grandissent et se déforment, confus et
changeants, et leur épouvante vient de ce vague même
et du brouillard qui les voile à demi. Immobile et pâle,
une tête émerge dans l'eau lumineuse, juste au milieu
de l'arroyo tout éclaboussé de lune. Je distingue ses
traits, du front au col ; je la vois, muette, les yeux élargis
comme par une terreur égale à la mienne, les cheveux
épars sur les joues. De quel abîme infernal s'éleva-t-elle
silencieusement, pour cette fête du massacre et de l'incendie? Quelle victime sans sépulture d'antiques assis-
sinats, en cette terre classique du brigandage, vient
s'éjouir de notre mort, vengeresse peut-être de la
sienne? Qui réveilla ces yeux ternes de décapité et, immobile et pâle, posa cette tête de mort sur le mélancolique miroir de l'eau? — Après le brusque sursaut, le
combat, la fuite, et les angoisses dans la brousse à dix
pas des assassins, — après les multiples émotions des
dernières heures, dans le froid battement de la bise
glaçant mon front et collant le bourgeron à ma chair, —
l'ivresse de l'opium monte, monte, toujours plus haute
et débordante. Impuissant à retenir en moi la nette pensée
et la saine logique, qui seules m'enorgueillirent jusqu'à
ce jour, je sens à leur place, dans les cases du cerveau,
un chaos d'images visionnaires virer et tourbillonner
sur mon crâne. Le fixe regard du décapité m'hypnotise,
comme un médecin de fous fait d'une hystérique ;—
pour la première fois de ma vie il me semble que
l'hallucination est là, prête à m'emporter hors du
monde réel, par la suggestion de cet œil terne, pour
me jeter, victime résignée, au sabbat où dansent

autour des pauvres hantés les lémures du cauchemar.

Et de lentes heures s'écoulent, et la tête reste toujours là...

Mais deux brèves lueurs éblouissantes, blanches dans le noir opaque, flambent et s'éteignent, là-bas, au fortin français : deux obus, rayant l'air d'un vol aussi rapide que la détonation, s'abattent sur l'emplacement du blokhaus incendié, et subitement éclatent en splendides cycas de feu. Deux autres, puis deux encore. Ensuite un vaste silence, tandis que l'horizon oriental commence à pâlir. Et tout à coup, une galopade effrénée, comme un lourd piétinement de bœufs pourchassés du tigre, le sol ébranlé ; — et de toutes parts dégringole vers le fleuve la bande effarée des Chinois, — parmi eux mon ami Tich courant plus vite que les autres. Ils passent sans me deviner, dans le tourbillon de leur fuite haletante. Tout cela tombe au gué : la grouillante bousculade, dans le clapotis de l'eau qui rejaillit, traverse le fleuve à toucher la tête silencieuse ; — tous se hissent sur l'autre rive, pour reprendre leur course furieuse à travers la ville chinoise.

Des voix s'approchent, de bonnes et franches sonorités de voix françaises et annamites. On vient à mon aide. Enfin j'ose m'étirer de tout mon long, me dresser dans la brousse où j'étais accroupi depuis tant d'heures, la crampe aux jambes, les dents claquant et la sueur froide au front. Sur le mamelon, dans la clarté pâlissante de la lune, apparaît le bourgeron gris des légionnaires et la noire silhouette des tirailleurs Le lieutenant X... vient à moi ; et, secoué par la fièvre, je ne puis que trembler, flageoler sur mes jambes et dire merci.

Par hasard, je regarde par le fleuve : la tête épouvantable n'a pas disparu. Enfin elle remue : — dans
l'eau clapotante, elle se rapproche de la rive. Des
épaules, un torse, un corps entier. Et, stupéfié, je reconnais en mon effrayant fantôme un de nos tirailleurs
qui, comme moi, a pu se sauver et a passé plusieurs
heures, immobile dans l'eau jusqu'au cou.

Nous ramassons douze têtes d'Européens et de tirailleurs, et je n'ose les regarder. L'officier qui commande le détachement de secours m'accable de questions. Dieu, que ces longues explications me fatiguent !
Ne me laissera-t-on pas seul, libre enfin de fumer et de
rassembler mes idées ? Nous rentrons à Haï-Ninh sous
le clair matin rose qui se lève ; et la froide bise chasse
au loin le souvenir des récents cauchemars. Nous retraversons Monkay en ruines, la place triangulaire, commémorative d'anciens martyres, et le village annamite
de Hoa-Lac : la population, réfugiée cette nuit à la résidence, rentre dans les cases ; des malins, moins faciles à effaroucher, ont piraté le riz, les ustensiles, les
pauvres trésors du paysan, abandonnés à la garde de
Bouddha et des ancêtres. On remonte au fortin : —
à l'horizon, sur l'île de Tra-Co, des traînées de lumière,
du rose au vert, diaprent le ciel de nuances fraîches et
tendres comme les vêtements de fête d'un riche Chinois ; et bientôt va radier le dieu-soleil, tel qu'un roi
d'Annam drapé de jaune impérial et constellé de
topazes.

De mon détachement, seul avec deux tirailleurs
j'échappe au massacre. Nul ne pense à m'accuser. Les
survivants, par bonheur, dormaient au moment de
l'attaque ; ils ne virent pas le Dôc-Tich sortir du poste ;

ils ne l'ont pas reconnu parmi les Chinois. Devant le
commandant ils ne parlent pas de lui et de ces heures
où nous fumions côte à côte. Ce sont, du reste, de
bonnes gens qui m'aiment et comprennent que leurs bavardages me compromettraient.

. . . .

Mars 1889.

Je relis ces pages et, à cinq mois d'intervalle, j'y
ajouterai quelques lignes. J'ai retrouvé le joyeux Tich.
Il disparut après l'affaire, et j'appris par les dires des
indigènes qu'il guerroyait pour son compte, en Chine.
Je me gardai de révéler à quiconque sa trahison. Vers
le 1er janvier, il est rentré chez son beau-frère, cousu
d'or et de bijoux, traînant à sa suite quatre Cantonaises
— un vrai harem — enlevées le diable sait où et comment. Les mandarins chinois mirent à prix sa tête, et
il juge prudent de fêter ici le nouvel an. Il m'a raconté,
avec un air de parfaite bonne foi, une longue histoire
destinée à prouver qu'il fut surpris comme nous, lors
de l'attaque, et ne dut la vie sauve qu'au plus miraculeux hasard. Je l'ai laissé dire et nous avons refumé
sur le même lit de camp. La semaine dernière seulement, après beaucoup de pipes, je lui ai narré par le
menu tout ce que je vis et j'entendis, la nuit du 16 novembre, caché dans la brousse à quelques mètres de
lui. Il a souri et, très expansif ce soir-là, m'a même
avoué cent piastres reçues pour avertir l'ennemi de
l'heure précise où nous dormirions tous dans le
blockhaus ; ma tête lui eût valu un supplément de cinquante piastres. Parbleu, je le savais bien, qu'il n'est

point méchant; mais le pauvre ami souffre parfois de
« faulte d'argent », comme Panurge. J'ai soufflé la
fumée que je venais d'aspirer, posé ma pipe, et nous
avons placidement apprécié, non pas — grand Dieu !
— les causes et la valeur morale de son action, mais
les incidents et hasards qui égarèrent ses recherches,
quand il fouillait la brousse pour me trouver. Une
poignée de main, et nous nous sommes quittés bons
camarades. Presque tous les soirs il revient occuper
sur mon lit de camp sa place accoutumée de vieux
frère. Il devine que je lui pardonne, et moi je comprends
si bien qu'il ne me hait point ! Pour quelle raison me
haïrait-il ? Vous dites qu'il me trahira à la première occasion ? C'est, parbleu, probable : et encore, qui peut
savoir ? Mon Dieu, les hommes sont si complexes, leurs
mobiles si divers et leurs opinions si variables !

Et puis, après tout, comme vous et moi, il obéit à la
Cause ; minuscule rouage inconscient de l'universelle
machine, il se meut par l'effet de la formidable impul-
sion lancée au commencement des temps. Pauvres au-
tomates que nous congratulons et nous entre-haïssons
pour des actions inévitables, justifiées et nécessitées
par leur cause ! Du reste, responsable ou non, peu
m'importe, je ne ressens pas la moindre haine pour
mon joyeux Annamite. Et, si vous saviez, je suis telle-
ment las de vous, des autres et de moi-même !... Encore
une pipe, mon vieux pirate ?

LES GÉNIES DU MONT TAN-VIEN

Au confluent de la Rivière-Noire et du Fleuve-Rouge, — devant l'abrupte région des Châu, — à la pointe extrême du Delta et de la civilisation annamite, — se dresse le massif sacré du Tân-Vien. Les hommes ont crénelé ses pics de redoutables légendes, et peuplé les rochers et les cavernes de Génies hostiles à l'étranger. De BaTang à Yen-Baï, de Cho-Bo jusqu'à Tuyên-Quan, on voit sur l'horizon les trois sommets montant la garde à la porte du vieil Annam. Souvent, aux heures désespérées, leur grave exemple — sentinelles jamais lasses — fut réconfort aux patriotes vaincus, a Lê-Loï le pêcheur comme aux viriles Jumelles. Et parfois, dans la suite des siècles, entre les envahisseurs accourus du midi, de l'ouest ou du septentrion, d'aucuns, abattus en plein essor de jeunesse, sentirent sur leurs prunelles pâlissantes et sur leur âme l'ombre et la vengeance du mont sacré.

— I —

L'orgueilleuse silhouette du Tân-Vien, elle emplissait les yeux du garde principal Ferrier, elle hantait sa

cervelle, — à toute heure, sans trêve. La tête lourde
de l'opium fumé, chaque jour à son réveil il se remé-
morait confusément les légendes : non point, certes, la
version des historiographes officiels, qui fleurit en
sveltes caractères au livre des chroniques impériales ;
mais les traditions ingénues qui se perpétuent sur les
lèvres émerveillées du populaire, et qu'évoquaient la
concubine indigène et le jeune sergent Diên, aux interminables veillées du fumeur. Longtemps il avait ri, le
robuste gars normand, hilare, sanguin et casseur d'assiettes, de cette naïve imagerie des légendes, avec son
immuable personnel de Dames, de Bouddhas et de Mandarins. Mais, de semaine en semaine, l'inconsciente habitude du rêve, comme la fumée lourde, embrumait
son âme, dans les loisirs de la solitude, si longs pour
l'illettré qui ne pense pas. Les rabâchages terrifiés de
la femme, les récits où se joue — dans l'ironie incer-
taine d'un demi-sourire — la parole chantante du
jeune Diên, suscitaient maintenant de passagères épouvantes en cette âme chaque jour plus inquiète et plus
trouble ; ils y insinuaient l'angoisse indéfinie des
Génies, hostiles à l'intrus, qui peuplent les cavernes
et les rochers du Tân-Vien.

Sur les frontières de la province de Hanoï, ce garçon de vingt-huit ans commandait le poste de Ban-May,
avec sa garnison de gardes civils, vingt *Thôs* montagnards de la région, et dix Tonkinois du plat pays.
Un tout petit poste, loin des cités bruyantes et des
grands chefs : au dos aplani d'un mamelon, un carré de
quelques ares, que délimite la double palissade de
bambous. Au centre, la case que Ferrier fit construire,
avec quel amour ! — et si jolie, et si confortable : deux

chambrettes toiturées de feuilles, les cloisons de nattes, le sol bien sablé ; quatre fenêtres, orientées aux quatre vents ; deux portes de face, sur le jardin. Dans l'arrangement du jardin — tout en arbres fruitiers et légumes, pas une fleur de luxe ! — on retrouvait le goût du sous-officier colonial, débrouillard habitué des postes lointains, qui estime à leur prix une platée de haricots verts, une belle citrouille. Et n'est-il aussi réjouissant à l'œil qu'un parterre, le potager épluché chaque matin des cailloux et des folles herbes, avec les fraisiers bien alignés en bordure, les choux-fleurs, les petits pois, les laitues en carrés égaux, — les verts nuancés des feuillas, les nacres blanches ou roses des fleurs? Sur trois côtés, les dépendances, — magasins, écuries, cuisines ; la case des gradés indigènes et de leurs femmes ; enfin, une vaste paillote, simplement meublée de deux lits de camp où les miliciens s'étendent côte à côte pour la méridienne et pour la nuit.

Ferrier vivait là, à quatre heures du poste le plus voisin, parfaitement heureux, en famille, avec sa douce Thi-Nam, qu'il adorait, et son enfant, — un métis de trois ans, un délicieux gamin à la peau très blanche, aux fins cheveux en boucles, bien Annamite pourtant par son petit nez aplati, par son gros ventre de mangeur de riz. Et le garde principal aimait, comme son domaine, ce pays moins peuplé que les marécages du Delta grouillants de monde, mais plus fertile peut-être, et certes plus beau : verdoyantes collines en pente douce, vives eaux cascadantes parmi les arbres, horizon de coteaux, de prairies et de bois, — un coin retrouvé des campagnes françaises. au profond de cet hostile Tonkin.

On était au printemps de 1890, aux premiers mois d'une sanglante période Après trois années d'une relative quiétude, des chefs redoutables avaient reparu. Au nom de Ham-Nghi proscrit, ils enrôlaient de force, pour un suprême effort, les jeunes gens des villages. Les anciens lieutenants du Bo-Giap — le héros populaire décapité en 1885 — s'étaient montrés en avant de Phuong-Lam, sur la Rivière-Noire. Encore mal armés, le recrutement des partisans à peine commencé, ils ne s'attaquaient pas aux postes français : mais chaque jour on apprenait qu'ils avaient brûlé quelque hameau, arrêté un porteur de dépêches, enlevé un convoi et décimé le détachement d'escorte. Parmi les indigènes, beaucoup se reprenaient à l'éternel espoir, toujours démenti, de la revanche : et des villages entiers se dépeuplaient, leurs habitants passés aux rebelles dans un coup de passion, une folie d'orgueil. Les autres attendaient, moralement acquis à la révolte, mais soucieux, défiants, retenus par le souvenir des répressions terribles, des cases incendiées et des récoltes perdues. Une angoisse, vague au début, puis intense et précise de plus en plus, s'élargissait sur le pays ; le frisson de l'énervante inquiétude gagnait, une à une, les âmes ; — et tous vivaient, sans trêve, dans l'attente anxieuse du lendemain.

Chaque jour, Ferrier recevait de son résident des renseignements nouveaux, et de pressants avis : qu'il se tînt sur ses gardes, on pouvait menacer Ban-May ; qu'il eût l'œil ouvert sur les mouvements des groupes rebelles et, plus encore, sur les faits et gestes des fonctionnaires indigènes, sur le sous-préfet de Tông-My. Pour lui, vieux troupier, quelle fête ! — La guerre,

donc ! C'était la joie ; c'était une chance de décrocher
enfin, au bout du sabre, la croix du Dragon, la « ba-
nane », puisque — misère de Dieu ! — les gardes civils, les bons bougres toujours sur la brèche, n'ont
point droit à la médaille militaire, pas même à la « commémorative ». En brave serviteur, respectueux des ordres, il prit ses précautions, il établit de sévères consignes pour la sûreté du poste. Mais les malandrins du
voisinage le connaissaient trop, terrorisés par son audace, par ses coups de main — à quatre ou cinq
hommes — contre leurs repaires. Et il ne mentait pas,
sa joyeuse vantardise étalée au soleil, quand il gueulait
qu'aucun de ces lascars n'oserait se frotter à lui et ne
viendrait flairer les abords du poste. Il disait vrai,
certes, et l'on pouvait dormir sur les deux oreilles, à
Ban-May.

Aussi, dédaigneux des pirates, pour égayer sa solitude, depuis quelques mois il s'était mis à fumer
de cinquante à soixante pipes, pas plus. Et c'était
douce Thi-Nam qui lui préparait ces pipes, ou, plus
souvent, le petit sergent rusé, propre comme un sou
neuf, et tiré à quatre épingles dans son uniforme ; le
jeune Diên, aux traits fins, à la face plate, très blanche,
aux lèvres incarnates, comme fardées par le bétel, aux
souples allures de courtisan aristocrate, séduisant, en
vérité, par l'élégance innée de sa démarche et de son
esprit. Et qui donc a dit que l'opium avachit ses fidèles,
qu'il les fait impuissants à tout service actif, effarouchés
du soleil, les muscles lâches, l'intelligence en déroute ?
Et qui oserait soutenir de si niaises assertions ? Le
brave Ferrier vous eût cloué la langue au bavard, proprement, par de probants arguments, lui qui, au ré-

veil des plus paressantes méridiennes, n'hésita jamais
à se relever, dans un sursaut, pour l'action ; lui qui,
trois fois la semaine, après fumer, quittant le poste en
plein midi ou par une nuit sans lune, chevauchait sous
le soleil et pataugeait dans la boue tenace des marais,
sous l'averse, à cette fin de surprendre au nid quelque
bande tapie au creux d'une caverne, et qui s'est trop
fiée aux rochers, aux fondrières, aux torrents, à la protection des piquets empoisonnés et des impénétrables
brousses.

Certes, celui-là ne craignait rien des hommes ; pas
nerveux à coup sûr, tempérament de sanguin, muscles
denses et fermes, chair saine que le fer ni la balle ne
fait souffrir, et qui repousse vite sur les blessures pour
en effacer même la cicatrice. En ses courses, il avait
l'œil aussi clair, les membres aussi dispos, la caboche
aussi nette qu'un sobre adolescent au saut du lit ; et,
pendant plusieurs mois, l'opium n'eut aucune prise sur
ses muscles, aucune sur son cerveau : l'opium auquel il
devait tant de grâces, l'opium, complément nécessaire au
bonheur de ces vies solitaires ; qui leur donne leur sens
spécial, qui les enveloppe d'un attrait inexprimé ; qui tour
à tour décuple le charme des paresses, faisant couler
trop rapides les longues journées sur la natte, et donne
pour l'action furieuse plus d'ardeur, d'audace et de
gaîté. Cependant, depuis plusieurs semaines, la montagne le hantait. La silhouette immuable le troublait
par ses aspects changeants, toujours nouveaux selon
les heures, les saisons, l'état du ciel, de la température
et du vent.

Aux midis d'été, elle tremble — on dirait — dans la
lumière, et c'est un éblouissement à brûler les yeux

du profane, cette vibration des rocs aigus, micacés, taillés à facettes. Dans les nuit claires, agenouillée sous son diadème d'étoiles, enveloppée de blancheur lunaire, elle épand sur la plaine silencieuse un mystère de douce religion, la pitié des bonnes déesses qui planent sur leur olympe inviolé. Aux jours d'orage, sabrée d'éclairs, sur le ciel sombre et les nuages cataractant, elle se change brusquement en pythonisse mauvaise, à la bouche chargée d'imprécations et de haine. Mais, après l'ouragan, dans l'aube de cristal, la cime virginale se lève, sa ceinture de brumes blanches flottante et dénouée au vent léger ; elle se recule dans un lointain d'orgueil et de candeur, la cime sacrée où nul profane n'a posé le pied sans mourir. Au crépuscule, elle apparaît diabolique souvent, sur l'horizon de braise, lorsque le ciel est comme une escarboucle d'enfer, rayée de saphirs qui sont les regards des mauvais anges, et qu'autour des trois sommets plane et piaille un vol d'oiseaux de malaugure. Mais aux nuits noires surtout, Ferrier la connut redoutable, quand on ne la voyait pas et que, de toute sa masse, elle pesait sur les âmes. Après les lourds sommeils d'opium, l'illettré — qui jamais ne pensa — en venait comme les naïfs conteurs des légendes, à douer la montagne d'une cruelle volonté. La cime sacrée lui fut implacablement ennemie, quand elle souriait dans l'aube cristalline ou dans la féerie lunaire, comme aux démoniaques crépuscules de braise, et dans ces nuits où, sans la voir, on la sentait peser sur les âmes. Le matin, quand il s'était ramoné la gorge et qu'il restait une minute, vanné, les yeux larmoyants, le crâne vidé, les flancs haletants en soufflet de forge, plus d'une fois il lui sembla — absurde et pas sacrée imagination ! — que la montagne, peuplée d'esprits méchants, vivait d'une vie surnaturelle, qu'elle le guettait par les gros yeux noirs de ses cavernes, et que, de ses pics sombres, — elle lui faissait les cornes !

— II —

Il avait, ce Ferrier, un passé d'honnête garçon. Soldat de première classe à la Légion Etrangère, puis agent assermenté du Protectorat, d'ailleurs dénué d'éducation comme d'orthographe, il fut, en 1888, par une fortune inespérée, admis dans la Garde Civile du Tonkin avec une situation de sous-officier — garde principal — et trois mille francs de traitement. Si, dans les débuts, ses nouveaux collègues le regardèrent de travers, on oublia bien vite son origine, pour ses exceptionnelles vertus, — bravoure, discipline, dévouement. Dur à ses hommes, exigeant en diable, mais bon enfant, fusilleur sans pitié des malandrins capturés, cruel peut-être, mais indulgent aux miliciens maraudeurs, débordant de cette joyeuseté familière qui plaît aux Annamites, et toujours en avant, le premier au feu, il fut adoré de ses soldats à Ban-May, ou, pour mieux dire, des dix Tonkinois — dont tous les gradés du détachement — qui complétaient l'effectif. En revanche, d'instinct il se défiait — pas assez ! — des vingt Thôs balourds. De grossiers montagnards, ceux-là, qu'à les juger sur la mine on prendrait pour d'éternels ahuris, lents à se mouvoir, la bouche toujours entr'ouverte; des janots de village. Plus grands, plus forts, plus lourds de chair, de charpente et d'esprit que les hommes du Delta. Ni bavards, ni expansifs, ni flatteurs ; incapables d'oublier, comme de pardonner, une injure ; farouchement fermés, dans un silence têtu, devant le chef qui, une seule fois, fut injuste. — Et, pour tout cela, accusés de sournoiserie, déplaisants aux yeux de l'Européen, qui leur préfère l'Annamite moins loyal qu'eux, à coup sûr, moins honnête, mais plus ouvert, plus parleur, livré au premier venu ; l'Annamite, à la sympathie facile et immédiate, qui accostera un voyageur de passage dans le village, pour lui proposer amitié, parce que la figure de l'inconnu lui revient ; l'Annamite, volontiers câlin, caressant, flagorneur ; et de plus, — il faut bien le dire ! — d'intelligence supérieure : les montagnards eux-mêmes le confessent.

Cette supériorité incontestée, les Tonkinois en abusaient à Ban-May, se faisant servir en pachas, se déchargeant de toutes corvées sur les bons gavots, quand il s'agit d'aller à l'eau, balayer la porte, creuser ou combler la fosse aux ordures. Et cela n'est rien encore pour les humbles soldats, accoutumés aux plus durs travaux. Mais, pour qui n'ignore pas la haine du montagnard envers l'homme des rizières, insolent et tyrannique depuis des siècles, les dégourdis miliciens jouaient un jeu périlleux, quand ils persécutaient, sans trêve, de taquineries cruelles et d'injurieux sarcasmes, les pauvres sauvages.

Et, quand un des Thôs s'avisait de réclamer, les gradés exploitaient sa confiance de naïf toujours dupé ; ils extorquaient les sapèques de l'homme alléché par des promesses de faire justice. Puis ils levaient les épaules et donnaient invariablement raison à leurs compatriotes, faisant en petit — mon Dieu ! — ce que tout un siècle pratiquèrent en grand les fonctionnaires d'Annam, les pillards et les injustes, préposés par l'empereur Minh-Mang à l'administration de ces contrées.

Il se trouva parmi ces Annamites un garçon, le jeune Diên, exploiteur, dur, injurieux plus qu'aucun de ses camarades. Celui-là, cependant, les Thôs ne le haïssaient point ; ils en acceptaient — semble-t-il — l'étrange prestige. Un gamin, presque ! un de ces hommes comme on en rencontre la-bas, très propres, intelligents, élégants même, aux allures de garce caressante et mauvaise, avec des yeux où un observateur lirait tout à la fois douceur, câlinerie et cruauté froide. Souvent, ils séduisent ces rudes âmes de sous-officiers français par leur supériorité d'intelligence, tacitement reconnue, plutôt sentie que comprise ; parce qu'ils sont, aussi, parmi leurs compagnons, les plus braves ; et parce qu'ils possèdent un attrait indéfinissable, enfin, dans leur élégance innée, — le charme de la traîtrise, peut-être ! Des gens compliqués, à coup sûr ; qui passeront de longues heures, sans impatience, à rouler des pipes, couchés en aimables éreintés ; puis, le même jour, sauteront en tête des autres dans un retranchement défendu par les rebelles ; — qui vendront leur chef pour trente piastres, s'ils ont faute d'argent, ou pour l'amour d'une femme, et qui peut-être, à l'occasion, la trahison consentie pour demain et payée déjà, se feront tuer aujourd'hui en sauvant ce même chef ; et tout cela par pur tempérament d'aristocrates, de délicats jouisseurs, traîtres pour s'acheter un plaisir, mais n'estiment pas la vie plus cher qu'elle ne vaut, et dédaigneux de la mort non moins que des vertueux préjugés. Tel le jeune Diên : il avait conquis son commandant de poste ; mais sans même recourir aux protestations exaspérées de dévouement, plaisant surtout au grossier Européen par son vague dédain silencieux aristocrate, détaché de tout, indifférent à tout, qui ne réclame rien des autres pour être heureux. Ferrier lui témoignait une absolue confiance Il était, ce petit sergent, un vrai chef, né pour commander au Français illettré comme à ces montagnards. Il avait séduit Ferrier sans même s'en étonner ; les Thôs, il les vexait en toute occasion ; nul Annamite ne l'égalait pour en extorquer de l'argent — amendes et cadeaux, — pour les humilier, et les brutaliser, pire que des chiens. Et ces hommes ne le haïssaient point ; ils lui obéissaient avec cette soumission, cet air humble et caressant des colosses balourds obéissant à quelque frêle prince de sang royal. Ce prestige étonnant, avéré autant qu'inexplicable, de certains êtres, de ceux-là que la fortune doua du verbe persuasif et du regard impérieux à la fois, — et qui naissent maîtres des hommes ! César le connut, et Néron, sans doute, — et le pensif empereur Dong-Khanh, mort si jeune, sûrement le posséda.

Vexés par les Annamites, les montagnards ne portaient par leurs plaintes au Français, complice et protecteur de leurs tyrans. Ferrier ne se gêna jamais pour rire aux éclats des taquineries cruelles, en admiration devant ses gas bavards, doucereux, et si débrouillards ! qui, au bon moment, savent prélever sur leurs économies, au bénéfice du chef, deux ou trois taëls d'opium. Oui, c'était un jeu périlleux, à tout

prendre — et Ferrier en eut parfois le pressentimeut,
— en ce pays où quelques familles se partagent la
clientèle héréditaire et le féodal dévouement des populations, où les rebelles connus, chefs de ces familles,
étaient les naturels suzerains des miliciens montagnards.
Mais quoi? la discipline n'a pas été inventée pour les
chiens! On verra si, sous la main d'un gaillard qui
sait à propos user du rotin, ces gens ne resteront pas
au port d'arme, comme les copains! Et puis, enfin, un
soldat ne connaît que son drapeau; l'honneur militaire
avant tout, nom de Dieu! Ces lascars-là, des sournois,
d'accord ; n'empêche que leurs anciens patrons
seraient joliment reçus, à venir les tenter! Ou, alors,
le monde renversé, hein ? — Non, ça n'a pas de bon
sens !

D'ailleurs, les pauvres gavots, ils ne songent guère
à comploter, allez! Certes, ces muets, on ne dirait pas
au juste ce qu'ils pensent. Bah! ils ne pensent pas
grand chose. On les croit fiers, vindicatifs, sensibles
à l'injure, et tout le tremblement? D'abord ils ne le
montrent pas. Puis, avec l'ami Ferrier, ça ne prendrait
pas, vous savez? On les taquine un peu : cela forme le
caractère, ça débrouille. C'est pour leur bien. Sacrebleu ! faudrait qu'on les envoie en pension, ces bleus,
au 4ᵉ Étranger, à Bel-Abbès ! Et Ferrier, ayant ainsi
exposé sa théorie, paternellement appliquait quelques
coups de rotin sur les fesses des réclamants, où se
perpétue en raies bleues le témoignage des cadouillées
antérieures. Puis il retournait à sa natte.

Pourtant, dans les premiers temps, les montagnards
ne lui gardèrent pas de sérieuses rancunes, au joyeux
garde principal, injuste parfois, mais guère méchant,

au fond, et doué, le gaillard, de ce caractère brusque
et franc qui, à larges rafales, dissipe la haine. Ils
exécraient les Annamites, et, plus qu'aucun des Annamites, la douce Thi-Nam. Le sous-officier, s'il accepte
volontiers les cadeaux, on lui connaît, après tout, ce
tempérament de noceur qui ne sait compter l'argent
et laisse filer les piastres comme elles sont venues,
sans y tenir autrement, et les prodigue aussi facile-
ment qu'il les a prises.

Puis, enfin, il est le chef ! Mais ces Tonkinois inso-
lents, cette garce avide, doucereuse et cruelle ! — A
coup sûr, Thi-Nam n'ignorait pas les sentiments des
miliciens Thôs ; elle les avait lus dans certains regards,
quand un montagnard, bastonné par son ordre, remontant ses pantalons, se prosternait à quatre reprises,
en grâces rendues pour le juste châtiment, sous le rire
injurieux de la catin, tandis que madame, nonchalante,
se balançait de son pied nu qui déborde du hamac et
repousse rythmiquement le sol.

A Ban-May, Ferrier vivait en plein rêve heureux, le
rêve de ses nuits de troupier, qu'il n'eût jamais espéré
réalisable. Par tous les sens, il savourait cette existence
de campagnard, du gros propriétaire normand qu'entoure une famille gaillarde, cette lente vie paysanne,
mais sans souci de l'avenir, agrémentée de longues
paresses que coupent les heures d'action héroïque. Lui,
né dans une ferme, grandi en plein air, et qui, à la
caserne, connut la nostalgie des champs, plus qu'un
lettré peut-être, il possédait ici, dans le poste, le jardin
potager amoureusement créé par ses mains, et des
poules dont, chaque matin, on va surveiller la ponte,
méfiant en diable des miliciens chapardeurs ; et des

lapins ! — Une biche svelte et caressante, au pelage fauve taché de blanc ; et deux chevaux de montagne, et une meute de chiens thôs, annamites, français. Comme il était heureux, si loin du poste le plus voisin, à dix heures de son résident, souvent sans pain ni viande, réduit à vivre à la tonkinoise, mangeant, fumant et dormant sur la même natte, plus annamite que les Annamites. Mais, au contraire des indigènes blasés sur ce mode d'existence, il en jouissait pleinement, parce que longtemps il avait croupi dans la pitoyable vie des meschins qu'immobilisent la chaîne au cou et les menottes de nos civilisations. Il en jouissait, comme un artiste, en Europe, jouit de la campagne, de la vie saine dont le paysan, par la longue accoutumance, ne ressent plus les intenses joies. Et, ici, l'horizon libre de toutes parts ; et, bien au delà de l'horizon silencieux et désert, encore du desert et du silence. Un délice pour l'imagination, en vérité, cette bande de territoire indéterminé, et non point la frontière précise par delà laquelle on saurait qu'il se trouve, juste après sa ligne, déjà du grouillis d'hommes et du bruit ; — un espace vague, de terre et d'air, où se sont dispersées, diluées, anéanties, toutes les rumeurs du monde lointain, et cette angoisse confuse qui pèse sur l'existence du solitaire quand il connaît l'exacte limite de la solitude et du silence. Une vie de fermier, de hobereau même, de baron féodal, maître de sa petite armée, trente hommes bien payés, grassement nourris, munis de mousquetons modèle 74. Et comptez aussi la joie de n'être pas au bout du fil télégraphique ! Une vie que magnifie ce que les plus riches et les plus nobles ne possèdent plus en Europe : le pouvoir absolu sur la

contrée, sur des corps et des âmes de soldats fidèles et
de chétifs villageois. Le sous-officier était, en effet, le
seigneur du district, puisqu'il y disposait seul d'une
force militaire, et qu'il envoyait à son résident d'heb-
domadaires rapports sur l'esprit des populations et les
agissements des fonctionnaires indigènes. Aussi, c'était
chaque jour, après les quatre prosternations dues
« au grand mandarin », une affluence de présents : les
paniers d'œufs, les plateaux de *letchis*, de pommes-
cannelle ou d'oranges, selon la saison, — les quartiers
de cerf, les régimes de bananes, les volailles; sans
oublier, aux fêtes, les boîtes de thé, les soieries, les
pipes en bois rare. Et puis, c'étaient les randonnées
en montagne,— courses furieuses, ardentes poursuites,
coups de fusil échangés, — les joies et la folie de l'ac
tion. Dans les premiers mois, jamais Ferrier ne se
connut plus heureux qu'à traquer les pirates, levant
le nez pour les renifler au lointain, et passionné
comme un joueur quand il les avait dépistés, quand
sifflait une balle, quand de la fumée, là-bas, sur les
feuilles, lui révélait l'ennemi. Une ivresse, pour ce
sanguin joyeux, sans nerfs, insensible aux blessures,de
se ruer à l'assaut, de crosser les malandrins avec son
revolver, de courir à travers fossés et palissades. Le
soir, il consignait tout cela dans de beaux rapports sans
orthographe, fiers comme des chants d'Homère, quand
il rentrait au poste, jamais las, impatient de trouver sa
récompense, près de la chère lampe, sur le lit de
camp.

Depuis quelques semaines, pourtant, l'opium l'avait
bien changé: Naguère robuste et rouge, vrai gars du
Calvados, voici que Ferrier faiblissait, plus pâle et

plus maigre chaque jour. Et, à présent, ses ardeurs de violent, à sang riche en fer, âpre à la poursuite, étaient réveillées et entretenues par le seul opium. S'il s'obstinait à l'action, ce n'était désormais que par amour-propre ; dans son étroite cervelle restait la vanité de la vigueur perdue.

Souvent, à cette heure, il avait une peine immense à se lever, un dégoût d'aller, une impatience de regagner la maison ; mais se l'avouer ? Jamais ! Il parlait plus qu'autrefois, à ses copains de passage, pour les éblouir, de randonnées et de faits d'armes. L'opium faisait aussi nerveux et sensible, par une rapide évolution, ce gaillard naguère sans nerfs. Hier, bon enfant et cruel tour à tour, en garçon toujours hilare et gueulard, qui obéit sans réflexion aux poussées d'un sang généreux, voici qu'il se révélait capricieux comme une femme malade ; on le trouvait méchant sans raison, maintenant, pour le plaisir, lui qui jadis parut souvent implacable et brutal, à tort peut-être, mais avec la conscience de bien agir, « dans l'intérêt du service ». Irascible et faible, puérilement, il modifiait ses décisions sans motif, maintenant ; dans la même minute il rossait un milicien et lui prodiguait les sous et les caresses. Il tyrannisa les montagnards, méchamment il les humilia pour égayer les Annamites rigoleurs. Devant les injures, comme devant les bonnes paroles, ceux-là — qui ne savent point pardonner — restèrent plus impassibles et plus fermés que jamais. Pour finir, Ferrier exaspéré les reconduisait à coups de bottes, gueulant qu'il saurait mater ces brutes. Et cela faisait rire les souples Annamites qui empochent avec philosophie injures, coups et sapèques, et ne gardent point de rancune. Et plus encore que les autres, cela faisait rire le jeune Diên qui préside aux exécutions et conte les coups de rotin, debout à l'arrière-plan, très gracieux toujours avec son torse balancé par un dandinement, et sa face pâle et plate.

Enfin, Ferrier devenait fier, frondeur envers ses chefs, comme en témoignèrent plusieurs lettres insolentes, qu'on lui passa pour sa bravoure et son zèle ; il n'admettait plus une remontrance, finissant par se considérer comme le propriétaire, par droit de conquête, du poste et de la région. Vaguement, en son crâne épais d'illettré, repassaient les vieux contes de sa Normandie maritime, des remembrances confuses de renégats dans leurs harems, de conquistadors invincibles et jouisseurs, et les légendes que des légionnaires beaux-parleurs narrèrent aux veillées de l'escouade, que de malins gabiers dévidèrent durant les traversées de cinquante jours, à bord des transports ou des « affrétés ». Avec cela, le souvenir, vivant au Tonkin, des Garnier et des Hautefeuille. Et, mêlant les hommes et les époques, le sous-officier croyait, de bonne foi, se constituer à son tour, par le droit du sabre, seigneur et civilisateur de races inférieures. Tout cela n'était pas bien net, dans sa cervelle embrumée, non plus que les légendes du Tân-Vien, qu'il écoutait couché sur sa natte ; c'était assez vague, comme les superstitieuses épouvantes, oubliées au soleil, que lui glissaient ces légendes, dans les lourdes et chaudes nuits, au milieu d'une immense région hostile, si près de la montagne dont la masse, qu'on ne voit pas, opprime les âmes.

Une vie réjouissante, en somme, si le massif peuplé

de Génies mauvais n'avait sans trêve projeté sur elle
l'ombre envahissante de ses trois sommets.

Souvent, la nuit, Ferrier s'interrompait de fumer,
pour admirer la douce Thi-Nam berçant son baby,
près de la natte, sur le hamac. Il la regardait avec
amour, la sèche et pâle rouleuse, qui se fait qualifier
de « grande dame » par les miliciens et les paysans
et qui daigne à peine, à rares occasions convenable-
ment espacées, causer avec les femmes des sergents
et caporaux indigènes. Toutes lui prodiguaient cadeaux
et flatteries. Et les notables des villages les imitaient ;
et les mandarins n'y manquaient pas davantage.
C'étaient, en cachette de Ferrier, les pièces de soie et
les barres d'argent apportées, avec génuflexions, à la
concubine, avide, — comme tous ses compatriotes —
d'hommages et de flatteries autant que de riches présents, et qui promet d'intercéder pour un suspect, de
fermer les yeux du chef sur tel village coutumier d'accueillir les pirates. Mais, tout bas, on narguait « la
grande dame catin » ; on la traitait de garce ; mon
Dieu ! non point parce qu'elle vivait auprès d'un étranger ; les familles paysannes là-bas, n'y voient guère
que des avantages ; leur aimable enfant économisera,
chez le Français, en quelques années, de quoi vivre
avec l'époux annamite de son choix, lettré de résidence,
mandarinot, bel étudiant sans le sou, promis aux plus
fières destinées. On ne lui reprochait pas, certes, sa
bonne amitié pour le petit sergent, ni les grappillages
qui serviront à réchauffer l'amour de ce joli greluchon
— mais ces dames juraient tout bas, les vilaines ! que la
Thi-Nam fut ramassée jadis par l'Occidental dans une
tolérance de dernière catégorie ; et, en vérité, elle se

montrait trop dédaigneuse ! Bah ! de ces racontars,
jamais l'honnête Ferrier n'entendit rien. Il adorait sa
douce amie et le gentil baby, sans se demander ce que
d'eux il adviendrait, le jour où la maladie renverra le
père en France. Il comptait bien vivre et mourir au
Tonkin : — fermant les yeux sur toutes probabilités
contraires, nature naïve de troupier qui jamais ne regarde pas delà l'heureuse journée présente, convaincu d'avoir rencontré « par une chance unique » —
ils pensent tous de même ! — une véritable famille, le
parfait bonheur dans l'amour et le ménage, Ferrier
n'entrevoyait dans l'avenir, jusqu'à la tombe, que
cette belle vie de Ban-May, avec les joies du commandement et de la campagne. Thi-Nam, fourmi patiente et cruelle, douce et câline toujours, avait silencieusement amassé pour l'élu des jours futurs. Mais
voici que prise de passion à son tour, elle jetait au
petit sergent, par larges brassées, tout ce que, grain à
grain, elle avait grappillé. Ces femmes d'Annam, si éco-
nomes pourtant, il leur passe parfois de telles folies par
la tête ! Le riz et la pitance pour le ménage, elle était
experte à les prélever sur les paysans, puis elle s'ébahis-
sait devant Ferrier de la cherté des vivres ; le linge, les
chaussures, les vêtements, on les achetait à crédit chez
les commerçants de Hanoï, qui déjà s'inquiétaient ; leurs
réclamations de fournisseurs impayés valurent au
sous-officier les sèches remontrances de ses chefs.
En fin de mois, Thi-Nam lui prouvait clair comme le
jour qu'on n'avait pu mettre un sou de côté. Mais la
solde s'était transmutée en bracelets et colliers d'or
massif, martelés sans art ; d'ailleurs, le joli sergent
les fondait vite ! — Thi-Nam prêtait à la petite so-

maine ; quatre piastres avancées le 20 du mois aux miliciens, cinq piastres retenues le 30. Toute une comptabilité pour cela ! Une liste établie par le sergent Diên, et que, pour assurer la retenue, le malheureux Ferrier lisait gravement, à haute voix, quand i réglait, non sans discussions, le prêt mensuel de se hommes. Des montagnards, Thi-Nam exigeait double intérêt. D'ailleurs, elle incitait Ferrier à les punir à tort et à travers, et leur vendait la levée des consignes. Aussi, elle le savait bien, pour elle il n'eût pas fait bon se trouver seule, hors du poste, tête-à-tête avec les gaillards. Elle en riait. Ferrier n'avait pas la vue si nette ; il s'irritait seulement contre ces brutes de montagne, quand il les voyait, les Thôs, muets, les yeux baissés, le front têtu, impassibles devant les aimables paroles comme devant les injures. Mais, sur la natte, sa colère s'envolait avec la fumée.

Sur de plus pressants avis du résident, du sous-préfet indigène et des espions, Ferrier prit, pour se garder, quelques précautions supplémentaires. Le faible effectif du poste ne permettant pas de doubler les quatre sentinelles de nuit, le sous-officier prescrivit de fermer les portes chaque soir au coucher du soleil, et, sous aucun prétexte, de ne les ouvrir avant le jour. Toutes les nuits, à trois ou quatre reprises, il quitta son lit de fumeur pour des rondes imprévues. Les porteurs de dépêches, même officielles et urgentes, ne seraient introduits qu'après le soleil levé. Le sous-préfet expédia de divers côtés de secrets émissaires. Dans ces conditions, Ferrier se jugeait, non à tort, bien tranquille, en état de défier, avec ses trente fusils, à l'abri de sa double palissade, la

plus audacieuse tentative, bien improbable d'ailleurs,
des rebelles. Les ordres donnés et compris, le premier jour, en regagnant sa case — il était midi — son
regard s'arrêta sur l'éternel Tân-Vien, peuplé de
Génies hostiles. Mais en plein jour, au soleil, la crainte
n'entra pas dans son cœur conscient des responsabilités
nouvelles et du plus difficile devoir. Bon pour la nuit,
l'effroi, et pour ces heures où l'on se relève de la natte,
vanné par la fumerie de la veille, pas encore fortifié par la fumerie du jour ! Et puis, quand le péril se
précise et prend corps, devant lui se dissipent les
vagues appréhensions, les terreurs indéfinies ; — et le
vieux soldat, énergique et raillard, se retrouva tout
de même avec sa caboche solide, sa poitrine de vaillant,
ses idées nettes, toute sa volonté rassemblée en front
de bataille contre les épouvantes superstitieuses.

— III —

Huit jours après ce midi ensoleillé. — Il est quatre
heures du matin, la fin d'une caniculaire nuit de juillet.

Ferrier est encore étendu sur sa natte, vêtu de la
flottante mauresque de soie, les pieds nus ; — le jeune
Diên lui roule ses dernières pipes ; ils fument tour à
tour, les deux compagnons. La femme et le baby
sont couchés sous le moustiquaire du lit voisin. Un
milicien annamite veille, de faction au seuil de la
chambre. Depuis une semaine, se défiant des montagnards, le sous-officier veut à ses côtés, chaque nuit, ce
garde du corps ; même, précaution nouvelle, les dix

Tonkinois dorment côte à côte dans la case des hommes, près de la porte, en section de piquet, la cartouchière sur la poitrine et le mousqueton à la main.

Jusqu'à l'aube, en roulant les pipes, l'élégant sergent a raconté, comme à l'accoutumée, avec plus d'insistance peut-être, d'invraisemblables légendes, les exploits des Génies hostiles aux intrus étrangers, les méfaits des diaboliques magiciens à dents jaunes qui peuplent la région des châu, subtils maîtres en l'art de sorcellerie, redoutés des Annamites. Les fenêtres sont restées ouvertes toute la nuit ; mais pas le moindre souffle d'air ne fait onduler le rigide voile du moustiquaire.

Quand les deux hommes s'interrompent de fumer, un montagnard, debout au milieu de la chambre, agite sur leurs fronts l'éventail à long manche, qu'il tient à pleines mains et que, d'un rythme régulier, il relève, puis abaisse brusquement : mais le va-et-vient de l'éventail n'allège plus l'accablante atmosphère, où la fumée des pipes, soufflée vers le plafond, s'épand et retombe en nappe lourde sur les lits et sur le sol.

Le massif du Tân-Vien s'est voilé d'une brume aussi lourde et blanche, la brume matinale de ces régions, exhalée des terres toujours en travail, grasses, humides et fécondes : on ne le voit pas, et cependant il pèse, de sa masse colossale, sur les âmes; il pèse plus lourdement que jamais, de tout son poids, par cette nuit chaude : on le sent à l'horizon qu'il emplit ; il emplit et borne de même la pensée qui, s'envolant de cette chambre, irait, comme un oiseau, se briser l'aile contre sa masse et choir à son piédestal de granit.

Et maintenant, par l'influence combinée de la nuit

chaude et de l'opium, dans la cervelle du sous-officier,
sur les vagues des idées tristes, les épouvantes émergent; — et cela roule, monte et descend sous le crâne,
comme une confuse marée d'océan. Les superstitions
reparaissent; la défiance s'exaspère, de ces montagnards
qui dorment à deux pas du chef exécré, qui veillent
peut-être.

Longtemps il avait ri, le robuste gars normand, de la
naïve imagerie des légendes, avec son immuable personnel de Dames, de Bouddhas et de savants Mandarins : Génies bénisseurs; — généraux et guerrières, en
armure d'or, chevauchant contre les Tartares; — rois
drapés de soie jaune, impassibles, qui récompensent ou
dégradent les Poussahs et les démons, par décrets calligraphiés à l'encre incarnadine; — bonzes chenus; —
serpents tricéphales, qui sont de sages devins; — et les
poissons cannibales qui exigent sept vierges en tribut;
et le Dragon, le Tigre, la Licorne, la Tortue, qui sont les
quatre animaux symboliques... — Mais, de son enfance
vécue en les villages où sévit l'effroi des sorciers et du
mauvais œil, il était resté chez Ferrier, comme chez
tant d'illettrés, derrière le rideau des faciles crâneries,
une appréhension inavouée des pouvoirs mystérieux et
des êtres qui les détiennent. Et maintenant il avait peur.
A travers ses rêves, ces personnages des légendes,
sommairement délinéés en deux traits au crayon de couleur, passaient avec des gestes anguleux, de hiératiques allures, sur de très simples paysages, tels qu'en
dessinent les enfants et les sauvages : du jaune indien
pour les rizières, du bleu de Prusse pour le firmament,
du vert céladon pour les bouquets de bambous, — et
c'est un coin du Delta, une matinée de printemps; de

sombres moires sur un rectangle de bleu minéral, ti-
queté de points d'or, — et c'est, pour la marche des
héros, le ciel étoilé, la mer et la nuit. Pour Ferrier,
l'enfantine féerie des contes s'animait d'une vie étrange :
rois, bonzes, dames et mages, les sorciers, les soldats
et les dieux, — peu à peu, cette imagerie étriquée, dé-
linéée en lignes sèches et précises, s'éloignait derrière
un ondulant rideau de fumée, pour transparaître, dans
le demi-jour et le lointain, plus authentique et plus
farouche.

Les marionnettes ricanaient, avec de grands gestes
terribles qui menacent l'intrus ; les animaux symboliques, dans une clarté pâle, faisaient frissonner leurs
luisantes écailles, pour l'éblouir ; ils recourbaient et
tordaient en anneaux, pour l'étouffer, leur queue mons-
trueuse et leur corps de Chimère. Et lentement, lentement, sous les influences de l'ombre, du mont emplissant l'horizon, et des périls réels, dans le cœur du
soldat se glissait, exaspérée par le silence, centuplée
par l'opium, une terreur plus intense de minute en
minute, où se combinent et se mêlent l'anxiété d'être
livré par des traîtres aux ennemis qui guettent dehors,
tout près, dans la ténèbre enveloppante, et l'appréhension des volontés surhumaines, des Génies mauvais qui
veillent sur le mont sacré...

Voici l'heure où se fondent les étoiles dans le blan-
chissant orient. En ces régions tropicales, le ciel va
s'éclaircir, vite, vite, vite ; un quart d'heure à peine, les
ombres s'attarderont sur la plaine ; à peine un quart
d'heure le soleil attendra sous l'horizon pour, après un
bref crépuscule, surgir dans sa gloire d'implacable dieu.
Il n'est pas de ces contrées, le long embrassement de la

nuit et du jour, l'adorable mêlée de l'aube que suit l'aurore approchant à petits pas, pâle longtemps et comme lasse d'avoir lutté. Telle qu'un immense serpent à son réveil, la brume immobile des nuits s'agite et se déroule ; elle élève vers les sommets, comme une tête languissante, de la vapeur qui s'effume en montant ; — et le Tân-Vien apparaît des pieds au front, debout pour son éternelle faction de haine.

Ferrier se disposait à s'endormir. Tenu en éveil par les avis, de toutes parts venus, depuis une semaine il ne soufflait la douce lampe qu'à l'aube ; alors, il pouvait sommeiller jusqu'à midi, tranquille pour un jour sur la sécurité du poste.

S'il agissait ainsi, ce n'était certes point par énervement de poltron, à la guise de ces couards qui, lorsque ne se trouve pas leur case au sûr abri des murailles de citadelle, guettent, toute la nuit en alerte, l'oreille attentive aux feuilles frôlées, la chair frissonnante. Non ! mais le sous-officier, responsable du poste, des hommes et — cela surtout ! — des fusils, ne laissait rien au hasard ; il ne se fiait point aux miliciens de faction, qui pourtant, mis en garde par ses rondes perpétuelles et ses menaces d'exécution militaire, ne s'endormaient guère sous les armes. Et encore ! ces gaillards vous ont une manière de somnoler debout qui ne les empêche pas de répondre, tous les quarts d'heure, au « garde-à-vô ! » du voisin. Ils laisseraient l'ennemi s'approcher à dix mètres du fossé ! — Ferrier ne s'en rapportait qu'à l'œil du maître, « pour toutes questions concernant le service »...

Une rumeur de voix ; — le sable de l'allée crie sous des pas pressés... Le garde principal est déjà levé, la

crosse du revolver dans la paume ; il a sauté dans ses
sandales de paille, prêt à s'élancer. Fausse alerte. Le
caporal de piquet vient seulement rendre compte d'un
incident : deux paysans sont arrivés, porteurs d'une
caisse.

Las de leur marche nocturne, ils sollicitent d'être
admis sans retard auprès du chef, le poste ne devant
s'ouvrir que dans trente minutes, après le soleil levé.
Dix secondes à peine, Ferrier hésite : évidemment, la
caisse renferme les provisions par lui commandées à
Sontay, qu'il attend avec impatience : vin, saucisson,
conserves — de quoi varier ses maigres repas à l'annamite, — absinthe, vermouth de *Torino*, amer Picon,
— les indispensables « apéritifs » D'ailleurs, que
craindre de deux hommes ? Il fait déjà grand jour...
Cependant, — dernière précaution, impatience peut-être,
— Ferrier va lui-même ouvrir la porte. Il sort, le revolver à la ceinture. Le jeune Diên reste étendu par la
natte, impassible toujours, un peu plus pâle que de
coutume ; mais qui soupçonnerait la moindre inquiétude
sous ce front tranquille, dans cette main qui, sans
trembler, avec le soin et la précision ordinaires, roule
une pipe à la flamme droite de la lampe ? Ferrier approchant, le factionnaire — un Thô — de garde à la porte
présente l'arme ; car le chef du poste minuscule,
l'orgueilleux troupier, exige les prérogatives des hauts
mandarins. « A bas ! — gueule Ferrier, — on ne rend
pas les honneurs avant le lever du soleil, idiot ! » Et il dé-
barricade la porte que maintiennent close deux lourdes
barres de bois. Les porteurs sont là, dehors, mines de
braves paysans ; patiemment ils attendent, accroupis
dans l'herbe, contre la caisse : « vite ! entrez. Et qu'on

se dépêche, hein? » — Ils se lèvent, chargent le colis et le portent jusqu'au seuil du poste. Les galapiats ! ils l'ont laissé choir, là, juste en travers de la porte. Les bouteilles seront cassées, fichus le bon vin et les liqueurs ! Le sous-officier ouvre la bouche pour sacrer, il lève le bras pour assommer. Mais soudain, bondissant des buissons — on n'a pas assez largement débroussaillé de ce côté, dégagé suffisamment les abords du poste — d'autres hommes, plus nombreux, surgissent en arrière, et tout cela clame et hurle d'effrayants hourras. Les porteurs ont baissé la tête et filé de droite et de gauche, rasant la palissade. Mais Ferrier n'a ressenti ni peur ni surprise, non, pas même une seconde de temps, sacrebleu ! Le vieux dur-à-cuire, rompu aux hasards et aventures de la guerre, il faudrait mieux que cela, pour l'étonner. Il rugit en lion, en tonnerre : « aux armes ! » tandis que d'un pied robuste il repousse la lourde caisse et que ses bras en croix — ils ne tremblent pas, nom de Dieu ! — rabattent, dans une énergique tension des muscles, les vantaux de la porte. Trop tard ! Ils sont sur son ventre, les malandrins. D'un élan il se dégage, et recule vers la case des hommes, pour rallier ses miliciens. Tout va bien ! Les fidèles Annamites, en armes, accourent à la rescousse, déjà : « Un effort, mes enfants… Bousculez-moi ça ! » — Pan ! pan ! Des coups de feu, de part et d'autre. Malheur ! Ferrier est tombé, une balle dans la cuisse, une balle dans les reins. Sous le double choc — oh ! pas très douloureux : deux coups de pierre, deux cinglées de fouet — le pauvre gars est tombé. Puis, une douleur aiguë le crispe aux entrailles. Et, en même temps, sa volonté lasse et vaincue s'abandonne ; elle a compris la folie de lutter, l'inéluctable défaite ; car, en tombant, par-dessus les têtes féroces et la bousculade, Ferrier a vu surgir le Tân-Vien, enfin victorieux, rigide sur le ciel blanc, la cime inviolée, dans l'aube de cristal, dans un lointain d'orgueil et de candeur... Puis l'ombre emplit ses prunelles, une confuse rumeur roule un va-et-vient de marée dans ses oreilles ; — de la nuit et du silence. Il s'évanouit...

— IV —

Lorsqu'il ouvrit les yeux, Ferrier se retrouva sur le sol sablé, dans sa case, ficelé de cordes en fibres trossées de bambou. Son premier regard vit, sur le lit de camp, le jeune sergent annamite. Parmi les pirates, toujours calme, Diên était là comme leur chef. Il n'avait point paru pendant la lutte, il n'avait pas quitté la natte, comme si les vains incidents de l'heure n'eussent pas valu à le déranger, à l'émouvoir seulement.

Paisiblement il continuait, seul, la bonne séance de fumerie, commencée avec le Français, pas même un instant interrompue ; — belle âme d'indifférent, supérieure aux vagues contingences ; élégante personnalité de débrouillard, que révèle l'ironie — trop subtile, incomprise par tous ces gueulards idiots ! — du très ingénu sourire à poste fixe sur cette face plate, blanche et câline.

Il fumait l'opium dans la pipe commune, longuement culottée à deux durant les lentes nuits de cet été tropical. Et déjà s'empressaient à ses côtés plusieurs des pirates, et aussi des miliciens Thôs, leurs complices.

Autour du blessé, de féroces figures silencieuses.

Ferrier reconnaît ses montagnards, qui l'ont trahi, et qui le dévisagent sans parler. On croirait presque, à les voir ainsi muets, qu'encore survit le respect inconscient du maître, de la crainte, en ces têtes longtemps courbées sous la férule. Derrière ces hommes, se pressent les larges faces des pirates, ricaneuses, pourpres d'orgueil. Un brouhaha d'injures et de menaces emplit la chambre.

Le dur soldat comprit qu'il ne lui restait qu'à proprement mourir. Il était prêt. Ainsi, les Génies cruels devaient triompher ; depuis l'éternité, c'était écrit quelque part, aux livres du sort. Il faut laisser aux imbéciles les vaines protestations contre l'inéluctable, la mômerie des regrets. A l'heure terrible, le légionnaire se retrouvait d'instinct, pour regarder la mort dans les yeux, farouche et brave, malgré la douleur enfin éveillée, aiguë à le faire crier, de sa double blessure. Au moins, il avait fumé son saoul. Et grâces soient rendues à l'opium qui, s'il avait fait cette âme inquiète et triste, et cette chairdouloureuse, en revanche, leur avait appris, comme il l'enseigne aux indigènes de Chine et d'Annam, à subir, sans révolte des nerfs ni de la pensée, la sacrosainte volonté du destin. Et maintenant, vieille tradition du soldat, Ferrier, soumis à cette volonté, ne souffrait plus, moralement, que d'une angoisse, la douleur et la honte du poste livré, l'honneur compromis du chef qui va mourir... Ce sentiment, ignoré peut-être des raffinés, mais exagéré chez les humbles, cette idée restreinte du devoir, par qui les moins intelligents et les plus las souvent se haussent à la stature des héros.

Mais on ne parlait pas de massacrer l'Européen. Pour quel motif, au lieu de l'achever sur place, le laissait-on reprendre ses sens?... Un rayon d'espérance passa, aussitôt effacé, dispersé comme un reflet de lune sous les remous, dans un grand frisson de son épiderme : l'homme se figurait, brusquement, les supplices que sait raffiner l'Extrême-Orient, et le martyre légendaire de tant de soldats, et la mort lente qui, avec une précision d'anatomiste, déchiquète les chairs vivantes, de façon à faire chanter sur chaque nerf la savante symphonie de la douleur. De la tête aux pieds, son corps vibra de ce frisson. Et pas de revolver à portée de la main, — l'arme libératrice tombée sur le sable, là-bas, dans la lutte. De nouveau, le sous-officier regarda les outrageux visages sur lui penchés, les faces silencieuses, froides, orgueilleuses. Les montagnards surtout ; ils ouvraient de larges prunelles, sans parler, sans jeter un cri ; pâles, ils dévoraient des yeux le vaincu ; ils se repaissaient de sa honte, et l'on devinait l'immense joie des cœurs bondissants, comprimés à deux mains, et l'on eût dit que ces traîtres allaient défaillir, de leur muette volupté. Et voici que, tout à coup, un de ces hommes, comme pris de folie, bondit hors de la case, trépignant, hurlant de bonheur, avec de grands gestes. Et les autres regardaient de plus près, triomphants, au septième ciel, leur haleine de fauves sur la figure de l'Européen, féroces et muets.

Le maître de cette racaille, le jeune Diên, fumait toujours ; et l'ironie du vague sourire, entre deux pipes, laissait transparaître quel dédain, incompris, pour les vainqueurs comme pour le vaincu, pour les vaines contingences ! Et si, à de longs intervalles, un de ces montagnards, parmi lesquels il n'avait pas combattu, se hasardait à lui parler, — avec quelle déférence, les yeux baissés et les mains jointes, quel souci de faire pardonner l'audace grande !... — Bousculade au seuil de la chambre. — Les têtes s'écartent ; on amène la douce Thi-Nam avec son enfant, la femme impassible, aux traits tirés, au visage de cire, aux prunelles comme mortes. D'ordinaire on ne maltraite guère les femmes. Et que craindrait-elle la rouleuse ? de partager la natte du nouveau chef ? ce ne serait pas un bien grave accident, pour elle. Au pis aller, d'être livrée aux montagnards ? oui, sans doute, ils voudront jouir de sa peau, à satiété ; ils exigeront cette récompense du joli sergent, leur maître, ces esclaves qu'elle humilia, enfin seigneurs de sa chair méprisante.

N'est-ce, après tout, dans sa normale destinée de paillasse à soudards, pour la garce qui, des maisons publiques, passa, insouciante, dénuée de répugnances comme de pudeurs, dans la couche d'un occidental à l'odeur de cadavre ?

Le gamin pleure et piaille, agrippé de ses petits ongles à la robe, épouvanté du tumulte, des armes, des faces féroces, sans comprendre.

Un geste las, du jeune Diên qui s'est soulevé sur le coude. L'Européen, la femme et l'enfant sont traînés, brutalement, sous la varangue. La douleur physique arrache à l'homme un gémissement. Et cette plainte, comme du feu dans la poudre, fait jaillir l'explosion de haine, rires, clameurs, huées, moins terrifiants que le silence d'avant.

La brume envolée, le soleil a surgi, plus haut que les collines violettes, que les lointaines sapinaies, découpées en ombres chinoises sur un lumineux transparent. Des miliciens gisent çà et là, sans tête, dans

les carrés de choux ; des pirates dansent sur les plate-
bandes de fraises, ou ramassent les fusils abandonnés ;
d'autres boivent l'alcool de riz à rasades ; d'autres
encore répartissent en tas égaux les vêtements des
vaincus, les colliers des femmes annamites tombées
aux côtés des soldats, raidies et pâles comme eux,
trouées de balles, décapitées ; — humbles et fidèles vil-
lageoises qui suivirent volontairement leur époux, des
provinces heureuses du Delta jusqu'en ces régions de
fièvre et de massacre. Les Thôs fraternisent avec les
pirates, gens de leur race, et peut-être de leurs familles. Tous les Annamites sont morts ; pas un n'a fui.
Seul a survécu l'élégant sergent, joli, souple et traître,
respecté des vainqueurs, à l'aise parmi ces gens et qui,
de haut, les dédaigne ; et qui, plus que personne, les
humiliait naguère et les exploitait, doué, parmi ces
âmes grossières, du prestige inexplicable qui fait les
princes des hommes. Dans le prestige du petit sergent
s'affirme aussi, une fois de plus, la réelle supériorité
de l'Annamite, ressentie — sinon reconnue — par les
balourds de montagne.

Et la trahison de cet homme, le confident des veillées
bavardes, est pour Ferrier une douleur nouvelle,
mêlée de honte, après la honte et la douleur du jardin
saccagé, tandis qu'on poursuit, pour leur tordre le col,
les volailles affolées, que deux hommes essayent les
chevaux, qu'on éventre la svelte biche pour le festin
de victoire, et que les chiens hurlants viennent lécher
leur maître au visage.

Rien encore, tout cela. Auprès du blessé on entraîne
Thi-Nam, toujours impassible, mais plus pâle, et le
gosse qui ne s'arrête plus de piailler. Un des traîtres

— il n'a pas quitté l'uniforme des miliciens ! — un colosse, jette le gamin à plat-ventre ; il lève son coupe-coupe pour décapiter l'enfant. Alors, la mère hurla : qu'on ne massacre pas son fils, le fils de son ventre ; qu'on la tue, elle, elle seule, qui ne demande pas de pitié ! Elle criait ces choses, en paroles entrecoupées, en sanglots, avec cette furie des mères, femelles ou femmes, qui, pour prolonger d'une minute la vie si chère, se damneraient. L'élégant Diên, le joli garçon qui parle très doux, s'approcha de Thi-Nam, — l'homme qu'elle avait aimé, qu'elle avait vêtu et gavé de ses rapines. A demi folle, elle roula jusqu'à ses pieds ; elle s'assit sur le sol, multipliant du torse et de la tête, sans compter, les prosternations suppliantes des femmes annamites aux genoux de hauts mandarins. Oui, qu'on la massacre, elle, mais qu'on épargne l'enfant. Il grandira dans la haine des Occidentaux ; il sera bientôt un soldat... Et le colosse hésitait, tenant collé au sol, sous sa lourde paume, le pauvre môme terrifié qui ne criait plus. Le joli sergent daigna répondre : « Moi, — dit-il, — je ne veux de mal à personne ! » Oh ! le soleil d'espoir qui radia dans les noires prunelles de Thi-Nam ! — « Mais ce n'est pas moi qui puis vous sauver. Tiens ! parle à ces hommes. » Et, de la main, il désigna les brutes montagnardes, en uniforme de gardes civils, qui se rangeaient derrière leur chef élégant, — les yeux avides, les faces enluminées de haine et de joie. Hélas ! elle ne supplia plus, elle baissa la tête et se tut, la douce Thi-Nam. Elle savait trop que ceux-là ne pardonnent pas, accrochés à la vengeance, pour ne la plus lâcher, par les mille griffes de leur implacable vouloir. Il s'agissait à cette heure de payer d'une seule fois les ironies, les concussions, les humiliations des longues semaines. Et retombée sur le ventre, la femme resta à quatre pattes, muette, la tête levée, les yeux écarquillés et fixes.

D'un geste, le montagnard trancha le col frêle. La tête roula ; et près d'elle glissa le corps languissant, si pitoyable avec son gros ventre de mangeur de riz et ses chairs décolorées. Au tour de la femme, maintenant ; et deux hommes l'agenouillaient de force. Mais le Français, impassible jusque-là, jeta un horrible cri ; il supplia, comme elle avait supplié. Il sanglotait, implorant les brutes inflexibles ; il rampait aux pieds des bourreaux. Non ! cette femme et ce maigre cadavre décapité, il n'avait pas cru si fort les aimer. Pardon ! pardon pour la douce femme, et nulle grâce pour lui, l'étranger. Et sanglotant, hideux, grotesque, il hurlait de si poignantes conjurations, en son incorrect jargon annamite, que peut-être... Mais la douce Thi-Nam, qui ne pleurait plus, fit taire cet homme, en criant plus fort. Horreur ! elle le regardait, l'amant d'hier, avec des yeux méchants ; c'est lui qu'elle injuriait de mots obscènes, à cette heure ; elle lui jetait à pleine gueule, comme de gluants crachats de fumeur, les pires insultes, ramassées à l'égout des maisons de tolérance. L'étranger assassin de son fils, l'Occidental, l'impur, pourquoi le suivit-elle jusqu'ici, puisqu'elle l'abomina toujours, maudit qui sent le cadavre ! Oui, elle l'exécrait ; elle jouirait à le voir crever ; — et l'enfant, ha ! ha ! ha ! l'enfant mort n'était pas du diable étranger ; il était fils d'un boy, d'un bon Tonkinois, — tu te rappelles, cochon ? le joli Ba ! — Et, affolée de haine, elle se mit à rire à bruyants éclats

Alors, comme Jésus au Golgotha, Ferrier ferma les yeux. Il ne lui restait qu'à mourir. Plus de consolation possible, ni dans le présent, ni dans les souvenirs du passé. Tourner sa pensée vers les tristes années d'enfance, vers les durs paysans, ses père et mère, qui sans pitié le rouèrent de coups ? Il n'y songeait même pas. Soldat à dix-huit ans, engagé pour fuir les bastonnades familiales, il avait épanoui sa jeunesse en terre annamite ; il s'était retrouvé le paradis terrestre, ici, près de cette femme et de cet enfant, par qui seuls il connut la joie d'être père, la vie du foyer, l'habitude enveloppante, — et l'amour. Et ceux-là lui manquaient aujourd'hui ; — et même l'opium, le dernier ami, n'était plus là, pour endormir bien vite la pauvre âme, la jeter loin de ce monde d'horreur. Au cœur de l'illettré, du villageois sentimental, c'était, tout à coup, en cette minute d'atroce réveil, la suprême déconvenue, plus amère incomparablement que la souffrance physique, quand tout, hommes et choses, vous trahit et croule à la fois, cette désillusion où nous préparèrent doucement les livres lus à seize ans, et qu'il n'eût jamais dû connaître, et qui, brutale, dessillait d'un geste l'erreur de son âme ingénue, sa simple âme de petit enfant.

Et peut-être, avec cet instinct de conservation qui plane sur les pires chagrins, elle avait espéré, la Tonkinoise, d'échapper à la mort, par l'abomination de l'étranger, par ses dégoûts du Français réels et sincèrement exprimés. Mais elle comptait sans la haine des miliciens. Ces hommes resserraient autour de Thi-Nam leur cercle d'implacables ; tous jouissaient d'avance, extasiés par la volupté de la voir mourir.

Et tous, ils ricanèrent soulagés d'un poids, frissonnant
de joie comme on frissonne de peur, quand la femme
enfin tomba pour jamais, la tête écrasée, la cervelle en
éclats, sous un formidable coup de massue, sous le
joyeux ahan du bourreau. Ces brutes de montagne dé-
vêtirent l'abhorrée, ils palpèrent en rigolant les seins
pendants, la chair vieillie de la concubine ; la gueuse,
elle qui faisait tant d'embarras, elle n'était plus même
jolie ; un paquet d'os, une peau ridée ; — ils affectaient
des airs dégoûtés, en y touchant.

Et, du corps secoué et froidement retourné par des
mains cruelles, le sang giclait, avec les railleries
des traîtres, sur Ferrier qui restait sans parler, les prunelles closes, — attendant le libérateur coup de massue
ou de sabre. Mais non, halte-là ! Ce serait par trop simple,
et la mort trop douce, au gré des patients adversaires,
implacables à l'étranger, qui depuis tant de mois
aiguisent les griffes de leur vengeance, en silence, aux
roches du mont sacré. Il dut rouvrir les yeux, quand
deux hommes le bousculèrent et que le fit crier la
douleur cuisante de ses entrailles. Dégagé des liens, on
le dépouilla de ses vêtements, on l'étendit nu comme
ver, sur la terre nue ; et commença le supplice,
raffiné par les pires imaginations, par les miraculeuses
trouvailles de bourreaux exaspérés.

En vérité, pour être juste, cela ne dura pas trop
longtemps. L'une après l'autre, méthodiquement, à
l'aide d'un couteau ébréché, on scia les oreilles. Trois
hommes, accroupis sur le corps, le maintenant en place,
à la force des poignets comprimant des soubresauts
convulsifs. Le joli sergent regardait, d'un air détaché,
assez égayé d'ailleurs par la curieuse mise en scène. Car,

enfin, on peut être un sceptique que ne troublent guère
les vaines contingences de l'heure, on a beau poser
pour l'élégante indifférence, voici tout de même un
spectacle autrement captivant que les momeries des
acteurs chinois travestis en filles et des chanteurs à
longue barbe. Et, aux péripéties de ce dénouement, un
homme de goût ne prétendra jamais égaler les plus
amusantes cadouillées, même quand le rotin cinglait
les grosses fesses de ces balourds montagnards. —
Ferrier hurlait; on lui appliqua un bâillon, son mouchoir brutalement enfoncé jusqu'à la gorge. On lui
coupa le nez ; on trancha les pieds, on abattit les mains.
A coups de ciseaux, on déchiqueta la vibrante chair
qui saigne. Ainsi, les vengeurs avaient puni cette
bouche, vociératrice d'injures ; ces oreilles ouvertes à
la calomnie ; ces narines qui'jouirent de l'opium volé ;
ces lourdes pattes d'Occidental, qui s'appesantirent tant
de fois sur les esclaves ; ces pieds dont il frappait les
reins des misérables et qui le conduisaient vers la catin
injurieuse et mauvaise. Dans les poignets troués, on
passa les galons d'or dont il s'enorgueillissait tant, ses
beaux galons d'officier, symbole de son grade et de sa
tyrannie... Et, de moment en moment, une immense
clameur de haine et de joie s'envolait sur les têtes furieuses, dans le ciel.

Enfin, sur un signe du jeune Diên, on traîna jusqu'à
l'arroyo le corps palpitant encore. Mais, dernière
ironie, on ne voulut pas qu'il fût noyé. Les bourreaux
jetèrent ce paquet de chair sur le radeau du poste,
amarré contre la rive. Ils coupèrent le filin et du pied
poussèrent le radeau en plein courant. Et cela des-
condit au gré de l'eau. Dans le frais matin bleu s'érigeait

la virginale silhouette du Tân-Vien, du mont sacré
que peuplent les Génies hostiles à l'étranger...

— V —

Et la mort libératrice ne venait pas. Les débris
horribles longtemps souffrirent.

A deux cents mètres en aval, le radeau s'échoua sur
la rive opposée, parmi les feuilles. Et le moribond
gisait, à l'ombre fraîche. Cependant, les souffrances
s'apaisaient, le sang jailli à flots laissant le corps vide
et inerte de plus en plus, une loque, de moins en moins
apte à souffrir. Et les pensée du misérable se fondaient,
en rêves toujours plus vagues, comme ses douleurs.
Dans ces rêves, les images de l'enfance paysanne glis-
sèrent très vite, évoquées par la fraîcheur verte, dix secondes à peine, très vite, — les images du temps que,
dans les belles heures de sa vie nouvelle, l'homme
avait si tôt oublié. Un peu plus longtemps palpitèrent
dans la cervelle exsangue les premières journées au
Tonkin, les matins de combat, où l'on partait en compagnie, ragaillardis par le clairon qui chante : et, de
cette époque, il lui revenait un éclat de cuivre, un coin
de paysage, un profil de camarade, une silhouette de
Chinois troué par la baïonnette. Et cela, aussi, passa
très rapide. Puis des visions plus précises émergèrent
de l'ombre : le jardin du poste, la biche fauve, et le
doux visage de Thi-Nam, penché très gentiment sur
le pauvre ami, comme naguère ; et la lampe à opium,

les chères fumeries vespérales... — Une soif ardente torturait le misérable.

Mais ses prunelles hagardes, tournées par hasard vers le poste, s'emplirent d'une flamme ; le moribond *sentit*, très vaguement, que les pirates avaient, du poste, fait un feu de joie. Et cela ne l'inquiéta pas. De plus en plus confus, ses rêves. Il y passait, sans ordre, comme sur la toile éclairée par la lanterne magique, d'indécises images de petits faits : dix coups de rotin infligés à tort, — une griffe de tigre, offerte à Thi-Nam par le sous-préfet de Tông-My, — une proposition d'avancement, retardée pour six mois encore, — une nuit sans opium, dans la forêt... De plus en plus lointains, les faits ; toujours plus rapides, les images. Et parfois, dans cette succession d'images confuses et de détails indistincts, quelques-uns, cependant, apparaissaient minuscules, précis, nettement délinéés, tels que des miniatures, ou des paysages réfléchis sur le miroir de la chambre claire.

La flamme se haussait et s'élargissait au loin, étendant jusqu'au zénith son rideau qui tremble, couvrant un vaste pan de l'horizon et du ciel bleu..

Mais une terrible détonation retentit, après un long fusement de mine, tandis qu'une colonne de flamme rouge sombre monte verticalement, ébranlant le rideau de flamme pâle... Des clameurs aiguës dans le lointain. — Et, comme il n'avait plus la force de penser et de souffrir, cependant une joie, en éclair, passa sous le crâne du misérable. Il comprit peut-être ; un tonneau de poudre avait fait explosion, enlevé jadis aux rebelles, et dont, parmi les bourreaux, les uns n'avaient pas soupçonné, les autres avaient oublié la présence.

Une lourde fumée blanche planait sur le poste incendié ; une brise fraîche la poussait, déchiquetée, accrochée par lambeaux aux ramures, vers la rivière... Les cris des mutilés montaient dans le silence. Là-bas, sur le rideau de flamme, de noires silhouettes couraient, fuyant vers la campagne. Et Ferrier mourait doucement, dans l'odeur refroidie de la poudre, dans cette apothéose rose et claire d'un feu de Bengale.

Mais, comme il s'en allait, une dernière fois il aperçut l'immuable Tân-Vien, et, sur les pics sacrés, il vit se dresser, tramés de fumée, les Génies hostiles, et rire de l'étranger, et se le montrer du doigt. — Une bourdonnante rumeur, roulante comme une marée, emplissait son crâne. — Il les vit se former et mollement se dissoudre, s'approcher pour envahir l'ennemi, puis s'éloigner et se fondre, plus vagues toujours, comme ses rêves, dans l'atmosphère. Et il lui sembla, tandis que la mort abaissait ses paupières, qu'ils s'avançaient, injurieux, planant dans le ciel clair, portés par la fumée, tramés de fumée eux-mêmes, pour saisir son âme et l'enlever. Et il sentit, le mourant halluciné, que leur vengeance commençait à peine ; que, maintenant, son corps ayant servi de jouet aux hommes, son ombre serait la proie des Génies mauvais et des sorciers ; et ce n'est pas la paix définitive qui vient.

Il avait exhalé son souffle dernier. Dans l'universel silence, la montagne érigeait là-haut sa virginale silhouette d'inviolée, sur l'aube de cristal ; et à l'inaccessible vierge, la fumée faisait une ceinture dénouée sans cesse et sans cesse mollement renouée ; le Tân-Vien dressait là-haut ses cimes candides, où jamais l'étranger ne posera le pied sans mourir, et que jamais l'envahisseur ne regarda sans être châtié dans sa chair et dans son âme ; — les sommets, aujourd'hui et toujours. victorieux, qui veillent, incorruptibles sentinelles, devant l'abrupte région des Châu, — à la pointe extrême du Delta tonkinois, — à la porte du vieil Annam.

CARNET D'UN TROUPIER

— I —

Hanoï, 6 novembre 1886.

Voici venir la lumineuse saison des froids, le vrai printemps au Tonkin. Nous rentrons à Hanoï, las d'un séjour prolongé dans des postes où les vivres manquaient, où des alertes coupaient notre sommeil de chaque nuit.

Tous les soirs un vieux sergent indigène m'offre une hospitalité de quelques heures et la pipe familiale, dans sa case, au lointain quartier de Kua-Nam. J'évite la rue des Brodeurs, où les saluts obligatoires aux officiers trop fréquents me gêneraient fort, et je m'engage dans le chemin de campagne qui prolonge la rue des Incrusteurs. Et le chemin me semble horriblement joli par ces clairs et froids crépuscules.

L'ombre est descendue sur Hanoï, sur le lac voilé de vapeurs légères ; devant moi le ciel arrondit sa coupole d'or rouge. Des bambous, à droite et à gauche, se reflètent vaguement dans l'eau dormante des fossés ; leurs feuillages, là-haut, s'entre-croisent comme une grille aux maillons serrés, et laissent transparaître le couchant encore trempé de soleil. — Et je tombe bientôt, loin des maisons françaises, dans notre village, où j'arrive à nuit close.

Devant les écrasantes végétations de Ceylan, je compris que cela n'était point fait pour nous et que, dans l'Inde, je resterais toujours un étranger.

Ici, je m'acclimate vite ; la sensation de l'exotique s'est émoussée déjà, et j'ai trouvé parmi les Annamites, non des *sujets* de muséum ou des curiosités de jardin d'acclimatation, mais des hommes, dont j'ai fait souvent mes amis. A l'extrémité de la rue des Incrusteurs, je remarque chaque jour un groupe de pauvres paillotes ; un calme paysage qui m'émeut comme un hameau de France ; et cette vue n'éveille plus que des idées très simples, très douces, au lieu de la surprise qu'une brève accoutumance a fait disparaître.

1er décembre.

Haïtce et quelques autres Français, civils et soldats, ont été massacrés à Haï-Ninh : nous descendons en canonnière le Fleuve-Rouge, par un temps gris, sous lequel le vert tendre des fraîches rizières, plus vert et plus tendre que jamais, attire et repose le regard.

Haïphong, 2 décembre

Embarqués sur le *Luis* : — la cale s'ouvre béante et nous y déposons nos sacs. Un coup de soleil fait étin-

coler les canons des fusils et les boutons des vareuses,
tandis qu'une colonne de poussière d'or tourbillonne
dans la lumière jusqu'à fond de cale ; l'atmosphère
lourde, âcre, étouffante, vous saisit à la gorge, et nous
remontons en hâte à l'air libre. L'avant est encombré
de bétail et de chevaux, et de grandes bouffées mal-
saines passent sur le pont.

3 décembre.

Nous avons dormi là-haut ; couchés sur les panneaux,
les « hommes » chantaient des chœurs sous la lune.
L'air était doux et léger, et nous regardions, au ras de
l'eau, la vibrante étincelle des étoiles.

Les nouvellistes, les gens bien informés du bataillon,
affirment que l'ennemi nous attend en force. Et, le
désir aidant, nul n'hésite à les croire ; sur les têtes
passe un grand courant de fraternité ; on boit et l'on
chante ensemble, liés par un même sentiment, sans
parler du lendemain ; pas de ces phrases sonores qui
rendent les récits « patriotiques » si agaçants et si
niais, pas même le « stoïque silence », mais la gaieté
habituelle, avec un peu plus de cordialité. Au loin
quelques points lumineux brillent sur Haïphong, et,
tout là-bas, un feu de broussailles ondoie dans la campagne.

6 décembre.

Ce matin nous arrivons devant le village d'Ackoï. Les
îles inconnues, à bâbord, s'éveillent vierges et gaies,
émergeant de la brume. On dirait, à les voir ainsi, des
terres d'une autre époque géologique, sans cris de
fauves, sans appels d'oiseaux, avec la seule vie joyeuse
du roc et du vé stal.

Le soir, à six heures, nous nous éparpillons, pour gagner la côte, sur des sampans manœuvrés par des Chinois. Je les connaissais déjà, ces éternels errants de la frontière, pauvres diables en blouse bleue, à misérable natte mal tressée. — La nuit est froide et claire quand nous nous engageons dans la large bouche de la rivière, bordée de palétuviers.

Débarqués dans l'eau, frissonnant aux souffles glacés du large, nous allons à la recherche d'un cantonnement, par les énormes galets roulés que la rivière a rejetés sur ses rives. Au delà du fort, qu'une lumière signale au sommet des mamelons, nous atteignons, enfin, quelques cases abandonnées où nous tombons, harassés, sur de la paille ; les débrouillards allument sans retard un feu clair, et le café chantera bientôt dans la bouilloire.

Ackoï, 8 décembre.

Le matin, nous nous dispersons en maraude, et nos actifs compagnons me houspillent, parce qu'au lieu d'arrêter un poulet en fuite, je perds notre temps à caresser une nichée de jolis chiens blancs qui viennent d'ouvrir la paupière, chaudement blottis dans la paille de riz.

Tous fatigués par cette existence dénuée de périls, abêtis par la monotonie des corvées, nos camarades pensent au retour et chantent d'idiots refrains, stupides comme un vers de Déroulède, où l'on répète avec de ridicules tremblements de voix dans la gorge : « O France ! ô mes amours ! » — Je les écoute, dans l'accablante somnolence des heures de sieste. Par une **ouverture pratiquée** dans la cloison de bambous, je regarde le beau ciel, le beau pays. Non, je ne regrette pas la France, où je pleurais d'ennui, hanté par l'impatient souci du voyage au long cours.

« Là où tu es bien, là est ta patrie. ». — Voilà l'aveu de nos âmes, voilà ce que savent nos cerveaux affinés de civilisés : laissons à ces paysans les sentimentales complaintes et le souci vulgaire du lointain village.

Nous sommes cantonnés dans un hameau désert, au pied des mamelons fortifiés. Au nord, sur l'horizon, se dressent d'âpres montagnes, qui restent bleues ou noires par les jours les plus sereins, dans leur mystérieux éloignement hantant toujours la vue, pareilles à des spectres en faction aux limites de notre monde.

Le ruisseau clair d'Ackoï roule ses eaux vives sur les galets ; les hommes y vont laver, sous le ciel rose et bleu, dans l'air frais du matin ; puis ils partent à deux, en cachette, pour greppiller après les Chinois, dans les villages ruinés des environs. Ce pays est plus beau encore que celui de Quang-Yen, avec ses eaux claires, ses coteaux mollement ondulés, et ses massifs rocheux au dernier plan.

Ackoï en ruines s'étend derrière le rideau des verdures qui bordent la rive droite du ruisseau.

La rue principale est encombrée de tuiles brisées, minces tuiles chinoises, pareilles à des ardoises vibrantes et sonores comme du cristal. Ça et là, en tas, d'inutilisables débris d'armes à feu, canons et culasses, tout cela rouillé, faussé, tordu par l'incendie, et quelquefois aussi nous découvrons quelque macchabée sans tête, entouré de chiens crevés.

D'autres toutous affamés, en chasse, errent par les

rues désertes : des coolies également affamés les pour-
suivent, armés de fourches et de tridents ; nos camarades se glissent aussi derrière les haies et les pans de
murs, en quête de cochons, de poulets, — et de chiens,
parbleu ! qu'on échange aux coolies, à raison de six
pour un porc. Mais le gibier se fait de jour en jour plus
rare. Les derniers cochons, amaigris par le jeûne, de-
venus, après les alertes renouvelées, agiles et méfiants
au plus haut degré, se sauvent dans le bois en aval du
village, et nous les y suivons, pour nous promener
plus que pour les atteindre.

Et dès qu'on a dépassé le premier rideau d'arbres
et de brousses, pour perdre de vue les ruines et la
plaine rousse où pointent quelques silhouettes de
fermes à l'abandon, dès qu'on s'est engagé dans les
profonds sentiers, on oublie Ackoï en foulant les feuilles
sèches, en cheminant à l'ombre des denses frondaisons ;
on suit des yeux le vol incertain des papillons aux
lourdes ailes de velours, et l'on aime à s'égarer pour
rallier ensuite les camarades qui vous hèlent à travers
les bosquets.

Partout tristesse et désolation. Au bord de l'eau,
sur la berge en talus, reste seul un mercanti chinois,
bourru, défiant, pressé de partir. Des papiers de la
Douane abandonnée ont volé çà et là, éparpillés et salis,
ou tassés en lourds paquets dont le vent arrache une à
une les feuilles encore immaculées. Le jardin des employés européens, chassés naguère par les pirates, est
à l'abandon, avec ses carrés de choux et de radis roses,
et ses dernières églantines qui se balancent sur leurs
tiges élancées, dans les corbeilles meurtries : et nous
sentons s'éveiller nos angoisses d'amoureux des champs

devant la désolation de la campagne, où les récoltes mûrissantes sont perdues sans retour.

Au loin errent quelques Chinois, pauvres propriétaires effarés qui essaient de rentrer furtivement dans leurs cases ou de voir du moins, du haut des mamelons avoisinants, ce qui reste des cultures et des maisons.

Voici une photographie de femme chinoise, trouvée au seuil d'une ferme déserte. Qu'est-elle devenue, la pauvre créature que nous contemplons en ses atours de Cantonaise, reposant sa main aux ongles effilés sur une table que décorent une pipe à eau — pipe chinoise en métal — et un vase de porcelaine où deux camélias s'épanouissent?

Et, fermant les yeux, j'évoque les meurtres, les incendies, toutes les misères dont a souffert ce pays, et les rapts, et les viols aussi, dans l'horreur des couches de hasard, et je garde la frêle image, avec quelque émotion, comme une fleur qui aurait survécu à un cataclysme et que je cueillerais pour la placer dans mon portefeuille.

12 décembre.

Nous partons en reconnaissance. Peut-être atteindra-t-on enfin ce mystérieux Monkay !

On traverse tour à tour des plaines couvertes de brousse courte et de palétuviers, ou des terres bien cultivées, avec des chaumines paysannes et des pagodes de briques. Des groupes de « pirates », ou — plus probablement — de propriétaires dépossédés, nou guettent de loin.

Halte le soir à Nga-Tien, sur un large mamelon coup

de bois. Et vite, à l'arrivée, on ramasse des pierres
plates pour y poser les marmites des sections ; puis
nous allons, pressés de dormir, chercher à brassées
de la paille fraîche, et l'entasser dans les chaumières
sombres où nous coucherons côte à côte, comme des
bœufs.

13 décembre.

En marche encore. Une pluie fine nous fait grelotter.
A la grande halte, tandis que les camarades font cercle
autour d'un feu de chaume, nous nous étalons à deux
sous un auvent, entassant de la paille sur nos genoux ;
et frissonnant, les mains dans les manches de la vareuse,
nous regardons la plaine large et triste, rayée de pluie,
les quelques feuilles qui tombent des arbres en tournoyant, tout ce paysage déjà vu en France ; — et nous
aimons cette tristesse connue des journées d'automne,
qui fait rechercher les clairs foyers, les vieux livres, et
tendre les lourdes portières sur les portes closes.

14 décembre.

Décidément, nous gagnons Monkay. Quand le sentier
se rapproche de la mer, la brousse devient courte,
rase, comme brûlée par les rafales imprégnées de sel.
Par-dessus les collines, là-bas apparaît le mirador
chinois de Tong-Hin. Nous marchons, impatients d'atteindre enfin la frontière, dans un pays toujours plus
mamelonné. Par intervalles, des collines ou des touffes
de feuillage éclipsent la grêle silhouette du mirador.
Quelquefois, en traversant ces régions désertes, nous
croisons une pagode délaissée ; et l'on entrevoit au

passage, sur l'autel, la statue rouge et dorée de quelque
Génie, plus lourde apparemment que la piété de ses
dévots n'était fervente. Enfin, à la descente d'une pente
roide, se découvrent, sur la gauche, le fort et la ville
de Tong-Hin, les drapeaux blancs encadrés de noir,
les pavillons rouges ; — sur les remparts grouille une
multitude de soldats chinois curieux de regarder notre
défilé.

Le pagode de Haï-Ninh occupée, deux sections vont
reconnaître Monkay. La rue principale de Hoa-Lac, le
village annamite, large, pavée de dalles, a été en partie
incendiée par les rebelles. Aux portes, se montrent timidement les faces parcheminées de très vieilles femmes
d'Annam que quelques soldats insultent au passage ;
nous arrivons, au bord du fleuve, devant la porte Sud
de Monkay, flanquée d'un énorme banian. Ce fut ici le
beau quartier, la ville riche, aux maisons de briques
et de pierres. La colonne s'engage dans ses rues aujourd'hui désertes, hier si populeuses, où l'on n'entend plus que le pas lourd des soldats. On dirait une de
ces villes de Campanie qu'on a retrouvées, ensevelies
sous les laves du Vésuve. Les hautes et massives portes
des maisons sont closes.

En regagnant le bord du fleuve, un Annamite nous
montre la place où deux soldats et quatre miliciens ou
boys, pris vivants, auraient été martyrisés ces jours
derniers. Les bambous où les prisonniers furent liés
pour le supplice sont restés là, fichés en terre. Et nous
évoquons en nous l'acte final du drame. Hoa-Lac en
flammes, le feu ayant éclaté de toutes parts ; nos compatriotes, les munitions presque épuisées, battant en
retraite vers le fleuve. Haïtce tué, Perrin tué, Ferlay

noyé ; les survivants, entraînés par la foule tumul-
tueuse, hurlante ; et puis, le supplice des prisonniers.

Le fleuve coule doucement, à marée basse ; quelques
roches émergent au milieu du courant ; les deux rives
sont agréablement boisées ; tout un tableau de calme et
de paix... Et nous restons là, stupides d'horreur.

On nous amène quelques paysans, des Chinois : ils
serviront de coolies. On les confie à des tirailleurs
tonkinois qui, tout fiers, emmènent leurs captifs,
chaque Annamite empoignant son Chinois par la longue natte tressée. Et, triomphants, ils rient à belles
dents noires, ils injurient les éternels ennemis de leur
race : tableau de genre, qui pourtant est aussi un tableau d'histoire.

28 décembre.

La première nuit, nous avons dormi dans la pagode
fortifiée, au pied d'un mamelon boisé, grand panache
vert au milieu de la plaine.

Maintenant, on nous cantonne dans la principale rue
de Monkay. Nous sommes employés à démolir les maisons inutilisées autour du cantonnement : le cœur se
serre à voir détruire tant de foyers où des générations
vécurent heureuses ; et nous suivons des yeux le vol
effaré des chauves-souris qui tournoient sur nos têtes et
fuient les maisons éventrées. — Et la vie de garnison
reprend, monotone, avec ses corvées régulières et les
soirées au quartier, les longues soirées où il faut subir
les sentimentales chansons des Pitous et des prétentieux
Bridais.

2 janvier 1887.

Huit Chinois, essayant de mettre le feu à des cases annamites, ont été pris sur le fait. On les fusille à l'endroit même où les six hommes ont été suppliciés, sur la triangulaire placette entre Hoa-Lac et Monkay. Et nous voici transformés en fossoyeurs. Des coolies suspendent chaque corps à un bambou. Le pantalon d'un des Chinois traîne sur le sol et laisse voir la chair blême, les maigres fesses du misérable. L'homme est pendu par les coudes, les avant-bras retombant en arrière, la tête penchée sur la poitrine, les longs cheveux collés au visage sanglant. Les genoux laissent un sillon dans la poussière, et du front le sang caillé s'égrène en perles rouges et noires, à chaque soubresaut violent.

On nous amène une jonque de bœufs. Elle est mouillée pour le déchargement sous nos fenêtres. La rivière coule bleue, joyeuse et lente. Un vent frais secoue sur l'autre rive les panaches vert-tendre d'un champ de cannes à sucre. Au soleil, des soldats en manches de chemise travaillent sur la jonque, — avec les coolies du bataillon, qui ont tous autour du corps, en écharpe, leur couverture de laine écarlate. On hisse les bœufs de la cale, puis, d'un brusque mouvement, on les jette à l'eau ; la fraîcheur les ranime ; ils nagent un peu, prennent pied et s'arrêtent, humant la brise avec délice, tournant à droite et à gauche les globes effarés de leurs prunelles, et reposant leurs membres ankylosés par un séjour dans la cale étroite et sans air.

8 janvier.

Reconnaissance vers le sud, à travers un pays plat, coupé de bouquets de bois et de verts mamelons en cône. On jurerait des coins de la France, sans les longues feuilles retombantes des bananiers et l'éventail qui s'étale sur la silhouette élancée des cocotiers. Une bande de pillards — des alliés — nous suit, mettant à sac les chaumières, brûlant tout. Et de tous côtés on voit, sur la grisaille des paillotes, sur le jaune doré des meules, sur le vert tendre des bambous, éclater la rouge flamme et monter la fumée blanche qui bleuit en se fondant dans le ciel. Puis on entend les nœuds des bambous péter comme des coups de fusil, et les toitures s'écrouler avec mille fracas qui font dire à un soldat : « Tiens, on dirait qu'y a les couvreurs ! »

Voici que nous obliquons vers le nord-ouest ; et le détachement s'enfonce dans les massifs de montagnes sèches, rocailleuses et broussailleuses — pareilles à nos garrigues du Bas-Languedoc — qui bordent le Quang-Tong et le Quang-Si. Au passage, j'ai remarqué une maisonnette de bois : on eût dit le frais cottage d'un garde-barrière ; entourée d'un verger et d'un champ de patates, elle s'élevait dans le repli d'un vallon ignoré, au milieu d'une région inculte, loin de toute autre habitation humaine. Les choses ont, comme les êtres, leur physionomie triste ou joyeuse, avenante ou terrible ; les œuvres de l'homme surtout sont faites à son image, sans même qu'il ait voulu cette ressemblance ; et la maisonnette isolée me faisait aimer son habitant inconnu, que je devinais d'aspect honnête, hos-

pitalier et gai comme elle. Annamite ou Chinois, il fut
sans doute un ami de la solitude, un philosophe d'instinct, celui qui érigea dans ce désert son humble case.
Quelles peines subies, ou quelle suite d'idées l'amenèrent ici ? — Ainsi, dans cet autre monde nous retrouvons chez l'homme, non seulement les sentiments généraux qui sont le fond et le patrimoine commun de
l'humanité, mais aussi, très probablement, ces états
d'esprit particuliers, ces subtiles nuances du sentiment
et de la pensée, que nous sommes portés à croire le
privilège de nos organisations affinées.

Dans un sentier perdu, nous croisons un Chinois —
peut-être mon philosophe — courbé sous un fléau qui
supporte deux paniers d'arachides. Il ne se sauve pas
à notre approche. On le prend, — et on le fusillera ce
soir.

Et nous allons toujours, montant de plateau en plateau.

Enfin, de très haut, nous voyons la mer jusqu'au
cap Paklung et jusqu'au delà d'Ackoï ; et, au pied des
monts, la région fertile de la plaine et des collines, et
les rubans brillants des arroyos. Les brises salées du
golfe soulèvent de hautes lames qui roulent là-bas en
lente houle vers Haï-Nan.

20 février.

Voici que m'arrive l'ordre de rallier Hanoï. Embarqués à Mui-Ngoc, au bas de la rivière de Monkay, sur
une chaloupe chinoise, nous longeons maintenant les
longues îles, les terres rouges et sèches qui s'élèvent
en pente douce avec de régulières allées d'arbres
aboutissant à des massifs touffus. La mer apparaît à

bâbord entre deux vertes pointes d'îles, d'où se détachent deux lignes de roches qui, parallèles, semblent se rapprocher jusqu'à se confondre, là-bas, au large, sur l'onde grise.

Plus loin encore sont semés d'autres îlots, et, comme de grands oiseaux, se hâtent vers l'orient deux voiles de jonques de pêche. Puis, les îles boisées se développent à bâbord en chaîne monotone, une suite de mamelons généralement arrondis, d'égale hauteur, hérissés d'arbres où, dans le fouillis vert des frondaisons, éclate parfois la touffe sanglante d'un « flamboyant ».

Le beau paysage pour relire Mistral et Hugo, *Mireille* et les *Contemplations !* Dans la nature sauvage et primitive des îles côtoyées, mettons toute la poésie des livres ; donnons ce coin de terre pour cadre aux évocations des grands rythmeurs ; — ce cadre s'harmonise aisément avec elles et leur ajoute on ne sait quel charme étrange.

21 février.

Hier, nous avons mouillé au milieu de la baie de Faï-Tsi-Long. La lune se levait au ras des flots que son reflet coupait en longue traîne. Puis elle monta dans le ciel : les hauts rochers s'érigeaient en relief sur fond bleu. Le clair de lune ne jouait pas dans les arbres ; point de ces jolis effets de transparence, de verdure trempée de clarté, qu'a si bien chantés Hugo :

> Le clair de lune, au bord du Neckar, fait soudain
> Sonores et vivants les arbres pleins de fées.

La végétation des roches, rude, bourrue et laineuse comme la tête d'un nègre, ne se prête pas à ces jeux de la lumière. Mais nous avons pourtant joui de la nuit et de la clarté tremblante dans l'eau, et je trouve cette simple ligne en mon carnet : « Lenteur des heures, silence absolu, étrange sonorité métallique des voix des matelots qui rêvent dans la limpidité de l'air. »

A Quang-Yen, des amis annamites, toute une famille, viennent nous saluer. Deux barbons sont arrivés jus- qu'au bateau, et loin derrière eux sont restés une aïeule malade, qui n'a pas pu courir assez vite, et deux femmes qui la soutiennent. Elles nous regardent, la main en abat-jour sur les yeux. Ces femmes portent des vêtements flottants, à peine retenus à la taille par une ceinture lâche, comme dans les images de la Bible ; elles nous saluent timidement, et les hommes nous pro- diguent de grands gestes d'adieu, les gestes désolés des amis qui restent à ceux qui s'en vont. Et qui donc pour- rait ne pas croire à l'affection de ces braves gens, puisqu'elle s'exprime à la manière de nos affections à nous ?

Adieu ! nous allons peut-être rentrer en France. Nous vous quittons sans doute pour jamais : adieu aux fati- gues, aux souffrances, — hélas ! aux sympathies déjà formées. Adieu, nous ne reviendrons plus.

Encore un mois et nous vous aurons oubliés, et d'autres affections se seront levées en nos âmes, rem- parts interposés entre la veille et le jour présent, cachant les affections d'hier. Mais, derrière le mur qui t'aveugle, il y a encore des plaines, des arbres, de l'eau ; et derrière les sentiments nouveaux, il y a les affections passées, — perdues de vue, non pas mortes, — et un jour nous les reverrons de loin, sans détails, mais réunies en un magnifique ensemble : ainsi, du haut d'une montagne, les obstacles d'en bas ne gênant plus la vue, on voit à la fois une contrée tout en-tière.

..... Et nous sommes partis, après le soleil couché, filant à petite vapeur vers les roches noires qui bordent la rive droite du Song-Nam-Triêu, — dans la mélancolie du soir qui tombe.

— II —

DEUX ANS APRÈS

Haï-Ninh, le 20 août 1888.

Cette nuit, je me suis couché au seuil de notre loge-ment, près de la pagode fortifiée où nous avons dormi en 1885, le jour de l'entrée des troupes à Monkay. Et j'ai essayé de revivre les heures d'autrefois. Le premier soir il me souvient d'être sorti, comme aujourd'hui, et d'avoir longuement regardé dans l'ombre.

Les sentinelles criaient : *Qui vive?* — comme à pré-sent font nos miliciens ; le ciel était, comme ce ciel d'août, merveilleusement étoilé ; et l'atmosphère très pure le plaçait à une hauteur étonnante... Mais de ceux qui, cette nuit-là, respiraient ici, seul je suis resté. Les uns sont rentrés en France ; d'autres reposent à cinq cents mètres de notre case, dans leur fosse anonyme ; d'autres sont arrivés à bon port, dans les cimetières de Quang-Yen, de Hanoï, de Haiphong, — après l'es-cale de l'hôpital, — ou dorment sur les mamelons, en

plein désert, le long de la frontière du Quang-Si, semés
çà et là par les colonnes en marche. Et ces derniers
sont, peut-être, de tous les plus heureux, eux dont la
poussière ne se mêlera plus à la poussière des êtres et
des choses d'Europe : — ceux-là n'ont pas voyagé pour
rien, puisqu'au bout du voyage ils ont trouvé l'absolu
repos, et déserté notre fourmilière.

Les grenouilles-bœuf alternent avec les grillons, comme
un épouvantable fracas de cuivres avec le nasillement
d'un hautbois. A cette heure, les cigales qui, pendant
le jour, bruissaient au soleil, aussi férocement que dans
les *pinèdes* provençales, dorment accrochées à l'écorce
des pins. D'heure en heure, on entend le gecko courir
le long des charpentes, puis, après un bref appel en
préambule, déclancher à plusieurs reprises son clape-
ment disyllabe, ronflant comme une toupie, vibrant,
d'une étonnante sonorité, d'une merveilleuse richesse
de timbre.

Au loin, sur la rive chinoise, des chiens de ferme
aboient à la lune. Et je pense à ces hameaux de là-bas,
à ces fermes éparses dans la plaine, et dont je puis voir
les feux, — à toutes ces vies humaines séparées de
nous par un arroyo guéable, à tous ces êtres, nos voisins, faits comme nous, aimant et haïssant si souvent
à notre manière, étayés d'un squelette identique au
nôtre ; — et pourtant si étrangers à nos idées les plus
chères, si loin de nous par la pensée. — Et les chiens,
sur la terre chinoise, aboient à la lune qui éclaire im-

partialement les deux rives, comme elle les éclairait aux temps légendaires du guerrier Ly-Ong-Thân ; elle luit pour nous et pour les autres, comme elle a brillé pour les hommes d'autrefois, comme elle luira pour de nouveaux venus

Quand nos fosses auront fait place à des sillons.

Comme nos paysans, les *nhà-qué* d'Annam ont interrogé sa face moqueuse, et reconnu *l'homme de la lune*. Celui-là, au temps où il vécut au bon pays tonkinois, s'appelait Thang-Cuôi et fut en son siècle un fieffé menteur, bonhomme tout de même. On rit encore aux veillées de ses jolis tours : pensez donc ! il a trompé la lune elle-même, et le Ciel avec, et le seigneur *Ban-Co*, l'aïeul des Dieux et des Génies. Allez donc tenir rigueur à un malin de cette force ! — Thang-Cuôi, pauvre orphelin, gardait les buffles de son oncle. En ce temps-là, les Annamites ignoraient encore l'art des caractères d'écriture, allaient nus, se nourrissaient de racines, de rats, et de tout ce qui a vie, et se terraient dans des trous, à la manière des taupes. Thang-Cuôi, l'ambitieux, rêvait de monter dans la Lune et de s'y installer confortablement. La voûte céleste, en ces siècles reculés, n'était pas loin de la terre, mais l'unique habitant du Ciel, le seigneur *Ban-Co*, un grognard à barbe grise, entendait y rester seul et eût mis fin, par un carreau de sa foudre, aux tentatives du misérable Thang-Cuôi. Comment notre ingénieux pasteur s'y prit pour tromper *Ban-Co*, pour faire rire le Ciel lui-même et pour s'impatroniser là-haut, c'est ce que le premier Annamite vous expliquera mieux que nous. Le Ciel avait besoin d'un menteur pour dérider ses ennuis : il prit Thang-Cuôi. Et si vous restez incrédule, vienne la pleine lune, nous vous montrerons en plein firmament la face impudente et le large rire de l'imposteur.

Il me plaît ainsi de recueillir les légendes : et non pas la version officielle qui se perpétue, pure de tout apport fantaisiste, dans l'immuabilité des caractères, mais la légende altérée par les plus stupéfiants racontars de la tradition, la légende modifiée jusqu'à devenir méconnaissable en passant par la primastique imagination d'un paysan d'ici. Les populaires recueils de chants ont mêlé le nom et les aventures de Thang-Cuôi aux longs bavardages des veillées : le bon prolétaire va travailler sur cette matière, pétrir en s'amusant la pâte molle de la légende ; mais en recueillant par centaines les contes ainsi transformés, et en les confrontant avec le texte officiel, nous verrons de quelle façon et dans quel sens ils ont été obstinément modifiés ; nous remonterons de cet effet à sa cause, au cerveau de l'indigène, au moule qui donne sa forme aux légendes qu'il a contenues ; nous pourrons ainsi étudier ce cerveau, d'après des phénomènes constatés et précis, et ajouter peut-être un chapitre à la psychologie annamite.

Et la pensée vagabonde ainsi au hasard, par le calme de ces lentes heures, d'autant plus librement que cette nature tropicale, si belle, avec ses lunes claires, avec ses nuits constellées de soleils, nuits d'une limpidité et d'une douceur ultra-italiennes, nous laisse presque indifférents ; elle n'éveille pas, chose sigulière à penser, ces puissantes mélancolies que font monter des nerfs au cœur et du cœur aux yeux les tièdes nuits de France. Expliquez cela ! Il semble qu'ici la vulgarité des plaisirs, des affections même, devrait exaspérer en nous les regrets et les aspirations, et que l'imagination en pourrait jaillir avec plus de force et d'élan hors de la vie quotidienne. Peut-être le manque de communion avec les choses, l'indifférence, viennent-ils de ce que nous nous sentons instinctivement étrangers à ce qui nous entoure. Et pourtant les Israélites ont connu en terre étrangère, *super flumina Babylonis*, les émotions qui nous fuient ici.

Oui, les paysages sont admirés, mais ils ne sont pas aimés, en raison directe de leur beauté. Je dirai même que les habitants des plus merveilleuses régions, les Hindous, les Malais, sont moins intimement attachés à leur pays, par toutes les fibres du cœur, que les indigènes de moins belles contrées à leur coin de terre. Ils n'auront pas pour leur étonnante patrie cette affection chaude, fervente, profonde, qu'un provençal a pour ses étangs malsains et les galets de ses grèves, qu'un breton garde à ses landes fleuries de genêts et de bruyères, or et lilas u printemps.

Oui, en dépit de ce que j'écrivais autrefois, nous, enfants des pays tempérés, ce que nous cherchons dans la nature, c'est l'homme avant tout. J'ai vu dans la baie d'Along des cirques plus beaux que l'abrupte muraille de Vaucluse ; j'ai admiré, et l'émotion était purement esthétique ; et pourtant nous visitions ces cirques en

plein soleil ou sous les lunes d'été, à l'aube, au crépuscule, et la terre et le ciel et la mer accordaient leurs
harmonies en une merveilleuse orchestration.

Nous avons parcouru des régions immenses où chaque
site eût peu servir de décor et de cadre aux plus exquis
poèmes d'amour ; et cela n'émouvait aucun de nous
comme le moindre *mas* de Provence, tapi entre deux
cyprès effilant leurs cônes noirs vers le ciel, en ces
coins de pays où la terre, véritable alluvion d'aïeux,
fait partie intégrante de notre famille et de nous-
mêmes.

Et pourtant, prêt à quitter ce pays, j'en comprends
parfois le charme. Ces jours derniers, les crépuscules
ont été d'une pureté, d'une splendeur inexprimables ;
les rares nuées blanches que le couchant embrasait, —
les dorant et les empourprant tour à tour, — « flottaient
comme des continents en voyage » ; et dans le cadre
minuscule du jardin je regardais une dernière fois,
pour ne plus les oublier, les arbres, les arbustes, les
fleurs. Si souvent nous avions noté les couleurs et les
teintes, nous plaisant à discerner, de nos yeux fureteurs,
chaque jour plus perspicaces et plus aigus, de nouvelles
nuances dans la gamme verte ; comme nous les connaissions bien, les pins dont les aiguilles semblaient,
sur l'occident du ciel, des frondaisons de métal ; et le
flamboyant minuscule qui ondule avec des grâces délicates d'adolescent ; — et les feuilles des bananiers
ces vastes boucliers, ces ovales panneaux de jaspe
vert ! — Et quand la nuit tombait, nous admirions les

choses les plus banales, comme si vues pour la première fois au moment de les quitter : les lentes fumées des toits, la meute joyeuse des chiens, et la ligne violette qui bordait à cette heure la crête des montagnes au couchant.

*
* *

Mais voici que s'élèvent des sons puissants et prolongés: c'est l'appel des grandes trompes chinoises, dans le fort de Tong-Hin. Elles répètent longtemps, longtemps, le même beuglement mélancolique, commençant très haut et descendant graduellement jusqu'aux notes les plus basses.

UNE AME

JOURNAL D'UN FUSILLÉ

> Et la fièvre appelée « vivre »
> est enfin vaincue.
>
> (E.-A. POE. *Poèmes*).

DANS la citadelle de Hanoï, un 5 décembre, avant l'aube. — Guy-Emmanuel de Césade, fantassin de marine, allait mourir, condamné par un conseil de guerre « pour désertion à l'ennemi et avoir porté les armes contre la France ».

J'entrai dans la cellule. Parmi les indifférents, — le commandant de la prison, des officiers, deux gendarmes, un aumônier, — Césade écrivait, assis à sa table de bois blanc. Il me tendit la main et se leva, en apparence aussi calme que les jours d'avant, ce blondin maigriot de vingt ans, au teint blanc d'un anémique. Sa face impassible comme marbre me réconfortait : pas de frisson couard, — et d'arrogance *à la pose*, pas davantage ; à peine un indice d'émotion dans le battement des cils sur ses fins yeux verts de lettré myope, livré par l'ironique destin à la caserne disciplinaire.

Césade devait finir comme — d'aucuns diront— il omit de vivre, en gentilhomme de France et en soldat.

Avec soin, le gars sans peur relut la page dernière écrite et plia des papiers dans une enveloppe. Puis un sourire en coin de lèvre : « Vous lirez cela ! » murmura-t-il : « Vous, monsieur l'analyste, il faudra trouver ci-inclus prétexte à m'excuser, même à m'aimer toujours un peu. Vous, j'entends bien : car, quant aux autres !... Et pourtant nul ne fut si bon ni méchant qu'en jugea la voix populaire. Vous arrivez à temps : cinq minutes de retard, vous me manquiez. Adieu, cher ! »

Sa ferme douceur me confondait, moi qui — tant d'années en deçà — vis mourir le petit Crémieux, et aussi l'assassin de Lebiez, et sais quel héroïsme de bonne compagnie ils arborent sous le couperet ou devant les fusils, certains de ces frêles lettrés, pareils à des femmes, par un triomphe de l'intelligence domptant aux décisives minutes leurs nerfs souffrants, et se substituant au vouloir débile pour agir à sa place. Leurs pâles figures me hantaient à cette heure où, plus ému certes que le condamné, j'ai reçu l'enveloppe et serré la main qui l'offrait. Une porte s'était ouverte, et déjà Césade — ayant refusé du geste un dernier verre de vin — franchissait le seuil. Entre deux files de troupiers il s'en allait, par les sentiers de la citadelle, sous les nacres d'une blondissante aurore d'hiver. Je vis son bourgeron grisâtre et la soutane de l'abbé s'immobiliser sous le mirador de briques rougeâtres, haut et rigide, pareil à quelque énorme cheminée d'usine.

Cinq minutes encore... Et le roulement d'un feu de section. — Tout était consommé.

.··.

Aimeront-ils le fusillé, ceux qui ne le connurent aux
ultimes jours, cet anémié *de race*, — mais de race en
dégénérescence, — en qui la chair des guerroyeurs cuirassés d'antan trouva trop lourde la capote du troupier
moderne, — Dumanet, triviale caricature des preux ancêtres ?— Ma curiosité jouissait à noter chez lui tant de
contradictions difficiles à expliquer ! En son large front
aux sept pointes régulières s'exaltait l'Intelligence, celle
qui justifie tous les actes, ne fût-ce que par la reconnaissance de leurs causes, et devant son impartial prétoire
égale le Mal au Bien, et le dédaigne l'un comme l'autre.
D'autres signes, le nez fin et courbé, les pieds étroits,
hautement cambrés, l'allongement exagéré des doigts,
et les mains si maigres où se croisait en bleu relief le
lacis des veines : ceux-là disaient la race, comme aussi
l'exprimèrent la froide bravoure de Césade, une répugnance à trahir les hôtes pour lesquels il a trahi sa patrie, l'impassibilité appliquée sur ses angoisses en
masque pour le public. Mais ce menton rentré, les rares
cheveux frisottants et de cette indécise nuance : le
châtain, et ces yeux verts de Celte, — c'était, tout cela,
la volonté sans énergie ; et je retrouvais d'analogues
témoignages dans son journal où se décèle à chaque
page l'intellectuel ayant cru tuer par le seul raisonnement des préjugés que ressuscitent à certaines heures
les obscures influences héréditaires. Çà et là Césade
parle, avec une timidité, de crises nerveuses dont, depuis l'enfance, il garda l'effroi, et réapparues, plus fré-

quentes peut-être qu'il n'ose le dire... Tel qu'il fut, cet
homme, je le suivis avec pitié au calvaire des derniers
mois, où l'escortait un mauvais larron, voyou sinistre
uquel il réservait une infinie commisération. Pour ce
entiment, délicat à mon sens et point vulgaire, j'ai-
ais Césade, tandis que je lisais son écriture régulière,
d'une sagesse voulue, mais aux *t* sans barres, aux
chutes en fin de ligne, — aux points sur les *i*, prolongés
en virgules, qui révèlent aux graphologues quelque bi.
zarrerie de l'intellect, un déséquilibrement de l'être
moral, et la folie voisinante :

JOURNAL

. . . .

8 octobre 188...

Au nord-est du Delta tonkinois, au profond des massifs du Nui-Dao où trouvèrent asile les révoltés armés
contre la France au nom de Ham-Nghi, le roi déchu.
— Dans une somptueuse maison chinoise, je fumais
l'opium, hier à midi, avec mon hôte Dôc-Cô, le grand
chef de la rébellion. Inquiet, malade du corps et de
l'esprit, mais soucieux de n'en rien manifester, j'écoutais en apparence le maître bienveillant qui parlait, et
j'observais son visage impassible comme le mien, avec
l'anxiété soupçonneuse d'y surprendre des angoisses,
que ces jours derniers je crus parfois deviner.

S'il m'observait aussi, rien n'en paraissait en ses
paroles, alors qu'il narrait, à belles phrases lentes de
lettré, d'antiques légendes et les luttes, au temps de son

adolescence, contre les usurpateurs de Hué, pour la dynastie nationale des Tonkinois. Sans s'interrompre de parler, il me roulait de grosses pipes au bout de l'aiguille, à la flamme toujours égale, abritée par un verre en cône tronqué ; et je fumais sans compter, pour chasser comme à l'accoutumée, par la sorcellerie de l'opium, les idées noires qui revenaient toujours, toujours, bourdonner sous mon crâne. — « Déserteur ! traître !... » Pour Dieu, quelle voix de l'enfer me psalmodie ces mots, et pourquoi ne puis-je échapper à leur impitoyable obsession ! Pourtant je les connais vides de sens, ces paroles. — Traître, à qui ? déserteur, de quoi ? — Moi, jeté sur la terre sans l'avoir souhaité, et qui la quitterai pour jamais après avoir servi malgré moi de prétexte à quelques vagues phénomènes, — moi, naguère si orgueilleux de m'affirmer irresponsable, isolé qui n'acceptais ni solidarité ni devoir, — d'où vient à l'heure présente ce pouvoir sur mes nerfs d'affirmations que mon intelligence écarte et dédaigne ? — D'où ? de loin, des êtres dont résulte mon être à moi, tous ceux-là qui vécurent, et dont revit la foule contradictoire sous l'ironique apparence de ma personnalité. Je vous tuerai, mots de l'enfer ! Désolants préjugés, remords imbéciles, je ne vous entendrai plus. — « Je vous tuerai, je ne vous entendrai plus », je répétais cela trente fois par minute, du bord des lèvres, pour endormir mon mal par ces mécaniques redites, puisque l'intelligence n'y pouvait rien. Et le mal s'assoupissait. Mais tout à coup la voix criait, éclatante : « Oui ! quand tu seras fusillé ! » — Elle clamait très haut cela, et l'écho s'en répercutait en des sonorités de clairons jusqu'à couvrir ma psalmodie monotone.

Les remoras, réveillés en foule, s'accrochaient à toutes les idées pour rentrer en moi, comme les rais du soleil par les moindres fissures s'insinuent dans la chambre close. Cô souriant et poli, sans doute aussi anxieux que moi pour d'autres causes — je les dirai — ne voyait sur ma face qu'impassibilité polie et souriante ; il continuait de sa voix chantante d'Annamite ses interminables histoires, et il n'y avait entre nos deux âmes de désespérés près de hurler à la mort, que ce lien léger de son récit et de nos sourires.

Un partisan entra et, les mains jointes, parla bas au chef. Cô, roulant une pipe, murmura d'un air indifférent : « Ce n'est rien, — ce gueux de là-bas, le Français, qui va crever. » — D'ouïr cela j'ai pâli de vergogne, moi, le déserteur investi de la confiance de Dôc-Cô, qui vins ici à bon escient, répudiant les devoirs imposés. Que de scrupules ineptes, encore ! Expliquez comment, incapables de se justifier au tribunal souverain de ma raison, chassés par elle à grand honte et mépris, ils remontent m'assaillir, des nerfs et du sang où ils se tapirent en sournois. Ce Cô m'estime et m'affectionne ; il pense, je le sais, m'attester son amitié et qu'il fait cas des services rendus, quand il me distingue ainsi, sans commentaires inutiles, de l'*autre*, du Français. Et malgré tout se lève en moi, qui vois rouge, une haine immense, un frénétique désir d'assassiner l'étranger, d'arracher la langue insulteuse. Cela, si je le faisais, ne rachèterait — pour aucun de ceux qui m'appellent traître — la traîtrise, et n'effacerait pas à leurs yeux la souillure de mon nom. Non, jusqu'au bout je mettrai mon orgueil à servir en fidèle la Cause et le maître délibérément élus. Donc, je demeure

calme, je demande à Cô surpris licence d'aller vers
« le gueux, le Français en train de mourir », — Alfred Plantin, celui que je suivis depuis la prison militaire de Dap-Cau jusqu'à ce camp de rebelles.

Je le trouve dans la pourriture liquide, au plus
sombre recoin d'une infecte case de coolies. Sur une
mare de boue tenace et puante on a jeté des claies de
bambous, et là-dessus gît *mon ami, mon semblable,
mon frère.* Une profonde pitié me vient. Pourtant,
combien il me fit de mal, ce Plantin, depuis notre accord — provoqué par lui — pour la fuite ! Plus d'une
fois il essaya de me rendre suspect, si bien que Dôc-Cô
le prit en haine et, sans mes prières, l'eût décapité.
Et cela n'est rien : plutôt je le haïrais — si je pouvais
haïr — pour les remords que redressait en moi, quand
mes raisonnements leur avaient enfin écrasé la tête, sa
présence de cynique complice dont les actes reflétaient
mes actes en formes ignobles, dont les pensées répondaient aux miennes en caricatural écho. Ah ! de là
mes plus durs ennuis, et tant de peines que nul ne
comprendra. Une profonde pitié me vient, — à le voir
sous des loques sordides, vert de fièvre ; et ce frisson
prolongé de la tête aux pieds, le regard douloureux de
l'œil terni, et le grelottement des lèvres où se cahotent
des paroles entrecoupées ! — Le pardon est facile
vraiment, et la pitié trop peu méritoire, devant ce paquet de haillons et de chairs moribondes qui fit un jour
trébucher ma vie honnête.

'On l'a, ce matin, pour l'enfouir, roulé dans une
natte que dépassaient les pieds noirs de boue séchée.
Les partisans, une foule injurieuse et curieuse, ricas-
naient de voir emporter l'ivrogne qui les égaya, pour

quelques sapèques, le pauvre « joyeux », jadis si fier des douze condamnations « civiles » marquées à l'encre rouge sur son livret de troupier. Ces gens nous méprisent l'un comme l'autre, et le vivant non moins que le mort. J'en souffre — point, hélas ! en mon amour-propre de garçon non impassible à l'outrage, — mais — nul ne m'en croira — parce que, il me semble, en nous autres on bafoue la France, par notre faute livrée tout entière à ces haineux mépris, avec son passé d'histoire, ses triomphes, et ses misères aussi. Oui, c'est cela, une effroyable souffrance de *patriote* — ce mot ! — tandis qu'ils enterrent Plantin, les ricaneurs. Et d'instinct je me suis signé vers le ciel clair, sous les falaises blanches du Nui-Dao, où frémissent des ronces et des ajoncs.

C'est trop pâtir, le dégoût va déborder de mes lèvres. Tels des assassins inconnus avouent, pour trouver le repos enfin, et jeter à bas de leur cœur le remords pire que la guillotine, tel je voudrais maintenant fuir vers un poste français et me rendre. Quel soulagement dans la fraîche cellule des condamnés ! — Et voici la Tentation maudite rampant comme une sournoise couleuvre : « négocier » avant de me rendre, je le pourrais. Alors la vie sauve, sûrement ; et — qui sait ? — la fuite à l'étranger. A Hong-Kong je recommencerais de bleues années pacifiques... Quel prix pour cela ? livrer le chef qu'on redoute. Mon hôte ? un rebelle après tout, un scélérat, un pirate. J'épargnerais bien des Français destinés à mourir par les balles de ses winchesters, je débarrasserais les provinces d'un dur exploiteur . quel « éminent service social », monsieur Prudhomme !...

— Oh ! cette honte d'avoir pensé l'impudent sophisme,

aussitôt vidé aux égouts croupissants de l'arrière-cons-
cience ! — Non, je ne rachète pas ma désertion par des
traîtrises. J'irai jusqu'au bout, au poteau, devant les
douze fusils.

Et ma chair grelotte à présent, à la brusque évocation de la mort prochaine. Cô est rentré au camp, ces
derniers jours, seul, sans les autres chefs. Il hésite
peut-être à se rendre, lui aussi, comme plusieurs le
murmurent ; mais alors c'est lui qui se sauverait à mes
dépens, car ceux de Hanoï exigeront qu'il me livre. Je
le devine inquiet, attristé, indécis encore ; en moi
s'élargit et s'allonge une ombre immense, une épouvante, la peur de mourir. Cela, que nul jamais n'en
sache rien. . . . .

. . . .

A dix-neuf ans, engagé depuis cinq mois dans l'infanterie de marine, j'arrivai au Tonkin vers les premiers
jours de juillet et fus dirigé sur Dap-Cau, à la limite
du Delta. Bachelier récent, militaire dans le sang et de
tradition, — mon aîné lieutenant, mon père colonel
retraité, — je comptais gagner en quatre ans un galon
d'officier. J'aimerais mon métier : fi de ceux-là qui
usent leur basane sur la banquette du mercanti, à mé-
dire des chefs entre deux lampées d'absinthe ! Hourrah
pour la guerre ! J'avais tant blasphémé vers mes seize
ans, à trouver close l'ère des belliqueuses aventures,
— et plus de place pour un Cortez, voire un Don Qui-
chotte, en nos nations civilisées, à travers les trois continents industriels et marchands. Et voici : dans cet
Extrême-Orient où l'on se bat encore, et corps à corps,
— car foin des batailles rangées, ordonnées au compas
par des mathématiciens ! — je retrouvais la chance du

grade enlevé à la pointe d'un sabre, et l'espoir de l'aventure parmi des populations frémissantes, consolées dans leurs misères par la foi hautaine de nous jeter à la mer. Et ces joies gamines, après la métropole odieuse et les haïssables égalités du tramway, de commander à la matraque un peuple de nains, quand j'accompagnais, le matin, les « caporaux d'ordinaire » au marché, sur le bord du fleuve. On faisait la loi. Il faisait la loi, le *cabot* en casque, ses galons rouges épinglés en pleine poitrine sur le bourgeron de treillis ; il criait et gesticulait, représentant du peuple français, sacrebleu ! auprès des boulottes marchandes. Ils faisaient la loi, les Pitous de corvée, le sac à distribution sur l'épaule, fiers comme Artaban, le nez en l'air, attentifs à l'éloquence du gradé. C'était comme une parade comique, en entr'acte des assauts bien sonnés, dans ce cadre de hangars, — chaume et bambous, — devant les établis des minuscules Annamites. Les boîtes d'allumettes, toutes jaunes ; le vert-pâle des bananes en régime ; les paquets de bougies, bleu-sombre ; les cigarettes dans leur papier glacé de nuances tendres ; les pommes-cannelle, les mandarines, — du vert, du rouge, de l'indigo, et les couvre-sein de crépon orange étalés sur de la chair rose ; — et pour faire papilloter toutes les couleurs, un petit vent d'aurore soufflait dans les larges feuilles retombantes des bananiers. Et cette volupté de commander, de sacrer en conquérant bon garçon, pour un échappé de l'école, qui jouisssait par tous les sens des fruits odorants, des couleurs fraîches, sous les yeux admiratifs des grasses vendeuses !

Le commandant d'armes, un vieil ami du papa, m'avait désigné pour son secrétaire. En août, juste à

six mois de service, je passai caporal. A l'hiver on par
tirait en colonne contre les rebelles du Yen-Thé : l'occasion
attendue de décrocher au mât de cocagne les *sardines*
d'or. J'en rêvais aux heures de sieste et les longues
après-midi d'été, quand le commandant me laissait seul
dans le bureau à toit de paillotte ; et je relisais les
Ordres du Jour dans les collections de l'*Officiel du
Protectorat*, comme autrefois au collège les bouquins
de Jules Verne et de Mayne-Reid. A sept heures je dî-
nais à la cantine ; puis je rentrais en hâte à la chambrée
pour lire encore, tandis que mes camarades, attardés
autour des petits verres, discutaient bruyamment
quelque aléa de la manille ou du piquet.

Une tristesse pourtant, à certaines heures, enfumait
les claires visions de mes espoirs. Un mal nerveux,
oublié depuis la prime enfance, en une crise avait reparu, par l'influence peut-être du climat torride. Pendant huit jours l'anxiété me supprima presque tout
sommeil ; la crise — oh ! sous forme si bénigne —
m'était un terrible avertissement. Un sous-officier annamite me conseilla ; je l'écoutai, ne voulant pour aucun prix, par une confidence au major, risquer la ré-
forme, et je fumai l'opium avec l'espoir, sinon de tuer
le mal, vivace au tréfonds de mon être, au moins de
l'endormir et d'en empêcher un nouvel assaut.

L'opium par la suite s'y est révélé impuissant ; mais
il dissipa mes terreurs et me montra toutes choses
teintées de gaies couleurs, comme à travers des vitres
roses et bleu-céleste. J'arrivai vite à fumer chaque
jour soixante pipes : tout l'argent reçu de France s'y
transmutait, — divine alchimie ! — en vapeur et paix
morale.

Alors, au début des opérations militaires, je n'eus qu'un désir : rester à Dap-Cau, éviter les marches et contre-marches à travers la montagne où je ne pourrais fumer, loin de la case indigène si accueillante le soir. Oublieux du galon doré, j'aimais tant mon bonheur paisible ! J'obtins aisément de ne partir pas : le commandant, maintenu à Dap-Cau malgré sa demande, comprit que je ne voulais l'abandonner, et ma fidélité l'émut fort. Il me remercia, le saint homme : « Soyez tranquille, caporal ! vous ne perdrez rien pour attendre. » Donc, demeuré en place, je fumai de plus en plus, cette claire fin d'automne, joyeux des craintes éliminées. Rien dans ma conduite d'abord correcte n'avertit l'officier de mes récentes habitudes ; mais enfin, au mois de mars, alors que, plus asservi par elles, je négligeais toutes précautions pour les dissimuler, un sous-off, mon ennemi, le renseigna : chaque soir je quittais le quartier pour dormir en ville, et je ne rentrais qu'à l'appel du matin.

En effet, longtemps, j'avais fumé deux heures par jour, au crépuscule, entre la soupe et la retraite ; je me hâtais de *tirer sur le bambou*, à goulées rapides, avant de gagner la chambrée.

Dans les commencements, l'opium déjà nécessaire à ma vie, je souffrais de ne pouvoir installer le lit de camp dans une jolie maison française, et me déplaisait la natte commune aussi bien que le sale contact annamite. L'indispensable intimité du chez-soi, je ne la soupçonnais alors qu'en une chambre claire, à l'européenne, — des vitres nettes, du jour dans les angles, et les verrous tirés. D'instinct et d'éducation, malaisément je m'acclimatais à ces taudis tonkinois ouverts à tout ve-

nant — pas une porte fermant à clef ! — Mes nerfs répu-
gnaient à leurs coins sombres, recéleurs d'insectes im-
mondes, de poussières et d'ordures. Or, dans ces maisons, une conscience nouvelle du *home* à la longue
s'était révélée : quand on dressait sous la vérandah,
pour clore la case, un double treillis de larges claies,
je me sentais plus loin de la rue que naguère à l'abri
des portes ; du lit seul éclairé par la veilleuse de verre,
j'appris à aimer le mystère des charpentes et des cloisons s'enfonçant dans l'ombre, et la niche profonde où
veillent des effigies ancestrales, et les laques dorés
dont miroite quelque relief. Moi, couché sur le côté
gauche, en pleine lumière, je relisais de beaux livres,
et mieux qu'en Europe je jouissais de Baudelaire et de
Poe, tandis que des indigènes bavardaient à voix basse,
dans cette lourde atmosphère où se mêlent la vapeur
opiacée, la fumée du tabac annamite, et l'odeur, —
myrrhe, encens et santal, — des bâtonnets brûlant pour
les pères morts. Délicieusement je veillais des nuits en-
tières, et l'aube me chassait, vanné, les yeux rouges,
les paupières cuisantes, au bureau sordide où je som-
nolais sur les « situations » de fourriers et les « états »
de sergents-majors. Alors, comme un sirocco, des sentiments mauvais soufflaient par bouffées à travers le
désert de mon âme ; je haïssais tout au monde, êtres
et choses, — les hommes surtout, — parce que je souffrais à cette heure de ne pouvoir dans un bon lit dormir mon saoul jusqu'à l'heure de la fumerie.

Un matin, il me souvient, je regardais longuement
un troupier de mon escouade, en train de blanchir au lait
de chaux la case des adjudants. Le brave barbouilleur
se trouvait à six mètres du sol, assis sur la sellette que

maintiennent des cordes fixées à la toiture. Il chantait
en promenant ses pinceaux badigeonneurs, enduits de
blanc, au long de la façade. J'ai ressenti l'injure de
cette palpitante chanson vibrant clair dans le vent froid,
envolée par les vertes feuilles vers le ciel léger. Et,
honteusement je l'avoue, j'ai fait un rêve, tout éveillé :
la toiture s'écroulait, la corde cassait — dans mon rêve,
— et l'homme tombait, en de comiques poses, agitant
ses pinceaux dans le vide, comme un hanneton renversé agite ses pattes, et pour crier à la mort tordant
sa bouche. Il se fracassait sur le pavé de la cour. —
Mais les Destins implacables me refusèrent la sensation
espérée, prouvant ainsi — sots Destins ! — qu'ils me
préféraient l'imbécile soldat, l'ouvrier idiot dont le
chant et la gaîté raillaient l'impuissance de mon désir.

Une affreuse existence commença après la première
punition, huit jours de prison, que m'infligea le commandant, bon homme, mais raide en service, pour
corroborer ses admonestations paternelles et somma-
tions de renoncer à la pipe... Car le sergent, le vilain
bougre, m'avait dénoncé comme fumeur. Renoncer ? il
n'y fallait plus songer. Je promis ce qu'on voulut ;
mais, en murmurant des « pardon » et des promesses,
je pensais uniquement — une idée fixe, entêtée, —
aux moyens praticables de fumer, les soirs de cette
semaine où je coucherais à la boîte. Au début cela marchait encore ; le matin je sortais de cage — mon service ! — pour n'y rentrer qu'après la soupe du soir ;
aux heures de l'absinthe, quand le chef filait au Cercle
des Officiers, je ne moisissais pas au bureau ; un saut
par-dessus le mur, et je me faufilais derrière des haies

vives, sans passer par les rues, vers la bonne case où fumer mon content, si bien qu'à peine la prison réintégrée, après une haletante randonnée de cerf traqué, je tombais d'un sommeil de plomb sur le châlit. Avant le soleil levé, je sursautais, pâle, les jambes cotonneuses, la gorge sèche, le front comme cerclé de fer, la poitrine secouée d'une toux grasse qui me ramonait d'une glu de noirs crachats. Une belle vie, après tout. — Mais au troisième jour le sergent, mon chicaneur, prit la semaine : « On ouvre l'œil sur vous ! » — il me dit : — « méfiez-vous. Vous voilà prévenu, pas ? » — Quel bavardage de *boy* le renseigna ? « Avis à ne point quitter le quartier. Et vous feriez bien de cesser l'opium, vous m'entendez ? » — Je ne songeais qu'à mieux dissimuler. L'après-midi, je ne pus sortir du poste ; il fallut retourner en prison, les poumons à jeun. Je bus un grand verre d'absinthe, ce soir-là. Influence de l'alcool ? effet de ma surexcitation ? manque d'opium plutôt ? Je ne dormis pas ; et vers minuit, pour la seconde fois, une attaque me foudroya, de ce mal d'enfance que je n'osais nommer, le mal que fait oublier la fée Morphine. Personne n'en sut rien, car, seul à la prison, je me relevai avant l'aube, tête vide et membres endoloris.

Le lendemain, pour cinq dollars le *boy* du commandant m'apporta à ses risques une *fumerie* ; je me réjouis en paix dans la chambre des domestiques, une annexe des cuisines. Deux jours encore de tranquillité.

Et puis, pourquoi narrer au long ce qui suivit, le pauvre caporal surpris la pipe aux lèvres, la colère du commandant, le *boy* jeté à la rue après une rude cadouillée — cinquante coups de rotin — et moi cassé

de mon grade et de mon emploi, replongé aux bas-
fonds de la compagnie, on mauvais troupier à surveiller ?
Mais, de tout cela comme d'autre chose, on gagne
l'oubli sur la natte. *dans* l'opium et la musique des
phrases lues.

A des heures pourtant, je sentais ma vie heureuse
achevée et qu'il ne me restait peut-être qu'à mourir.
C'était après les vomissements du matin, au cours de
promenades quotidiennes à travers le cimetière abandonné : ni clôture, ni croix, ni pierres gravées, pas
même une ondulation de sépulture ; la haute brousse a
tout recouvert. Et jamais nul ne reconnaîtra les premiers morts de la conquête. Heureux les oubliés, ceux-
là qui retournèrent si vite à la matrice commune, sans
que survive leur nom sur une oppressante dalle, ni
parmi les perles noires des couronnes !

Tout un mois, par quelles roueries de passionné fou !
j'évitai les punitions et me gardai libre pour les douces
minutes. Néanmoins, averti du mensonge de mes promesses — mais savait-on qu'il fût trop tard et que
l'opium m'était aussi nécessaire que l'oxygène de
l'air ? — le commandant tenta un effort encore pour me
retirer de la perdition. Il me parla très doucement, la
dernière fois, jurait-il, — de ma famille, du père informé de ma mauvaise conduite ; il parla d'un avenir
vaste, clair et riant après d'insignifiants orages — folies de jeune homme ! — et de cette épée qu'un dé-
plorable troupier, tel que je risquais de le devenir, ne
doit toucher. J'ai compris assez de livres pour dédaigner ces vains dires. Cependant je pleurai, je m'en
accuse à mes pairs, en écoutant le soldat à moustache
grise, et pensant aux douleurs des miens. Mais des

accords dénués de signification, agglomérés en des
mélodies mineures, nous attendrirent aussi, parfois ;
et tout fiers d'avoir pulvérisé les théories des patrio-
tards, n'avez-vous jamais, pourtant, rêvé de luttes et
d'assauts, de flottants drapeaux et d'héroïsmes, pour
un pas redoublé de fanfare, la charge puérilement
scandée par les clairons ou la vibration d'une peau
d'âne sous les baguettes roulantes d'un imbécile ! —
Je pleurai, si peu ! mais vraiment j'avais le cœur gros,
Vous ne me connaissez guère, tout de même, si vous
m'attribuez une philosophie assez débile pour qu'elle
n'ait vite réagi contre l'humiliante prépotence des nerfs.
Rassurez-vous, je ne brisai pas ma pipe : l'opium m'était
alors, je vous dis, une suffisante et nécessaire condition de vivre ; nécessaire, parce que je fusse mort
d'en manquer (une Lapalissade, hein ?) et aussi parce
que mourir me semblait préférable à végéter avec le
souvenir de cette crise où dans la nuit je hurlais seul ;
suffisante, parce qu'au lieu d'attendre désormais le
bonheur d'un galon ou d'une vaillante aventure, je le
trouvais, ce bonheur, inclus en ma pipe. Fumer, lire,
songer, penser, mépriser surtout, — j'étais heureux,
si heureux que même s'évanouissait l'appréhension
d'être traqué de tous, égaux ou chefs, et privé d'opium.

Et continua mon habituelle existence. Je m'affaissais,
incapable de service, le teint verdâtre, sale même en mes
vêtements et mon corps, moi, le raffiné qu'on bapti-
sait au régiment : la petite fille ! — car l'énorme fatigue du débarbouillage quotidien passait mes forces.
Et sur cette insouciance absolue, les punitions recommencèrent à pleuvoir, plus dru qu'avant. A présent,
que m'importait ? On punissait très peu, à notre com-

pagnie disciplinée, rompue au facile service colonial ; d'ordinaire je croupissais seul en mon logis accoutumé de la prison ; je parvins à y introduire une *fumerie*, petite et misérable — lampe, pipe, aiguille, les trois indispensables ustensiles, — que je dissimulais à la moindre alerte en un recoin sombre. Cela dura quatre mois, avec la tacite complicité des sous-officiers de semaine ; mais il fallait bien que je finisse par me trahir ; résultat : quinze jours de prison dont sept en cellule, de la part du commandant, et quinze jours supplémentaires au rapport de la brigade. A la cellule je ne pus fumer : une fois chez les damnés d'enfer, je souffrirai moins. Je crus *passer*, dans une syncope, le premier soir ; et je ne survécus qu'en avalant le lendemain les pilules d'opium que des tirailleurs tonkinois, à leur tour de faction, glissaient sous ma porte. Au septième jour, le chef, m'ayant mandé à comparaître, m'accabla d'injurieuses menaces : — « Je ne me relèverais plus, — affirmait-il, — trop bas tombé, mauvais troupier promis aux compagnies de discipline. » — Je savais qu'il ne mentait pas, le vieux, et se trompait moins encore : mais point de repentir ; j'avais trop médité, et trop méprisé déjà. De toute mon énergie je haïssais le bavard ; j'aurais voulu crier à sa face l'exécration des galons dorés, et combien j'abominais le métier dont il me proclamait indigne, — vieille brute ! — métier servile, bafoué de qui découvrit en l'opium les sagesses, les certitudes, les orgueils d'homme libre et de contemplateur. Jadis, en bachelier vain du parchemin, des livres entr'ouverts et des sciences entrevues, je plaisantais — sympathique pourtant — tel antique lieutenant, parrain de cuirs inédits, inconso-

lable de rater, par l'épaulette infligée, la retraite d'adjudant à quinze ans de service, avec le « maximum de
campagnes » et les médailles pensionnées. Aujour-
d'hui, du haut de ma superbe et de mon impeccable
science, — disparates arlequins de phrases, çà et là
ramassés et recousus à la diable ! — je dédaignais tous
les officiers, vieux ou jeunes, ignares ou savants,
comme de vils absinthés, culottés de peau et culotteurs
de brûle-gueules.

Ho, ho ! — je ne pleurai pas, les amis ? Je me piétai
devant mon chef dans la correcte attitude réglemen-
taire, la mine respectueuse, mais, je le sentais bien, insolent *en dessous* par l'exagération même des poses
classiques et les trop cafardes inflexions de voix.
L'homme ne s'y trompa point. Ce bon vieillard ! Il
écumait de colère comprimée, sans prétexte à me noti-
fier ce qui l'enrageait, comme à châtier l'indubitable
insulte des gestes, du verbe et des yeux. Rouge de
honte, — gare à l'apoplexie, brave militaire ! — il bal-
butiait et grondait sous la moustache : « Oui, oui,
vous me comprenez et je vous comprends, petit malheureux ! Nous nous comprenons ! (Toute sa gram-
maire rentrait par les conjugaisons dans cette dure caboche !) Nous verrons à qui le dernier mot et qui rira
bien ! » — Froid, correct, soumis, je le regardais sans
répondre. — « Ne me dévisagez pas ainsi, je vous le
défends ! » — Je baissais le front, modestement, avéc
des airs d'honnête serviteur attristé, qui s'interdit de
juger l'inexplicable égarement du maître aimé. Certes
oui, nous nous comprenions. A la sortie je riais sous
cape de le laisser congestionné par la fureur. Un joyeux
rire en vérité, saine hilarité de gamin épanoui ; cela

fait tant de bien au cœur, le bon rire ! — Et tout en riant, en ricanant, en grinçant des dents, — nom de Dieu ! nom de Dieu ! sacré nom de Dieu ! je savais qu'il me restait pour recours unique le suicide, — ou la désertion.

Mourir ? Bah ! plutôt déserter, en quête de fortune et d'un asile où fumer en paix, à travers la Chine ignorée et cet Extrême-Orient propice encore aux aventuriers.

Libéré de la cellule, je ralliai la prison commune, le 24 juin. Elle abritait un seul compagnon, Alfred Plantin, « joyeux » des compagnies africaines.

Celui-là, je le connaissais un peu. En des occasions je me déclarai sympathique à ce repris de justice, vaniteux de ses vices et des condamnations d'antan. Un snobisme puéril m'incitait à scandaliser d'idiots troupiers par des argumentations exhumées de bouquins mal compris, qui égalaient le sage au fou, le méchant a l'inoffensif, l'un et l'autre asservis à des fatalités éternelles. Même, terrassant mes dégoûts, j'admirais en cet homme la martiale brute de race inférieure, le fauve qui n'eut pas, comme nous, à tuer par le raisonnement d'honnêtes scrupules et subissait l'unique loi de l'instinct, les seuls motifs d'un sang riche en fer et de muscles vigoureux. Pauvre écolier crédule, illogique et pédant, si glorieux de mon intelligence, si émerveillé par la volontaire élimination de mes répugnances, — inconscient de ne compter guère plus que ce « joyeux » dans le vaste univers, ignorant de moi-même, esclave du verbe étranger, comme Plantin de ses énergies animales ! Et je ne soupçonnais guère que d'obscures lois physiologiques, — aveugles, indifférentes, souve

raines, — se formulaient encore une fois dans mes
sympathies admiratives d'adolescent à sang pâle pour
le mâle primitif aux nets vouloirs irraisonnés. Et lui,
pour sa part, ma débilité même, mon éducation raffinée, toutes ces élégances vaguement perçues où d'a-
ristocratiques hérédités nous façonnèrent, devaient —
au moins les premiers jours — lui plaire en se révélant
à son obtuse cervelle, et l'attirer invinciblement,
comme le chien subit son maître.

Dès mon entrée, il s'empressa de me céder la moins
mauvaise place et bavarda pour provoquer de réci-
proques confidences, avec des recherches de fin langage
à la mode bellevilloise ; et par contraste je m'enca-
naillais en phrases de pur voyou ; — ce sentiment
bizarre qui nous incite, au contact des plébéiens, à les
étonner par la vilenie des mots les plus grossiers ! —
Deux pilules ingurgitées, je me vautrai sur le châlit,
geignant, grondant, pestant de ne pas fumer, et, en
dépit de l'angoisse, flatté d'ébahir ce Plantin qui me
témoignait dans ses regards l'admiration d'un mal évidemment distingué. « Lui, — affirmait-il, n'avait jamais fumé. » Parbleu ! — L'opium échappe aux simples
de cette espèce. Vanter le « joyeux » en vue d'épater
des troupiers, c'est bien ; proclamer la légitimité des
vices et l'indifférence des crimes, passe encore, —
comme d'applaudir par jeu philosophique à ses libres
énergies de brute. Mais un instant le supposer digne de
s'initier à l'opium et de s'égaler à moi par l'accession
aux mêmes plaisirs, cela m'eût choqué, tel qu'une insolence de valet. Ruminant ces idées et d'autres,
je souffrais en mon coin, les reins endoloris par le
treillis de bambou. L'homme, glorieux de son bavar-

dage, daubait les sergents, les officiers, et la vie de
chien qu'on mène dans ce sacré poste. J'approuvais de
la tête ou d'un mot, las effroyablement, exaspéré d'abord
par *l'état de besoin*, puis, quand l'opium en pilules
apaisa les nerfs et lucidifia la pensée, par la soudaine
certitude d'une mort prochaine et de l'infamie. —
« Nom de Dieu ! — criai-je, — si je ne me troue pas
la peau, je suis un simple poltron. Tu parles bien, camarade. On ne peut vivre ici, — nous du moins. J'ai
plein le dos, du sac et des chefs. Assez ! je lâche la
rampe, je casse ma pipe ; — et zut ! je ne veux plus
rien savoir ! »...

Voilà mes paroles, sans omettre une virgule. Or, cela
tombait à propos dans l'oreille du nommé Plantin.

Je présenterai ce vilain gars de vingt-cinq ans, pari-
sien du dix-huitième arrondissement, quartier des
Grandes-Carrières. On l'affirmait né d'une rouleuse ;
des gens avaient connu sur les boulevards extérieurs
sa mère et deux sœurs, vouées au petit bleu et au vice.
Un maigre nabot répugnant à voir. Des lèvres pâles, —
lames de canif, — menton en pointe, des yeux ren-
foncés, vert de phosphore. Et certains de ses traits signifiaient la dégénérescence apte au crime : non pas
l'antithèse des cheveux bruns et des blondes moustaches — de la fausseté sournoise, cela, et rien autre ;
mais les dents irrégulières qui s'entrecroisent et se
chevauchent, la paume massive des mains poilues,
pattes de tortionnaire, effrayantes chez ce nain rabougri ;
et le front bas, et le crâne aplati ; — tous les caractères
des races imparfaitement rédimées de l'atavisme animal,
jusqu'en cette vigueur des muscles peaussiers, en nous
atrophiée, qui mobilise à volonté le cuir de son crâne

et le pavillon de ses oreilles. Et, avec cela, ces mêmes oreilles étonnaient, d'être mignonnes, ourlées délicatement, coquetterie de ce mufle répulsif, — qui les devait à quel ancêtre aristocrate, coureur de prostituées ? — et enjolivant, par la grâce ironique d'un seul trait, les pires tares héréditaires jaillies en bourgeons sanieux, épanouies en efflorescences d'humeurs froides. Comment n'ai-je pas haï d'abord cet être répugnant ? Je l'ai dit. — En outre, depuis je le reconnus brave, non par instinct et tradition d'honneur, comme nous autres, mais en casseur d'assiettes, devant témoins ; et toujours chapardeur, voleur, ivrogne, et s'en glorifiant. Il m'attira par cette énergie, tant admirée de ma mollesse, et surtout par cette cajoleuse hypocrisie de subalterne heureux de servir, qu'il affectait au début : et je crois qu'en lui fut sincère alors la déférence, le goût de se frotter à l'être plus intellectuel, plus délicat. Mais ce vague sentiment devait vite, en son âme boueuse, livrer la place à une irrémédiable haine. Pour ma part, je tirais vanité de séduire et mater, en un de ses multiples poncifs, le Criminel, cette entité farouche des romans romantiques : métier de dompteur, après tout !

... Pendant un long silence, Plantin fixa sur mes yeux ses yeux de chat... Enfin il s'approcha de moi, rampant sur la claie du lit ; puis, à voix très basse : « Veux-tu que nous désertions ? » — Et je répondis : « Oui, désertons. » — La flamme vacillante d'une chandelle nous éclairait. — Vrai, je parlai sans avoir hésité, ni argumenté, ni réfléchi. Il me sembla qu'une ombre, matérielle dans le noir de la prison, se déployait au-dessus de nos balbutiements de désespérés.

Alors Plantin me confia, toujours à voix très basse

de criminel — mais il ne voyait pas l'Ombre, lui ! —
un projet déjà mûr dans sa tête : on gagnerait en trois
jours de sampan, avec la connivence d'un guide sûr, le
quartier général de Dôc-Cô qui tenait les montagnes du
Dong-Triêu. Lui, Plantin, me défendrait contre tous
périls en serviteur docile. D'ailleurs des Français seraient bien accueillis parmi les pirates : une importante
indication, cela, car, depuis la conquête, Annamites et
Chinois ne favorisaient guère les transfuges : certains,
on les fit eunuques ; on décapita tels autres ; les plus
heureux, on les traitait en bêtes de somme, puis, exté-
nués et malades, inaptes à tout labeur, on les restituait
aux conseils de guerre, pour la fusillade. Au contraire
on nous recevrait en amis : c'était convenu avec un
officier rebelle. En témoignage de bon vouloir, nous
renseignerions sur l'organisation défensive des postes
français : on aiderait les pirates, le temps d'économiser
sur nos parts de butin un peu d'argent pour la désertion à l'étranger. Du reste, Cô depuis longtemps ne
combattait point les Français ; par une trêve tacite, le
Protectorat, peu soucieux de saigner ses budgets aux
quatre veines pour l'aléatoire entreprise de réduire ce
chef, se résignait à sa domination occulte étendue sur
trois provinces.

Ces projets me séduisirent. Je le pense aujourd'hui :
comme le raisonnement avait détruit en moi les scrupules d'antan, l'opium — la souffrance aussi, sans
doute — abolissait ma volonté. Je songeais uniquement,
en gamin, à la joie des beaux rêves aventuriers enfin
réalisables, aux escarmouches de guérilleros contre les
bandes rivales, — un assouvissement de large vie héroïque dans la montagne, au soleil des tropiques. Et au

bout, si loin, si loin ! un but suprême, non pas la fuite
en Chine de thésauriseurs pressés de sauver leur bas
de laine, mais l'enviable mort du combattant. Je
topai, d'enthousiasme. Plantin s'occupa des moyens
de réaliser le projet, avec la complicité d'un tirailleur qui prendrait la garde, à la prison, le jour
et l'heure choisis pour l'évasion. J'achetai cet
homme, par soixante francs, reçus de mon père la précédente semaine. Mais, relisant la lettre du pauvre
vieux, quelque chose de bête comme un remords s'in-
sinua dans mon cœur, — et c'était peut-être du remords. Cela fut vite balayé, ainsi que par une rafale,
dans l'enfantine illusion de ma future vie : elle se par-
fumerait d'opium, d'alcool et de sang, et aussi — qui
sait ? — par l'amour de quelque Bradamante pareille
aux deux sœurs qui chassèrent du sol annamite les
armées tartares. Une vie de guerre, de pillage et de
saoulerie, en vêtements de soies versicolores, à dos
d'éléphant, au balancement des palanquins. Je vous dis
que j'étais fou.

Cependant, deux heures avant de partir, j'hésitai
encore. Il est si facile de faire acquiescer son intelligence à tout projet, et si malaisé de se décider à l'action ! Même, ayant fumé, le cœur pacifié, un brusque
revirement se produisit, — efflorescence de combien
de phénomènes perdus au tréfonds de l'inconscience !
J'allais tout avouer au commandant, quand — le maudit Destin veillait — pour ne pas trahir Plantin je lui
confiai ma décision. Pouvais-je m'en dispenser ? — Il
ne fut plus le valet que j'avais connu ; il sentait inutile désormais la flatterie hypocrite du début ; c'était le
moment où le dompteur ose, après les apprivoisantes

caresses, déployer devant ses fauves les prestiges de
l'énergie et de la terreur. L'homme m'injuria comme
lâche, traître aux paroles données et reçues de bonne
foi ; — trop tard d'ailleurs pour renoncer : les indigènes
bavarderaient. Or, sous les magnétiques effluences de
son œil dur et de ses objurgations, mes résolutions se
dissolvèrent. L'appréhension me vainquit, de manquer
à ma parole, à mes devoirs — grand Dieu ! — envers
le crapuleux voyou : car, à cette heure, le mirage des
hautes aventures s'effaçait. Je cédais, traîné aux cheveux
par la rude poigne des fatalités vers la misère et l'épouvante ; et plus d'illusions habiles à dissimuler les horreurs de l'avenir ! Il me souvint du collège, en ces
années où, gamin timide et fin, obéissant et sage, le
cœur déversant d'amour pour mes parents et mes
maîtres, j'admirais quelques mauvais sujets bêtes et
cyniques, mes inférieurs, et me constituais leur plat
séide, inquiet de démériter de leur estime si je ne
m'affirmais, en actes comme en paroles, plus grossier
et plus méchant qu'eux-mêmes.

On quitta Dap-Cau, le 28 juin, avant la nuit, pour
rallier au fleuve notre guide, un coolie déguenillé. Une
heure nous suivîmes sous le soleil couchant un sentier
parallèle à la route des Sept-Pagodes. Des mares entre
les rizières blondissantes reflétaient les nuées roses ; le
vent les ridait de vaguettes, et de folles herbes frisson-
naient sur les talus minuscules. L'Annamite nous orien-
tait Sud-Est, vers un mamelon empanaché de pins-pa-
rasol. A cinq milles de Dap-Cau, on rejoignit la route
pour suivre la ligne du télégraphe, haletants, silencieux. En ces instants où l'anxiété d'être poursuivis
devait supprimer toute autre pensée, le bourdonnement

aux fibres des poteaux télégraphiques m'obsédait comme un appel suprême de l'Europe, de la civilisation qu'abomina pourtant, dès les balbutiements premiers, mon intelligence. Enfin le guide nous arrêta devant des haies vives, enceinte du village — Linh-Mô — où nous attendait un sampan.

Alors par un incident se révéla, toutes hypocrisies jetées à bas, la tyrannique volonté de mon dompteur, qui deviendrait plus exécrable mille fois, si je l'acceptais, que la discipline militaire, même interprétée par des chefs stupides. J'avais notifié mon intention d'acheter dans le village une pipe, une lampe et de l'opium, les circonstances nécessitant toute notre énergie et notre pensée maintenue lucide. Il refusa net : « Tu es fou, tu veux nous livrer ! les gens d'ici nous arrêteront, si tu les forces de constater notre présence. A tout le moins, ils aviseront de notre passage les officiers ! » — Ses arguments tombèrent à plat : « Je déserte — répliquai-je — pour être libre ; si je dois me priver plus qu'en prison, adieu, je rentre au poste. Fumer ou partir, — décide. » — Il rageait, le vilain ; il menaça, m'injuria, — vrai débordement d'égoût, ses injures. Mais je tenais ferme ; et, tel que mon compagnon se dévoilait, — finie la sympathie artificielle, l'imbécile admiration ! — je le haïssais à la mort, si bien que je faillis partir sans plus ample discussion. Par malheur, il céda, se fit aimable : je lus néanmoins une haine immense dans ses yeux à la clarté du feu de brindilles qui tremblait à l'arrière du sampan. Il m'eût jeté à l'eau, un couteau dans le ventre, sans la crainte d'être abandonné des complices indigènes, déjà tremblants de peur. Donc il se calma, par force. Et l'on décida de confier deux piastres, pour les emplettes, au guide, qui connaissait des gens du village et que nous attendrions sous la paillote de l'embarcaticn.

Ainsi fut fait. — Une heure se passa, moi ne pensant qu'à l'opium, et Plantin grognant contre les intoxiqués. Le coolie revenu, on démarra de la rive et je fumai, insoucieux de l'exorbitante chaleur, à l'aise en cet étouffoir, oublieux des dangers, de la honte, de tout au monde, — tandis que Plantin enfourchait le toit treillissé de la barque. La marée nous favorisait, et la brise ; l'équipage, sa voile de paille de riz dressée au vent, ne ramait plus. Le sampan filait rapidement, et je n'entendais, entre deux pipes, que les bouillonnements du sillage.

Vers minuit nous passions, fanal éteint, en plein courant, sous les Sept-Pagodes. On ne nous héla point : tant de barques à toute heure descendaient et remontaient le fleuve ! Rassasié, je rejoignis Plantin sur la paillote. Une chaude nuit claire, le ciel lointainement étoilé ; et parfois d'une touffe de bambous jaillissaient en bouquet d'artifice des lucioles à myriades. Une tiède haleine s'enroulait délicieusement autour de ma chair brûlante, à nu sous le bourgeron enflé comme la voile. Sur les rives, très basses car le fleuve était haut, de fines silhouettes d'aréquiers se roidissaient ; une colline fuyait, depuis sa base couverte de chaumes sombres jusqu'au sommet tacheté de points blancs — les maisons européennes — et de flammes vacillantes — les fanaux du poste. Cela disparut au coude du fleuve.

Quatre heures encore. Les rives s'écartaient, vite, vite, courant vers l'horizon à perte de vue. Le sampan filait, toujours maintenu dans le courant du fleuve épandu, toutes digues rompues, par la plaine. Et l'aube rose et triste se leva sur ce pays perdu, sur la grisaille du ciel, sur l'onde que rebroussait un souffle plus frais. Nous sommes passés, ayant quitté le fil de l'eau, au-dessus d'un village submergé. Surnageaient maints cadavres gonflés, butés par les remous contre la toiture d'une pagode et des branches d'un banyan. Et la proue aiguë du sampan, à dur effort de muscles et de rames, taillait cette mer saumâtre et rouge, ondulée de larges plis. En ce matin, doux et mélancolique à serrer le cœur, des larmes me montèrent, au souvenir d'autres aurores levées jadis, en d'autres pays silencieux, sur mes rêves d'aventure. Plantin, glissé sous la paillote, dormait.

Vers midi nous entrions dans la région des montagnes. L'exode se prolongea soixante-et-douze heures, à naviguer la nuit, et de jour nous amarrant, en des arroyos inexplorés des Européens, sous les berges hérissées de dense brousse épineuse. Le soir du 1ᵉʳ juillet on atteignit la frontière des contrées exploitées par Dôc-Cô, l'île des Deux-Rivières.

Un chef de canton nous accueillit au village de Loai-Duo. Sans questions il nous servit du riz et quelque pitance ; puis il m'invita à fumer, devant les notables curieux, pressés sur un lit de camp. Une sordide population affluait aux portes de la case. Notre hôte, qui s'affirmait ignorant des intentions du grand chef, avait l'ordre de nous retenir, dans l'attente d'instructions qui ne tarderaient guère.

Deux journées se passèrent. Nous ne manquions ni de riz blanc, ni de poisson salé, ni d'opium. Je bara-

goulnais l'annamite ; et tandis que Plantin ronflait ivre
d'alcool, moi, le cerveau dégagé, et l'intelligence acérée
par la fumée comme par une trempe vive, je faisais bavarder l'hôte dont l'exquise politesse orientale dissimulait beaucoup d'indifférence à coup sûr, — et quelque mépris sans doute : pourtant nos préjugés et notre
honneur ne ressemblent guère aux sentiments *parallèles* des gens d'ici. Il se plaisait, avide de connaître
comme tous les Annamites, à m'interroger sur nos
mœurs et nos façons de voir. Il parlait de Cô et des
autres chefs avec une évidente vénération. A quelques
heures de Hai-Phong, je me sentais en plein pays rebelle, parmi ces indigènes qui paient leurs contributions
au percepteur français, chez ce fonctionnaire tonkinois
qui par quinzaine rédige un rapport politique à l'adresse
du résident. Plantin buvait et dormait ; entre ses lourds
sommeils nous ne parlions guère, défiants et antipa-
thiques depuis Linh-Mô.

Enfin un *partisan* apporta les ordres, un gaillard de
haute mine ; — rien de ces aplatis, mandarins ou
coolies, que nous connaissions, les seuls que rencon-
trent nos bravaches galonnés cavalcadant sous escorte
parmi les villages du Delta. Un mousqueton en bandoulière, la cartouchière en ceinture, on sentait qu'il
était chez lui, cet homme, et qu'il avait traversé des
régions où le nom de son chef valait mieux que le
laissez-passer d'une porte-sceptre. Il signifia au chef
de canton de lui fournir quatre hommes pour nous conduire à Dôc-Cô.

Donc on nous passa la cangue au cou — deux bambous parallèles, réunis par deux montants mobiles qu'assujettit un cadenas. Pure formalité, car les cangues

furent choisies légères ; nul des indigènes ne nous molesta. Avant le départ notre hôte nous servit un beau repas, m'offrit quelque pipées et m'encouragea de dis-crètes paroles.

Une matinale étape de quelques heures en montagne,

. . . .

Le soleil presqu'au zénith. Sous le brûlant ciel pur se massent et s'étagent, en barrière sur notre horizon, d'âpres roches blanches, calcaires plaqués d'une brousse dure, sombre et frisottante. Je marche sans parler, perdu en des récurrences de pensées tristes. Plantin sifflotte ou, en charabia de troupier, essaie d'égayer les partisans, qui, sans comprendre, hâtent la marche engravée parmi les grès argileux du sentier montant. On s'engage à travers une étroite gorge, brèche taillée comme par un Roland dans les falaises à plomb. Plus vite, plus vite, pauvres déserteurs altérés, les pieds en sang ; plus vite vers le but, trop proche maintenant à notre guise, vers le dernier cercle de notre enfer... Et la cangue, d'abord légère, pèse à nos épaules d'un poids douloureux, plus que le havresac de naguère, plus que la honte, plus que la peur...

Comme tombée du ciel une voix nous hèle. Levant la tête, à vingt mètres je vois un partisan en fonction. Nos hommes répondent — quelque mot de reconnaissance — et nous passons. Cinq cents mètres en avant, nouvel appel de factionnaire ; et de dix en dix minutes, trois quarts d'heure durant, nous croisons des sentinelles et des postes de grand'garde, tous les hommes armés de vieux fusils ou de bambous taillés en lance. Ces gens rient aux éclats et curieusement nous dévisagent, après brève expli-

cation de notre escouade. — « On approche », grom-
melait Plantin, et je le voyais verdir d'épouvante.
J'étais plus vert peut-être, une sueur froide rigolant
par tous mes pores, les genoux ankylosés par cette
marche montante, une escalade d'assaut sur une pente
de quarante-cinq degrés. Au plus haut du col, une
fraîche fouettée de brise m'arrive en pleine figure, et
nous haltons sur une dalle de calcaire gris et bleu, le
temps d'apaiser l'orage de nos poumons essoufflés.
Nos sèches luettes se désaltèrent à la chair rose et
blanche des fruits qui pendent çà et là aux goyaviers
nains. A nos pieds s'arrondit une plaine, toute blonde
des riz mûrissants, encerclée de montagnes. Au centre,
en carré, des talus de terre, plantés de haies vives ;
dans l'enceinte, des maisons de briques, toiturées de
tuiles chinoises minces, lisses et noires ; en dehors, à
l'ouest, des cases de chaume et torchis, agglomérées
par centaines ; une multitude grisâtre, tachée de vert
et de vermillon, se presse là-bas sous les hangars d'un
marché.

Rapide dégringolée parmi les rocs aigus où parfois
nos cangues s'accrochent. Puis, au bas, des têtes, des
têtes à milliers, ricaneuses et méchantes, aboyeuses de
quolibets à peine entendus en notre marche forcée, en
notre ahurissement de porcs traînés vers l'abattoir.
Halte enfin, sous la varangue d'une case gardée par
des prétoriens, ceux-là bien armés de remingtons et
winchesters. Cô nous attend, vêtu comme un simple
lettré, entouré de serviteurs à distance respectueuse.
L'escorte se prosterne par quatre fois ventre à terre devant le maître suprême, et je m'étonne de ce petit
homme maigre, tête basse, œil oblique. Un geste, et

nous tombons à ses genoux, sous la poussée de mains
rudes. Dôc-Cô m'interroge volubilement. Quelque ancien *boy* d'Européens nous transpose ses paroles en
sabir de troupier.

Pendant ce temps, Cô longuement nous examinait :
il eut un sourire sarcastique à l'adresse de mon camarade et détourna la tête pour me considérer, avec,
dès lors, une affectation de n'interroger que moi : « Sa-
vais-je fabriquer des cartouches? réparer des cara-
bines? » — « Non. » — « Donc, à quoi lui servirais-je ? »
— Il répéta sa phrase, la mine très ironique : « Sans
doute, j'apportais un formidable appoint (je remarquais l'emphase moqueuse), la force et le courage de
deux Français ! Mais eut-il besoin de ce secours pour
se garder invulnérable? » — Il jetait des regards circu-
laires sur ses hommes, avec cette vantardise de l'Annamite, fier de parler haut quand le danger n'y est pas,
et de se glorifier en phrases redondantes ; — race va-
niteuse, rhétoricienne entre toutes, qui jouit à draper
son orgueil déclamatoire sous les oripeaux de l'éloquence. Et les serviles d'alentour applaudissaient, et
les regards méprisants pronaient notre mesure de
pauvres diables. Je balbutiai, ne sachant que dire.
Plantin paya d'audace en ces décisives minutes, au
cours de l'interrogatoire malveillant que pouvait clore
un ordre de nous décapiter, — et les mandarins, en
présence de subalternes, ne modifient pas les décisions
tombées du haut d'un caprice. Devant le cnef qui, surpris, le laissa parler, il rappela mon ancien grade de
caporal et nos semaines en cellule, notre haine des
Français, pour trop de dures punitions injustes :
« Certes, nous ne valions que deux hommes, mais »

revanche mieux que cent émissaires, nous renseignerions sur l'effectif des postes, sur le nombre des soldats valides et des fusils, sur les points faibles à surprendre, sur l'emplacement des magasins d'armes et munitions. » — L'œil louche de Cô s'éclaira d'une rapide flambée. « Puis, nous exercerions ses hommes à l'européenne. (Oh ! le plissement dédaigneux des lèvres du mandarin !) Bref, nous demandions à combattre, à l'occasion ; et nous serions dévoués jusqu'à la mort. »

Je me taisais. En vérité, je ne pouvais qu'approuver ces paroles, puisque la fidélité au Drapeau, symbole de la patrie imposée, apparut toujours à mon intelligence raisonneuse comme un sentiment stupide, et que, même admise l'idée du Devoir, le Devoir est dans le dévoûment au chef librement élu. Mais, à ce moment, je ne réfléchissais guère — et seule la réflexion concentrée sait ramener en mon âme ces indubitables principes ; — las et faible, livré aux suggestions de l'instinct, aux influences jamais tuées de l'éducation, de la famille et de l'honneur conventionnel, je rougissais de honte, sur le point — ma parole ! — de démentir mon camarade, au risque de l'immédiate décollation. Un silence. Dôc-Cô semblait me considérer avec quelque bienveillance. Plantin, anxieux de ce que je dirais, me tenant sous son œil fixe et dur, me somma de confirmer ses assertions. Et j'obéis. D'ailleurs, après tant d'émotions et la marche forcée, le besoin de l'opium se faisait sentir ; oublieux de toute autre préoccupation, un unique souci me restait : plaire au mandarin, obtenir au moins qu'il hésite, ne fût-ce qu'une heure, et prescrive de nous emmener attendre sa décision dans une case quelconque, dans une prison, là où peut-être, par fortune, obtiendrai-je à prix d'argent la charité d'une pipe. Une fois rassasié, oh ! alors, qu'on me coupe la tête ! — Aussi je multipliai mes protestations de zèle ; je craignais que le chef, conscient de notre inutilité, brusquement se décidât à l'arrêt de mort : et, à cette heure, je ne me sentais pas la force de mourir proprement. Cette épouvantable appréhension de marcher au supplice en l'*état de besoin*, complice et père de toutes les lâchetés ! — Cô silencieux persistait à nous dévisager ; cela dura cinq bonnes minutes.

Enfin le chef déclara — oh ! ouï cela, les rires en huée de ce tas d'hommes ! — que nous pouvions rester en qualité de domestiques. — « Vous faire *boys* », traduisit l'interprète, « vous contents ? » — Oui, parbleu ! Plantin ne voulait mourir, et moi je voulais fumer. Toutes les vilenies, je les eusse commises, pour l'espoir d'être payé d'une pipe ! — Mes hauts rêves d'aventure voilà leur fin, et le réveil.

Cô s'étant retiré, on nous conduisit dans une misérable case, chaume et torchis, hors de l'enceinte de terre, vers le marché. Là, on nous servit du riz rouge — le riz des coolies et des chiens, — du fade thé tonkinois, et du poisson sec dont me rassasiait la nauséabonde odeur. Les partisans, s'amassant en curieux, nous questionnaient à l'envi : je les entendais à peine ; dans ma suprême lassitude, ma cervelle anémiée oubliait le peu d'annamite appris en huit mois. Mais Plantin avait recouvré son bagout coutumier ; on ne faisait guère attention à moi. Il baragouinait avec un déserteur des Tonkinois ; il jurait de tirer au soleil des tripes françaises et buvait à pleines tasses l'alcool de riz. Ivre à moitié, il remarqua mon mélancolique mutisme et

voulut égayer ces hommes : « Ilô, l'empoté, vilain las-
car, bois donc, — c'est moi qui paie. » Il me tendait sa
tasse ; mon geste répulsif heurta le bol et renversa l'eau-
de-vie. Là-dessus, l'ivrogne s'irrita : « De quoi ? de
quoi, l'aristo ? On a des remords, hein ? c'est distingué !
et le vieux joyeux n'est qu'une sale crapule ? Tu penses
cela, pas ? » — Je ne répondis point ; mais, à un haus-
sement d'épaules, au visage détourné, il devina mon
ineffable mépris. Alors, ignoblement il m'injuria : « Sa-
laud ! propre-à-rien ! mufle d'aristo ! » — Et il jurait le
sang-dieu que, si je ne file doux et marche droit, il en
conterait de belles sur mon compte : « Nous ne voulons
pas de traîtres, tu sais ? n'en faut point, ici ! Cafard,
j'aurai ta peau ! » — Mon Dieu, en quelles griffes suis-je
tombé ! L'horreur subitement révélée de cette vie nouvelle ! Toujours muet, je souffrais, — mais du manque
d'opium plus encore que d'appréhensions et de regrets.

Or, les gens en cercle autour de nous s'écartèrent. Un
homme apportait un ordre. On me délivra de la cangue ; et, Plantin laissé là, immobile de stupeur et blanc
de rage, on me remmena vers Cô.

On suivit, avec d'infinies circonvolutions, autour du
mur de terre, un étroit chemin de ronde que par intervalles barrent des portes hérissées de vivaces épinaies,
et relevées de jour sur des piquets de bambou. La
maison s'obombrait d'un figuier des banyans, énorme,
aux multiples troncs adventices, aux vastes branches
parallèles à la surface du sol : un immense bâtiment
emmuraillé de briques, étayé d'une lourde charpente
en bois de *gô-liêm*, sous les minces tuiles d'une ardoise
bleutée, sonore comme cristal.

Cette fois, je ne m'arrêtai pas à la vérandah ; je traversai des salles fraîches et claires, ouvrant sur des cours ensoleillées où foisonnent des arbustes dans les grands vases de faïence blanche et bleue, décorée de Chimères à écailles. Les hauts *flamboyants* en fleurs secouaient au vent leurs mignonnes feuilles dentelées, leurs grappes aux pétales colorés de cent nuances allant du jaune au pur vermillon ; on dirait des bouquets orangés criblés de taches vertes. Les belles fleurs s'envolent dans la brise et tapissent le sol, comme pour une procession inattendue. Et côte à côte j'admirais les bananiers aux vastes feuilles en ovale, les tamariniers aux fleurs si pâles, les aréquiers aux lamelles aiguës disposées en plumeau qui voudrait épousseter le ciel. Maintenant, un peu reposé, je remarquais tout cela ; j'étais joyeux presque, un espoir m'encourageant, au souvenir de la fugitive bienveillance entrevue dans les yeux du chef.

Admis dans les appartements intérieurs, je trouvai le mandarin en train de fumer sur son lit d'ébène et de marbre blanc. O la douce lampe claire ! Tout mon désir allait vers elle, en effluences capables de la soulever et de l'entraîner. Deux serviteurs, de noir vêtus, rafraîchissaient Dôc-Cô, au battement rythmé des vastes éventails de plumes blanches, chassant l'atmosphère par larges ondes. Le maître, par un geste bienveillant, me signifia de m'étendre sur le lit de camp, et, avant toute parole, avec un sourire affectueux, mais ironique légèrement, il me tendit sa pipe — un seul morceau d'ivoire — déjà chargée d'opium. Je ne m'attardai pas à solliciter des explications, ni me confondre en excuses et dénégations suspensives. De toute mon haleine j'aspirai, et je sentis — en quel délice ! — la chaude fumée restauratrice s'insinuer au fond de ma gorge et s'épandre parmi mes poumons. Une pipe encore, puis une troisième ; Cô souriait toujours et ne parlait pas. Et moi, semblablement je me taisais, dans le seul souci de mettre à profit l'aubaine inexpliquée, dans la crainte vague — à peine osant me l'avouer, cette crainte ! — de faire s'évanouir mon bonheur au son des vibrations verbales. La vie revenait à mes joues en rose efflorescence sanguine : je me sentais fort et joyeux. Et quand je *pensai* enfin, après trois pipes, quelle ardente reconnaissance, de désespéré tiré de l'eau et gratifié d'une fortune, montait de mon cœur vers le brave homme qui me ressuscitait d'entre les morts !

Alors je remerciai mon maître, le patron élu des futures années, avec l'effusion de ma gratitude, que je souffrais de traduire mal par mon incorrect annamite. Empétré parmi les mots et la syntaxe, je fixais sur lui des yeux vifs où s'exprimait une affection, sans retour possible, de garçon, tout à l'heure usé comme un octogénaire, et rajeuni par le bienfait du dieu Opium. Qu'il me parut beau, en dépit de sa prunelle louche et de l'épaule difforme, — et combien doux et bon après les dures ironies du matin ! — A son tour il parla, sans interprète, à voix très lente pour me laisser le loisir de comprendre, très claire pour que je ne perde pas un mot, — répétant les phrases difficiles, lui, le chef terrible qui, sans remords, incendie les villages et tranche les têtes. Et tout en chargeant de tabac sa pipe à eau, un vase de blanche porcelaine où s'essorent, griffes en arrêt, neuf dragons bleus, il exposa, souriant, qu'il me connaissait fumeur d'opium — parbleu ! ce n'était guère malin ! — et me voulait interroger en tête-à-tête, loin du *coolie français*. Quelques minutes il causa de choses indifférentes ; puis : « Tenez ! vous restez avec nous, c'est entendu ; que je vous présente à nos amis ! » — Ils étaient trois ou quatre, accroupis en tailleurs sur deux bancs massifs, devant une table sculptée, fumant tous les minces cigarettes annamites roulées en cônes minces, buvant du thé dans les minuscules tasses diaphanes ourlées d'argent. Je restai debout, subalterne que leur hautaine bienveillance grandement honore. Il y avait là Tam-Thuât, le vieil ascète, à la bouche édentée, à la barbiche de rares poils blancs, — Thuât l'incorruptible, fontionnaire de Tu-Duc, et qui préféra la brousse au coudoiement des Européens en ses palais : vertueux, sobre, dur, un saint plus encore qu'un héros pour les Annamites, même ralliés à la nouvelle cause. On raconte de merveilleuses légendes sur Thuât, isolé jadis en montagne, et que nourrissaient des tigres ailés, délégués par Ngoc-Hoang, Empereur du Ciel ; Thuât qui jamais n'accueillit une offrande, sinon des tourterelles — ces roucoulantes palombes grises et moirées du Delta — pour la joie de les libérer, porteuses de messages aux célestes Génies. Les Tonkinois, symbolisant son exceptionnelle connaissance des lettres chinoises, affirment que le ciel ayant donné à la terre trois paniers de caractères, Thuât à lui seul possédait le contenu de deux paniers, le roi Tu-Duc la moitié d'un et les lettrés de l'univers entier se partagent le demeurant. Pareil au jeune héros des *Pruniers refleuris* (1),

----

(1) Poème populaire,

« son âme est droite comme le vol de la flèche, son cœur
a la limpidité de l'eau ».

Près de lui se tenait Bang-May, un gredin à mufle
répulsif, — pirate pillard, celui-là, — au rebours de
Thuât et de Cô, vrais mandarins, auréolés de patriotisme et d'honneur pour les yeux du pauvre peuple.
Drapé, en Fra-Diavolo d'opéra-bouffe, d'un écarlate
brocart à fleurs roses et paillettes d'argent, les reins
ceinturés de soie verte, des bracelets d'or cliquetaient
à tous ses gestes contre le pommeau niellé d'un
sabre.

Je connus aussi Vu-Nhi-Xa, gamin de quinze ans, le
chef d'une forte bande, rallié à Dôc-Cô avec ses hommes
et ses quatre-vingts fusils. On l'a surnommé Dôc-Sât —
ou Général-Fer — parce qu'il décapite les prisonniers
d'un revers de coupe-coupe, entre deux pipes. Il mène
au rotin ses quatre femmes, comme sa bande où servent son père et deux oncles. Il se fit connaître à l'attaque d'un blockhaus, bondissant en tête de ses soldats,
le winchester au poing et vaillant comme un diable.
Sang riche, nerfs vibrants, muscles trempés à la façon
des lames tolédanes, résistants et souples, — naïf tempérament de tigre, sympathique en somme. Seul,
Bang-May me répugne ; et j'ai frissonné, ainsi qu'au
glacial frôlement d'une couleuvre, à voir, quand il
s'est levé, se développer lentement son corps décharné, en reptile déroulant ses froids anneaux.

Cô s'est renseigné, paraît-il, sur mon compte ; il
jure de ne me livrer jamais si je rends les services qu'il
attend : « Et je vous en réponds, *ils* ne vous auront
pas sans mon aveu ». — *Ils*, les gens de France, nos
communs ennemis. J'ai promis mon dévoûment — en

sincérité de cœur, pourquoi le nier ? Trop tard pour
reculer, il ne me reste qu'à profiter de cette inopinée
bienveillance, à prouver de l'énergie, à rompre réso-
lûment avec l'existence antérieure. J'aspirais au galon.
— par patriotisme, vous croyez ? Oh la la ! J'ai trop
pensé, pour m'imposer l'amour exclusif des hommes,
même crétins et méchants, nés d'un côté des Alpes,
des Pyrénées ou de la mer. « La France est bornée au
Nord par la Manche, etc. » Laissons cela aux bambins
de la primaire. Je préfère Bismarck, Gœthe et Confucius à l'entière municipalité de Paris, « cœur et cerveau de France ». J'entrevoyais, sous l'uniforme, non
des devoirs à remplir, pas même la gloriole de la dra-
gonne qui fait loucher les adolescents et les catins des
caboulots aux villes de garnison, mais la vie active,
la lutte quotidienne contre noirs et jaunes. Fini, cela !
mais voici l'occasion de la bataille et peut-être de la
gloire, qui sait ? — une gloire arrachée à la force des
dents et des poignets, en tête de ces va-nu-pieds parfois
héroïques. Je tuerai tant de gens qu'on pourra m'exé-
crer, — me mépriser, plus jamais ! — C'est juré ; je
me livre âme et corps à la Cause des rebelles, des patriotes. Après tout, je vaudrai bien, parmi ceux qui
s'arment pour l'indépendance contre de haïssables
exotiques, ces Annamites que nous décorions, ces
mandarins qui bâtonnent et décapitent, au nom de la
France, leurs frères insurgés. On m'honorera ici,
comme on les honore là-bas ; si là-bas on me méprise,
ils sont méprisés ici : affaire de public, questions de
parti et de livrée. — Cela vaut encore mieux que de mé-
riter ici la haine, par faiblesse, sans obtenir de me
réhabiliter là-bas. Sophismes ? Bah ! qui l'osera dire ?

— Je n'hésitai plus : concentrant, en même temps que toute ma force d'âme, tous mes souvenirs, je renseignai les chefs, avec la plus minutieuse exactitud?, sur l'effectif, armement et défense de quelques postes français, ceux notamment des régions de Hai-Duong et Bac-Ninh. Cô ne dissimula pas son plaisir : « Je suis content de vous », me dit-il, — juste le mot de Napoléon au vieux régiment de mon grand-père. Dans l'expansion de ma joie, jaillie de cette bienveillance et de l'opium, j'essayai d'étendre la sympathie du chef à mon pauvre camarade. On l'allégea de sa cangue, mais Cô refusa de le recevoir. Il pérora pour me prouver Plantin inférieur et inutilisable. Il jouissait, je crois, — faiblesse de jaune devant un Occidental, — à juger de haut un Européen, à distinguer dans ses faveurs, en grand mandarin impartial, entre les deux Français — ces Français si dédaigneux ! — qu'un hasard lui soumettait. Et flatté de ce tact, de ce fin discernement, de ces cajoleries où mon orgueil s'épanouissait comme une large queue de paon, je souriais en cul de poule, et protestais à demi par de menus gestes effarouchés. Ah ! vil caniche, qui faisait l'aimable et le beau, pour son maître !

Auprès des chefs fut introduite une délégation, — des villageois venus verser l'impôt, contre reçus réguliers. Je commençais à comprendre l'organisation administrative des rebelles, doublant celle du Protectorat, étendant un deuxième réseau sur le pays. Puis, comme je ne fumais plus, Cô me proposa d'aller dormir. On me conduisit dans un confortable logis, chez un des officiers subalternes, brave homme robuste et jovial, aux joues fleuries de sang et de gaîté, qui m'accueillit en ami,

Après une sieste de trois heures, je m'acheminai vers la case de Plantin ; peut-être réussirais-je à me rendre utile au pauvre garçon. Je le trouvai en train de servir quelques partisans qui dînaient accroupis sur la natte, acclimaté déjà aux maîtres comme à l'emploi. Très à l'aise, une serviette sous le bras, avec des intonations de larbin des basses gargotes, il stupéfiait par ses lazzis et grimaces les indigènes fiers d'humilier en lui la dure engeance des vainqueurs. Dès l'entrevoir, j'eus vergogne et tentai de me retirer avant qu'il ne remarquât ma présence. Par malechance il m'aperçut et arrogamment me héla : « Approche voir, bougre d'empoté, que je te gueule tes vérités ! » Et, sans transition, le vilain me barbouilla d'infâmes injures, ramassées dans la boue des boulevards extérieurs et des compagnies disciplinaires. Soucieux d'éviter le ridicule d'une dispute, d'un crochetage immonde sous tant de regards gouailleurs, je haussai les épaules et m'en retournai. Il n'osa me poursuivre ; mais, en ma marche, lente à dessein par affectation d'indifférence, j'entendais ses insultantes clameurs et des menaces : « On te coupera le cou, vendu, faux frère ! Va, on saura que tu viens ici pour espionner, sale mouchard ! » — J'eus toujours l'amour-propre chatouilleux (cela vous étonne ? oh, ça vient des nerfs !) et de la vanité, vanité d'aristocrate encanaillé par pose, mais haïssant les *basses classes*, les inférieurs, quand ils prétendent s'égaler à moi et ne se témoignent pas flattés jusqu'à l'attendrissement par ma poignée de main et mes phrases fraternitaires. Dans un paroxysme de haine froide, je me jurai d'obtenir la mort de ce gueux. J'allais, traînant ma rage à travers le marché, circulant parmi la foule, le temps seulement, pensais-je, d'apaiser les vibrations de mes nerfs et conquérir le calme nécessaire pour solliciter Dôc-Cô sans apparente émotion.

Le soleil plongeait derrière le Nui-Dao, dans l'enchevêtrement des brousses sombres, développées en longue frise au sommet des blanches falaises. Sous les hangars, les Annamites, après la grosse chaleur de la journée, se délassaient à fumer la pipe à eau, à boire le thé, à dialoguer ; et des groupes se formaient, toujours renouvelés, autour de musicantis pinçant en plein air la mandoline nationale. Un apaisement descendait du ciel clair et montait de ce tas d'êtres insoucieux du lendemain, livrés à l'enchantement de la mélodie et du fraîchissant crépuscule. Et lentement des strophes anciennes jaillirent du terreau de ma mémoire, et leurs immortelles fleurs s'épanouirent sur mes lèvres :

> Le vent sonore et chaud qui soufflait des rivages,
> Invisible contact de l'invisible amant,
> Ecartait les cheveux de ces pâles visages
> Que la Lune baisait du haut du firmament.

Ces vers, recueillis — et tant d'autres ! — en deux minces cahiers qui me suivirent partout jusqu'ici ; — avec les paysages de ce merveilleux Tonkin, magnifié par l'opium comme fut aussi l'œuvre des poètes, ils me valurent bien des heures douces et tristes, inoubliable douceur, tristesse exquise, et plus que les arguments, même sophistiques ! m'aidèrent à dédaigner la sottise des chefs et l'ignominie des camarades. Pour m'en être souvenu, je serai bienveillant à la méchanceté, indulgent à la haine ; non par charité chrétionne ni amour de l'humanité, mais par naturelle douceur de lettré, par ironie peut-être. Et comme j'étais orgueilleux des nerfs vaincus, la vanité cruelle recommençait à clamer ; elle exigeait que l'insulteur souffrît et son corps saignât comme mon cœur ; puis d'idiots scrupules parlaient à leur tour, affirmant, ceux-là, que je ne pouvais répudier les solidarités acceptées et trahir l'infâme sans devenir plus infâme. Alors je me méprisai, me devinant faible et lâche et l'inconscient jouet de forces contradictoires. Préjugés reçus des éducateurs, antipathies héritées, raisonnements puisés aux livres, et mes nerfs lassés et mon sang d'anémique, et le soleil, et l'heure du jour, et le temps qu'il fait, — tout cela participait à ces instables et fugaces phénomènes que je collective artificiellement sous le nom pompeux de Mon Intelligence et Ma Volonté

Le soir je mangeai chez l'officier Lê-Van-Bui, mon hôte. On fuma fraternellement sur le même lit de camp, tout en causant avec quelques amis, venus passer chez lui la veillée. Comme les gens d'ici, au rebours des Européens, je ne sais pas me promener pour le plaisir de la promenade ; je n'admets point parmi mes plaisirs celui de la marche flâneuse, trouvant son but en elle-même ; mais, comme eux aussi, j'aime ces réunions où on laisse sans souci couler les heures, à boire, jouer, chanter, bavarder surtout, entre camarades, dans une atmosphère de sympathie cordiale et d'opium. Sur un dressoir s'érigeaient les photographies en pied de Ham-Nghi, le roi proscrit, et de Thuyêt son ministre, — tirées jadis à Hué par un fonctionnaire amateur, aujourd'hui décolorées et pointillées de blanc. Les Annamites répugnent à se faire reproduire en buste, dans la crainte

que cette apparence de corps coupé en deux n'aie
quelque mauvaise influence effective sur leur corps
véritable et matériel : voilà du moins ce que m'expliqua
mon joyeux hôte. Bientôt, rassasié d'opium, mes paupières s'alourdirent. Béni le sommeil — mais qu'il soit
profond comme la mort ! — après ces journées de fatigue et d'angoisse. Et je m'endormis sans changer de
place. Non, cependant ; délicieusement anesthésié, impuissant à mouvoir tête et membres, incapable d'une
syllabe et les yeux mi-clos, je voyais à mon côté le
brave officier et ses amis, le plateau fleuri de nacres où
la flamme de la lampe se brise en facettes, — les bleus
caractères brodés en relief sur la soie jaune des tentures, — les tablettes d'ancêtres laquées rouge et or,
— et dans l'ombre, aux murailles, les fanions multicolores, les larges lames et les fusils. J'entendais
l'éventail d'un domestique activer à battements pressés
le feu d'un minuscule fourneau de terre, et le claque-
ment des sandales sur le sol battu, — le vol vibrant des
moustiques et la crépitation de l'huile dans la veilleuse.
Parmi le lourd parfum des bâtonnets qui lentement se
consument à l'autel des anciens, je percevais le fleur
du thé bouillant et la fraîche exhalaison des frangipa-
niers foisonnant derrière la maison. — Et de tout cela se
composait une sensation unique, extrêmement douce,
dans laquelle vibraient en accord parfait les impressions
de couleur, d'odeur et de bruit, mais plus exquises en
cette harmonie, grâce à l'opium qui en les reliant les
complétait, — assez immatérielles alors pour réjouir
l'intelligence comme les sens.

Concevez, dans quelque univers meilleur, un mer-
eilleux paysag où la lumière, le son et la couleur

se confondraient, pour des hommes qui pourraient à volonté s'en imprégner par un sens unique. Et sur ce fond d'un paysage de songe passeraient des idées joyeuses et belles, subtilement rattachées par des associations inaperçues, mais indubitables. J'ai joui de cela de longues heures, sans doute ; puis je glissai sans secousses à un sommeil dénué de rêves, délicieux cependant, dont les clairons archangéliques ne m'eussent pas réveillé. Par quelle analyse exprimer un bonheur non ressenti, toujours réel, m'enlaçant et m'imbibant comme l'atmosphère ? — Ainsi, je me figure, les Hindous doivent — non penser, car plus de pensée, non pas imaginer, car plus d'images, non pas rêver, car plus de rêves, — mais concevoir (mot encore trop précis, comme tous les mots) le définitif nirvâna des dieux.

Dôc-Cô, dès le jour, me fit appeler sur la place du marché. Une carabine au poing, je commençai, avec l'aide d'un interprète, l'instruction militaire de vingt robustes gaillards, des montagnards du Yen-Thê qui, après la soumission de Doi-Van leur chef, se frayèrent passage à travers deux provinces jusqu'à Dôc-Cô. Celui-ci, certain de leur dévouement canin et de leur bravoure, les choisit pour sa garde personnelle. Thuât se trouvait là, lui aussi, dur, sévère, jamais satisfait. Toutefois je ne déplus point : au repos, Cô me prévint qu'il me confierait le commandement de ces hommes. Une bise, avivant ce tiède matin, rafraîchissait, comme une potée d'eau glacée, ma tête encore lourde ; elle me faisait du bien, autan qu'aux herbes et aux feuillages ; — et comme nul raisonnement ne prévalut jamais en moi contre les influences de l'atmosphère et du ciel,

une joie m'épanouit, aux paroles du chef : oui, je lut-
terai, je commanderai ; à chercher en vaillant les aventures, je conquerrai une large existence, aux rares tristesses consolables par l'opium. Ramasser de l'or pour
m'enfuir, je n'y pense plus. Si jamais les Français
nous chassent d'ici, alors je suivrai Dôc-Cô en terre
chinoise, et nous vieillirons en sages lettrés dans un
village du Quang-Si. J'achèterai des femmes obéis-
santes, pour procréer de beaux mâles ; mes enfants ne
sauront pas que leur père fut un vilain « diable d'Occident » ; nous leur inspirerons, avec le respect des traditions et des livres, la haine des barbares étrangers.
Plus tard, devant les tablettes dorées, énonciatrices
de mon nom et de mes vertus, ils brûleront sur mon
autel les bâtonnets odoriférants, et mon âme attirée par
le parfum viendra se mêler, avec d'autres âmes indul-
gentes, à la vie de ceux qui vivront. Toutes ces imaginations s'évoquèrent en moins de deux minutes, tandis
que, la face souriante, penché à demi, je remerciais
Dôc-Cô.

Après tout, ce que je fais, dénier l'obéissance à des
chefs injustes, délégués d'une patrie tyrannique, tant
d'autres l'accomplirent dont le nom, intact de souillure,
resplendit dans l'histoire. Oui, lorsque je m'étais
hissé à la conception du Devoir unique envers une
cause librement élue, j'éprouvais encore le besoin de
me justifier par des exemples classiques, Coriolan, Al-
cibiade, que sais-je ? d'évoquer même les purs combat-
tants des guerres civiles, luttant pour une idée. Et, en
vérité, m'examinant en toute franchise, ces misérables
comparaisons, je l'avoue, me tranquillisent et, plus
que les arguments philosophiques, imposent silence

au remords. Certes, j'ai lieu de célébrer mon intelligence libérée enfin des vains préjugés, — pitoyable rhéteur, pédant infâme !

11 août.

Voici plus d'un mois écoulé : pas une fois je n'ai quitté le campement où j'instruis mes hommes, avec le zèle ponctuel d'un adjudant à chevrons. Tham-Thuât souvent nous laisse ; déguisé en bonze, muni des accessoires rituels — large chapeau, bâton, chapelet, et l'écuelle diogénique — il parcourt les provinces, s'arrête aux marchés fréquentés et glisse audacieusement aux jeunes hommes, en guise de ces prières que distribuent les cénobites, des proclamations guerrières. Visitant les chefs fatigués de la lutte, ranimant les courages, il marche sans escorte et sans armes, assuré de l'universel respect. Nul Annamite ne le dénoncera, tant on vénère en lui l'homme intègre, le patriote, le saint. Même parmi les mandarins, soldats ou miliciens dévoués au nouveau régime, pas un qui ne crût faire œuvre pie en le laissant évader s'il était pris, au risque d'être fusillé à sa place. Nimbé de légendes, il colporte le levain des colères nationales ; sa chaude éloquence, brassant les âmes, pétrit le bon pain de haine pour les saintes communions de la révolte.

Le Đốc-Sát et Bang May, aussi, quittent parfois le Nui-Dao, pour des excursions de pillards. Au voisinage des postes français, ils terrifient, par l'incendie de villages suspects, les populations hésitantes ; ils razzient les armes, les troupeaux, le riz, les femmes, les piastres et les lingots d'argent, et remmènent tout cela au camp, poussant devant eux bétail, chevaux, fillettes et

matrones, portant en sac les lourdes têtes des pères et
des maris, qu'on exposera pour l'exemple. Jamais ils
ne reviennent bredouille, tant est sûre leur police, tant
sont complices les villages, qui espionnent à leur profit. Pas de ces inutiles *affaires*, pour la gloriole, qui
n'aboutissent qu'à exaspérer les Français et provoque-
raient, du Protectorat, la volonté d'en finir; même au
risque de sacrifier beaucoup d'hommes et de dollars.
Quand, à l'improviste, ils attaquent tel détachement engagé dans un défilé où, entre deux haies sombres,
dans les ruelles d'un village, c'est qu'ils visent à cap-
turer quelque convoi de riz, d'armes ou de munitions.
Le coup réussi presque sans danger, ils regagnent le
Nui-Dao par d'infinis détours, pour dépister les espions ;
et le Protectorat, de sa part, soucieux peut-être de
maintenir la trêve tacite avec Cô, semble fermer les
yeux jusqu'à nouvel ordre sur leur affiliation au grand
chef.

Cô ne s'est absenté que deux jours, pour inspecter
les postes avancés, en vrai commandant qui vérifie
lui-même l'exécution de ses ordres. Il prépare un grand
projet. Assez fort maintenant, pour longtemps ravitaillé,
ayant patiemment formé les cadres d'une révolte générale, il veut le premier rompre la trêve et mettre à
profit la surprise de l'ennemi. Tout d'abord, m'a-t-il
confié, on enlèvera un poste — Dong-Trieu, je crois,
— défendu par deux sections de légionnaires, une
compagnie tonkinoise, une demi-batterie. La prise du
poste — et nous avons tous ici l'assurance du succès
— donnera le signal que les provinces attendent ; alors
reparaîtront les chefs connus, aujourd'hui cachés en
Chine ou dans leurs villages : le paysan laissera la

herse, pour les fusils en réserve dans les arsenaux des montagnes. Chaque jour, arrivent de Hai-Phong ou, par voie de terre, du Quang-Tong, des armes, des cartouches, du riz et de l'opium ; en échange nous envoyons des esclaves, enfants et femmes, razziés dans les régions asservies aux Français. Cô, toujours plus cordial, se plaît à m'exposer ses plans. Il continue à mépriser Plantin, ne lui parle jamais, affecte de ne pas le voir quand, circulant à travers le camp, nous croisons le misérable en train de quelque basse corvée. Je souffre de cette abjection. Je sais qu'à deux reprises Plantin me dénonça, comme fils d'officier, passé aux rebelles pour les trahir. A la deuxième tentative, Dôc-Cô l'a menacé, en cas de récidive nouvelle, de la peine réservée au crime dont il m'accusait faussement, — la mort. Telles sont les prescriptions de la loi annamite, — qui châtie le calomniateur comme l'eût été l'accusé reconnu coupable. Plantin n'ose plus me poursuivre de ses imprécations ni me desservir en sous-main. Au contraire, il m'a quatre fois bien humblement prié de lui obtenir quelques pauvres faveurs. Je l'aidai volontiers et feignis d'ignorer ses démarches d'auparavant : je ne le hais point ; il fut tel que le Destin voulut ; — on est ce qu'on peut être, après tout.

Les soirs, je fumais chez Cô ; et j'arrivais, croyais-je, à comprendre cet homme autant que je l'aimais. Celui-là n'est ni un pillard comme certains de ses lieutenants, encore moins un ascète du patriotisme comme le vieux Thuât. Tonkinois d'origine, mandarin du quatrième degré en service à Hué, il demeura fidèle au roi déchu, après la fuite de S. M. Ham-Nghi et de Thuyêt. Ceux-ci, du fond des montagnes annamites, préparant

la révolte, lui expédièrent le brevet et les sceaux de
chanh-dedôc — général en chef — commandant les
armées impériales dans les provinces du Tonkin Oriental. Sous Tu-Duc, Cô avait, cinq années durant, exercé
dans le Hai-Duong les hautes fonctions d'Inspecteur des
Etudes, en même temps qu'il dirigeait une école libre
pour les aspirants au suprême titre littéraire de Tien-
Si (1). Il en gardait une profonde influence sur tous les
lettrés de la région, car, en ces pays de civilisation
chinoise, le professeur est plus vénéré que le père même ;
— et ces lettrés à leur tour qui, au premier appel, sui-
vraient leur maître jusqu'à la mort, peuvent à volonté
soulever ou apaiser les populations dont ils sont les
naturels guides respectés.

Depuis son retour au Tonkin, il combattait pour le
souverain renversé, même après la capture et l'exil de
Ham-Nghi, — comme tant de mandarins qui, pouvant
reconquérir par la soumission leurs emplois et palais,
acceptèrent la vie dans la brousse, souvent la maladie et la misère, plutôt que de se prosterner devant
le roi intronisé par les baïonnettes des Occidentaux.
Seulement, quand Thuât courait les provinces, sans
escorte, nourri, comme un coolie, de riz rouge et de
poisson sec, l'ambitieux Dôc-Cô, en attendant une res-
tauration, se taillait un fief royal au bord du Delta. Il
s'était constitué une administration complète, avec
d'anciens fonctionnaires gardant leur prestige de lettrés,
plus influents — sans comparaison possible — que les
subalternes improvisés hauts mandarins par nos généraux. Et ceux-là gouvernaient à côté des intrus, jugeaient,

(1) Docteur.

percevaient l'impôt, comme si n'eût jamais existé le Protectorat des étrangers, en toute sécurité de conscience, puisqu'ils tenaient leur brevet du roi légitime. Même persécutés et misérables, les plus vertueux préfèrent la dérisoire désignation de ce proscrit aux grades largement soldés qu'attribue l'usurpateur ; c'est qu'après la mort, l'Empereur du Ciel contresignera leurs titres : et voilà pourquoi les Annamites, en récompense d'une action d'éclat, sollicitent des honneurs posthumes pour leurs ancêtres. Le monde d'en haut correspond au monde d'en bas, et le double ; le roi terrestre, collègue du Céleste Empereur, blâme, félicite, canonise les morts ; il les élève en grade à la cour du Ciel ou les fait déchoir de leurs emplois. Maître des âmes, les fantômes, tourmenteurs du vulgaire, n'oseraient troubler son sacré sommeil. La hiérarchie d'ici-bas persiste dans le monde spirituel ; les mandarins jouissent à penser que, toujours revêtus de leurs titres, et susceptibles d'avancement par leurs services là-haut ou par les mérites de leur postérité, ils joueront éternellement leur comédie compliquée, avec ses parades bien réglées et son raffiné formalisme : — et le pauvre peuple ne dit pas non. C'est en ce pays où règne, fortifiée par l'assentiment du Ciel, une si implacable et sainte discipline, que parfois nous avons promu tels *boys* ou guides aux fonctions qu'on obtient d'ordinaire après de très difficiles examens et une longue pratique des affaires : certaines de ces nominations ont fait bondir sous la pierre du sépulcre les os de Tu-Duc et de ses vieux fonctionnaires ; et les malheureux administrés, de leur côté, ont appris à craindre, sans les respecter, comme à haïr, ces avides mandarins *dorophages*.

Le chef m'explique ces choses, sur le lit de camp,
d'une voix tantôt très calme, et tantôt très passionnée,
— ceci quand il prophétise le retour du roi national.
Plus je comprends cet homme, plus je le vénère.

Ses conversations, quoique fort intéressantes pour
un curieux de psychologies inédites, parfois me fatiguent par l'effort intellectuel où m'astreint l'usage d'un
idiome imparfaitement connu. Souvent j'aimerais fumer
sans parler, quelques livres ouverts sous mes yeux.
Délices d'effleurer tout à tour les beaux vers colligés en
mes carnets de soldat, de promener ma pensée au parterre en fleurs des nobles idées et des rimes hautaines,
sans m'arrêter à rien, — dans ces béats moments de l'in-
toxication où, quand peut-être l'intelligence s'est en-
dormie, la sensibilité exaspérée se donne l'illusion de
la remplacer ! Alors, derrière le mot épelé, s'évoque
— pour agir réellement sur les nerfs — la couleur, le
son, le parfum, la lumière dont il est le signe ; un vers
de Baudelaire ouvre la porte de jardins magiques où,
matériellement, toutes les voluptés s'assouvissent ; et
cette fête des sens, charme suprême ! se déguise et se
transfigure pour le thériaki en fête de la pensée. En un
pareil état, ce m'était une lassitude épouvantable de
converser sur des sujets déterminés, de suivre un raisonnement, de résumer par des généralisations un
groupe de faits, et, pour comble, de transposer tout
cela en une langue exotique, à grand effort de mémoire
et pénible ahan de volonté. D'aucunes fois, Cô se dou-
tait de ma fatigue, car il est d'esprit subtil ; il s'arrêtoit
de parler et me laissait tirer quelques pipes avant de
reprendre la causerie.

Souvent, comme il me devine assez curieux, il me conte

des légendes dont je comprends le sens vulgaire, et parfois le symbole qu'embellit ce vague d'une incomplète traduction ; et je puis à mon aise les fleurir d'interprétations ésotériques insoupçonnées par les gens d'ici. En brave homme, il s'épanche de préférence lorsqu'il me suppose fugitivement attristé par quelque inévitable récurrence vers ma famille. — Car le raisonnement ne prévaut, hélas ! ni la volonté, même plus assurée que la mienne, contre l'invincible et passagère évocation des années enfantines. De monotones mélodies balbutiées sur la corde frêle des guitares tonkinoises, le vent frais soufflant en plein bleu sur la brousse fleurie du Nui-Dao, — plus d'une fois cela suffit pour me gonfler le cœur, au brusque rappel des vacances écolières, et des jeux près du Morbihan semé d'îlots, sous les ormeaux de Bretagne. — Dôc-Cô, pourtant, attribue mes peines plus à l'appréhension de l'avenir qu'aux regrets ; et, pour me consoler, il jure que nuls, — Chinois, Annamites ou Français, — ne toucheront à un cheveu de ma tête, aussi longtemps qu'il me protégera. Hier, son tact habituel faisant fausse route, le chef m'a parlé de ma famille. Bizarres contradictions de ma sensibilité, étranges caprices des nerfs ! Tous les jours je pense aux miens sans ennui, et j'écarte aisément le souvenir et le remords, puisque je me libérai volontairement des attaches naturelles et que, risquant ma vie, j'ai bien le droit de répudier des devoirs imposés sans choix par le fait de ma naissance. Eh bien ! hier, au nom de mon père prononcé là par un étranger dont l'amitié pour moi semblerait à ce père le plus dur opprobre, sans raison j'ai pleuré ; c'était nerveux, comme disent les femmes. Cô, d'abord surpris, devina bientôt et, avec une étonnante sûreté de doigté, il eut l'art de ramener mon esprit, par des transitions adroites, en de lents détours, à la joie et aux vastes espoirs. Il jouait de mon âme en maître psychologue.

Des clameurs nous appelèrent sous la varangue. Les partisans hors des cases, les coolies abandonnant leur fardeau, les vendeuses du marché, regardaient au ciel un noir nuage, — signe de pluie, pensai-je. Mais eux y démêlaient la silhouette du Dragon, la bête sacrée, le premier en grade des animaux symboliques. Dôc-Cô, avec un mince sourire de sceptique, me commenta leurs imaginations : la Bête annonçait, pour dans quelques semaines, une victoire sur les Français. Maintenant je le reconnais, le Dragon terrible et bienveillant des légendes, tel qu'on le portrait aux murs des pagodes, ses yeux flambants, ses pattes griffues, son corps de serpent recourbant et déroulant ses fantastiques volutes ; il me semble qu'il me regarde, avec un rire ironique de sa large gueule incendiée, dévoratrice de la rouge boule du soleil.

Nous revenons vers la case du chef. Je retrouve à chaque fois la même impression de luxe et de sécurité, toujours nouvelle, en entrant dans la salle que décore un splendide autel aux ancêtres, encombré des objets rituels — or, cuivre jaune et fauve, argent ciselé, — flambeaux géants, lourds brûle-parfums hérissés de Chimères. Sur les massives colonnes de la charpente sont verticalement déployés des rectangles de soie où des caractères de brocart célèbrent la gloire de Cô et de ses aïeux. Voici Tam-Thuât, éloquent rabâcheur de légendes, fertile en citations classiques, comme en histoires des douze royaumes de l'antiquité chinoise ; dé-

daigneux des choses d'Europe, mais se révélant ici fin
lettré, comme ailleurs dur et stoïque chef d'armée. A
écouter mes mandarins en leurs causeries de dilettanti,
je m'explique pourquoi l'Annamite persiste à nous dire
inférieurs aux Célestes. Ce n'est pas simple préjugé
d'ignorants : la Chine est la patrie intellectuelle, et
jamais, malgré télégraphe et téléphone, l'Annamite
n'admettra notre supériorité ; il pense exactement
comme un sorbonicole à qui l'on veut démontrer la civilisation nord-américaine supérieure à la Rome des Au-
gustes ou à l'Athènes de Périclès.

Le soir, Cô m'a reparlé du Dragon apparu. Il sait
que tels sujets amusent ma curiosité, et les traite d'un
air détaché, à la façon d'un Renan libéral et com-
préhensif qui, constatant des superstitions, les utilise,
soit à perfectionner les hommes, soit à consolider une
autorité nécessaire au commun bonheur. Comme tous
les Annamites lettrés, il ne m'interroge jamais sur mes
croyances religieuses. Ainsi que le dévot Thuât se complaît à l'affirmer, « chacun de nous — pense Dôc-Cô
— discerne les choses du ciel avec son intelligence
personnelle, comme celles de la terre avec ses yeux.
Placez un livre à égale distance d'un presbyte et d'un
myope : ils en percevront différemment les caractères
pourtant immuables, il en est de même quand ils fixent
leur pensée sur la Divinité immuable, mais conçue di-
versement. Insensé, à la manière des chrétiens, celui
qui damnerait le myope, coupable d'entrevoir à peine
de confuses taches noires sur la page où le presbyte
distingue les linéaments précis des caractères ! » — Du
reste, ni Cô ni Thuât ne croient au Dragon apportant
un présage ; mais ils jugeraient puéril et malsain

de supprimer des illusions qui aident à la victoire en encourageant les hommes, — pour remplacer ces illusions par des ironies mal comprises, ou par des explications météorologiques qui, loin de satisfaire des illettrés, les induiraient en défiance. Ce sont des manieurs d'âmes, nés pour commander ; et je les compare, ces complets, à notre élite qui possède le caractère sans l'intelligence et la pensée sans la volonté ; — à nos politiciens méprisés des penseurs pour leurs basses conceptions, à nos savants dédaignés des hommes d'État pour leur incapacité à se résoudre, à choisir, en vue d'une action immédiate, entre deux idées contradictoires, également séduisantes. Demain, la population des villages doit sacrifier au ciel pour implorer le retrait des eaux : Thuât et Cô, sans croire à l'efficacité des prières, officieront au nom des pauvres ignorants : « Un lettré, dit Dôc-Cô, ne saurait partager la foi des simples ; mais faisons-nous œuvre mauvaise, de nous unir à eux, de cœur et de paroles, pour désirer le bien général ? Et qui prouvera que cette communion de cent mille vœux n'agit pas efficacement sur les eaux, et peut-être sur des puissances invisibles ? Oh ! — ajoute-t-il avec un geste d'ironique dénégation — de tout cela je ne sais rien ; mais les Occidentaux en savent-ils davantage ? »

Étranges paroles, dans ce camp de pirates, loin des capitales d'Europe où tant de sages méditent, avec moins d'indépendance intellectuelle, sur les mystères ! Je me passionnais, — comme quand, en mes années de collège, à quelque phrase de nos maîtres, lourde de sens et magnifique d'allure, je croyais que la Vérité même, descendue de cieux inconnus, allait parler.

Combien j'eusse désiré naître et grandir parmi ces hommes, et recevoir le secret enseignement hérité de l'Inde, — la doctrine réservée sans doute à quelques initiés, mais devinée si prestigieuse à la voir fleurir, aux lèvres de simples lettrés ignorants de ses arcanes, en verbes de tolérante sagesse ! Les paroles de ces hommes me pacifiaient aux heures mauvaises et m'incitaient — moi, pauvre errant, jouet des hérédités et des livres — à considérer les choses avec la sérénité des mandarins. Je me confirmais alors dans l'argument suprême : « Tout fait se justifie par sa cause immédiate, dernier anneau dans la chaîne indéfinie des causes. Nulle action, devant la justice absolue, n'est punissable. » Enfin j'avais, à travers tous les sophismes des scrupules, capturé et emprisonné dans mon cerveau cette conclusion. Mais — faiblesse imbécile de l'homme ! — dès que je ne la gardais plus à vue sous le regard fixe des incorruptibles arguments, s'évadait la formule — la captive protectrice de ma tranquillité — et alors les remords, les craintes, la hideuse séquelle des harpies, bourdonnaient à mon entour, sifflant à mes oreilles et lacérant mon misérable cœur. Je fumais, je fumais encore, et le saint opium, quand mes muscles étaient morts et mes nerfs apaisés, sans l'aide désormais des vains syllogismes, me restituait la joie pleine et sûre ; et les heures coulaient lentement — heures douces, heures bénies, rythmées par le pouls d'une horloge de Hong-Kong, dont le balancier, à chaque oscillation, me comptait des siècles de solennelle béatitude. Mon rêve flottait dans le bleu, dans l'éther infini où le temps et l'espace ne sont plus.

D'autres fois, ouvrant à demi les yeux avant la paciācation définitive par l'opium, un délicieux tableau de famille, idéalisé dans mon cerveau d'intoxiqué, me rappelait à la terre, — mais une terre heureuse d'où toutes les formes du Mal ont disparu, terre paradisiaque où seuls survivent, purifiés et sublimés, nos bonheurs : le brave Cô s'était fait apporter ses enfants, deux fillettes de huit à dix ans, la tête rasée, moins deux soyeuses houppettes noires ; c'était charmant de le voir jouer avec le collier d'argent, orné d'une griffe de tigre qui écarte les maladies, — la robe violette, découvrant les attaches sveltes du cou et les fines chevilles, — les sandales chinoises aux pétons plats. J'admirais silencieusement les potelées menottes roses, les lèvres vermeillettes et leur sourire étonné ; le petit nez en l'air, à peine indiqué ; les boucles d'or martelé à ces délicates oreilles ; et cet ensemble du corps gras et frêle, pareil à un biscuit tendre teinté de jaune clair. Dans l'intimité familiale, Dôc-Cô rejette la froideur officielle et les hautaines allures nécessaires devant les subalternes. Entre mes cils rapprochés, je le vois prendre, au bras de la nourrice, ou du vieux paysan fidèle comme un Eumée, les fillettes qui s'endorment contre sa poitrine ou tiraillent sa barbiche ; il les embrasse à la mode d'ici, appuyant ses narines aux joues roses et respirant délicatement. M'eût-il fait du mal, je l'aimerais : jamais je ne pus haïr ceux en qui je découvre une sincère affection, fût-ce pour leur chien. Mais voilà que je souffre maintenant de ces joies intimes, du sourire cordial et déférent des serviteurs, moi qui serai désormais, où que le sort me promène, toujours l'*étranger*, parmi les vivants et parmi les morts. Vite, il faut que je fume encore, pour l'oubli.

Quinze jours encore sans aucun changement. D'abord on a continué les préparatifs en vue d'une expédition. J'apporte à instruire mes hommes une conscience de vieux sous-off, qui me flatte et me rend quelque orgueil aux heures de remords. Comme si j'étais destiné à revoir l'Europe, comme un honnête *gendelettre* curieux d'études inédites, je multiplie mes notes sur les rebelles et leur mode d'action. Leur domination, je l'ai dit, semble franchement acceptée. Je suppose bien que les indigènes, payant à Dôc-Cô et au Protectorat, préféreraient ne verser qu'un seul impôt ; mais, libres d'opter, beaucoup se rallieraient à leur compatriote dont la prépotence paraît moins tyrannique, moins injurieuse surtout, que celle de l'étranger. Si les chefs agissaient toujours en pirates, la région qu'ils occupent se fût vite transformée en désert ; et — les habitants dispersés, incendiés les villages, les champs à l'abandon — Cô et ses émules n'eussent plus trouvé un grain de riz. Non. Dans les districts où l'administration française, peu soucieuse de provoquer la révolte ouverte, évite de déléguer ses fonctionnaires et miliciens, les rebelles prélèvent une très légère capitation ; ils protègent ces cantons contre les pirates chinois qui rôdaillent sans cesse par là, commandités par des négociants de Canton et de Long-Tchéou. Les partisans, bien nourris, largement payés, mais astreints à une dure discipline, ne vexent pas « l'habitant », auquel Thuât et Cô, par principe, donnent toujours raison quand il réclame contre leurs soldats : la rancune des

populations serait plus redoutable que les fusils européens. Mais, fins politiques, ces grands seigneurs doux
et bons avec un bonze déguenillé, avec une fillette fugitive, n'hésitent pas à trancher des têtes et brûler des
cases, dans les hameaux suspects de renseigner l'ennemi ou de porter leurs litiges devant les mandarins
« nouveaux ». D'ailleurs ceux-ci restent méprisés,
quand on les connaît illettrés ; et lorsque certains reviennent en leur village, un de ces villages si fiers
d'avoir produit de vrais mandarins ! les vieilles femmes
les insultent et les gamins chantent pouilles à leur triomphal cortège. Combien vénérés au contraire les fidèles,
qui après une déroute sont accueillis dans toutes les
maisons ; — abandonnés de leurs soldats, et fugitifs,
ceux-là commandent, le front haut, à qui, pouvait les
livrer, se prosterne devant eux comme devant une effigie de la patrie malheureuse.

Le 15 août, Cô m'a confié un récent message, de
Thuyêt aujourd'hui réfugié dans le Quang-Si chinois.
D'Algérie, trompant ses geôliers, le roi Ham-Nghi a
pu faire parvenir à l'ancien ministre une proclamation
où il convie ses fidèles à l'effort suprême. Mais Thuyêt,
mieux placé pour apprécier la situation actuelle, prescrit d'ajourner encore, pour des motifs qu'il développe,
le soulèvement général que son maître ordonne et que
veulent les provinces frémissantes. Cet Annamite se
révèle un véritable homme d'Etat ; bien informé des
choses extérieures, qui, étudiant les faits pour les uti-
liser, dédaigne tout l'inutile bavardage d'insultes à
l'adresse des « Diables occidentaux » ; — Son message
s'achève ainsi : « Restez calmes, en apparence soumis et satisfaits ; alors la France retirera ses troupes du

Tonkin, comme jadis du Cambodge ; il nous sera facile, d'un seul effort appuyé par la Chine, de jeter à la mer les derniers soldats. Défiez-vous de ceux qui prêchent la guerre immédiate sans avoir, comme le Roi mon maître, l'excuse de l'ignorance qui résulte du lointain exil. L'insensé parle et agit sans réflexion, mais le sage pèse ses actions et ses paroles. »

Les chefs, reconnaissant la prudence de ces conseils, renoncent à l'attaque de Dong-Triêu, si bien combinée pourtant. Ils réduiront leurs excursions militaires aux opérations nécessaires pour garder nos magasins remplis et ne pas perdre la suprématie conquise sur les populations. Et cependant on avait tant escompté cet enlèvement d'un poste français ! On l'avait si souvent prédit pour rallier ou rassurer les villages hésitants ou découragés! Pour beaucoup de ceux-là, le renoncement signifie impuissance et vaut un échec. Il faudra raisonner, expliquer, pallier, — sans révéler à la plèbe, parmi laquelle sont des traîtres sans doute, les secrets motifs de l'inaction. Périlleuse occurrence ! — Mais ils obéiront, ces chefs dont plusieurs, ambitieux à coup sûr, pourraient opposer aux intérêts du roi proscrit leur intérêt personnel. Ils ne discutent pas. Moi, qui vécus en un pays où chacun conteste les ordres reçus, sans valable raison, pour le plaisir, par instinctive répugnance de l'autorité, — j'admire cette abnégation sans phrases, le respect aux volontés d'un exilé dénué d'argent et d'hommes, errant à la merci des mandarineaux chinois. J'ai senti un large souffle de patriotisme passer et soulever les âmes. Sceptique épris de l'aventure sans but, de la lutte pour l'art, j'ai le frisson, moi aussi, de ce vent sacré. Moi, qui connais les ressources militaires des Européens et que jamais les Annamites n'expulseront les Français, je me surprends à espérer, comme le plus crédule partisan, en l'effort et la victoire. Ces gens, comme mes camarades de Dap-Cau, luttent pour la patrie ; une même idée les fortifie — qui me manque, que je jugeai niaise — et les ennoblit peut-être, les uns comme les autres, dans les deux camps, ceux qui ne se comprendront jamais et réciproquement se méprisent. Ici, Cô, le fin lettré ironique, combattra pour cette idée, au risque de la vie, comme son plus ignare soldat ; — et de même, là-bas, tels officiers intelligents, d'esprit aigu et réfléchi, qui assurément *pensèrent* autant que moi, communient par cette idée avec le dernier de leurs hommes. Qui, d'eux et de Césade, eut raison ? Je doute. Car enfin, entre moi, si débile, et tant d'intellectuels — mes égaux par la pensée, mes supérieurs par la volonté — qui me condamnent, est-il certain que seul je ne me trompe point ? Mon père, mon frère et leurs pareils, en dehors des sociétés et des morales conventionnelles, si dans l'absolu, *dans l'éternité peut-être*, ils avaient réellement le *droit* de me repousser et honnir ! — Non, non ! ce n'est pas possible ! Envers et contre tous, je pris dans ma raison et mon orgueil la force de m'isoler, le courage de répudier les nécessités de la naissance et du milieu ; j'ai *choisi*, — libre ; je fus seul l'homme que je voulus être, parmi tant qui, résignés au rôle imposé, affectent le mépris pour venger leur bassesse. — Hélas ! je fais trop d'honneur à mon vouloir, de lui imputer l'action presque inconsciente — malgré ses rigides conséquences inéluctables — qui me poussa, ivre d'opium, jusqu'ici, comme une branche flottant au gré des marées — par

la volonté d'une brute. Je suis las de raisonner ; et
pourtant le raisonnement obstiné, l'argument de
chaque minute, me soulève au-dessus du désespoir ;
je m'y cramponne, ainsi qu'à la bouée un naufragé ; et
le moment doit venir où défaillant je m'abandonnerai ;
et alors je flotterai, dérisoire jouet des tristesses et
des remords. Ici comme à Dap-Cau, l'espoir du combat
pour la bonne cause exalte les âmes et illumine les
yeux : seul, avec l'infâme que je suivis en ivrogne tiré
par la manche — voilà la vérité ! — Je suis le renégat,
honni là-bas, accepté chez ceux-ci avec de défiantes
réserves. Oui, moralement, je ne me sens pas l'égal des
gueux à qui j'enseigne le maniement du fusil. Qu'importe ? demain, après le lourd sommeil de l'intoxiqué,
je ne souffrirai plus de cette obsédante affirmation ; et
ce soir, dans une heure, après fumer, ma pensée exaltée
par l'opium me glorifiera comme chaque soir, par-dessus
les hommes, par-dessus les dieux. . . . . . .

. . . .

Je rencontre parmi ces partisans quelques déserteurs
de la milice ou des compagnies tonkinoises ; et aussi
des soldats libérés qui se refusèrent à reprendre la
charrue. Ceux-là ont répudié l'asservissement aux caprices du résident, du mandarin ou du rebelle. En ce
pays, les lâches acceptent l'agenouillement quotidien
qui, même, n'assure pas des jours paisibles et la ré-
colte du riz ensemencé ; les vaillants ont préféré,
risque pour risque, commander à qui se laisse commander. Ils apportent ici les rivalités de leurs anciens
corps : il arrive que deux gas s'empoignent aux cheveux pour tels malsonnants propos sur la garde civile
ou les tirailleurs. Nous avons encore plusieurs catho-

liques des missions espagnoles, reconnaissables à leur chevelure rase, à leurs allures de portiers de séminaire : des bonshommes frôleurs, au parler onctueux, qui m'offrent le thé pour la joie de me chuchoter à voix mystérieuse, comme en sacristie, du latin prononcé à la castillane, ânonné gravement à la guise des instituteurs saïgonnais : « *Quo-mo-do va-les, domine ? Gratias a-go ti-bi.* » — Cô les emploie à de louches négociations avec tels ourés indigènes. En eux persiste la rage du prosélytisme, jusqu'à hurler des blasphèmes après boire, devant les effigies païennes de Tich-Ca et de la déesse Kouan-An, au péril de recevoir force taloches. Les chefs, qui ne les aiment guère, les accueillent à seule fin de ne pas s'aliéner entièrement les missions, où plus d'un fugitif, prétendent-ils, trouve asile.

Et les journées passent, très brèves puisque je fume. Je me garde constamment sous l'influence de l'opium : soit la matinée, au réveil des sommes abrutissants, dormis la bouche ouverte, quand je me lève, la nuque douloureuse et les reins cassés, à peine capable de me débarbouiller ; soit à la méridienne et le soir, quand je reconquiers sur le lit de camp la confiance douce, claire et gaie comme ma lampe, et la faculté de comprendre les beaux vers. Temps bénis, inoubliables minutes ! La nuit, lorsque le vent des hauts agite les lourdes feuilles des bananiers, — à midi, lorsque les hommes somnolent sous la double paillote, abrités de l'aveuglante lumière que réfléchit la falaise ; — dans la case barricadée de Bui ou la fraîche salle de Dôc-Cô, — les heures, jour ou nuit, me sont pareilles, éclairées par l'unique veilleuse, loin du soleil et de la lune éga-

lement hostiles. Je ne vis que par l'opium, en l'opium.
Il est vrai, je ne puis fumer que deux fois par jour, à
la sieste et à la veillée ; mais, par une judicieuse utili-
sation de l'idée fixe, à l'aide d'une forte concentration
de la pensée, les autres moments glissent très vite, insignifiants et tels que non vécus ; et je n'existe en réalité que durant ces quatre cents minutes — environ —
de la fumerie ; je les divise, pour les prolonger, en re-
gardant de cinq en cinq minutes la pendule helvétique,
apportée de Hong-Kong, qui s'érige chez tous les mandarins, insolente camelote, parmi les papillotantes incrus-
tations, les cuivres antiques et les miraculeuses brode-
ries.

Toutefois, en dépit de mes stratagèmes, les périodes
d'affaissement se multiplient, quand la pensée et le
vouloir, trop longtemps bandés pour mon anémie, se
détendent, flasques et sans ressort, et que je reste impuissant à roidir encore ces cordes mouillées. Alors
s'infiltrent en moi, plus cruelles que le remords, des
terreurs depuis tant de semaines disparues : l'appréhension des crises nerveuses, et celle d'être livré pour le
châtiment. Et aussi — mais d'où viennent et que signi-
fient celles-là ? — des terreurs inexplicables, infusées
peut-être en moi par un sortilège. Plus débile que jadis,
je connais enfin les effrois suprêmes : ces craintes,
vagues et terribles, je ne les avouerais à personne ;
elles m'obsèdent, par ces nuits nouvelles où l'opium,
impuissant, ne verse plus le baume de paix. C'est inexprimable, l'état de mon âme ; il s'y condense un préci-
pité de mille épouvantes, surtout durant les lourdes
pluies crépitant sur l'ardoise ou chuchotant sur le
chaume, quand le gros Bui m'a conté de fantastiques

légendes où *de très vieux morts d'Annam* jouent leur rôle macabre et joyeux. Donc, du Césade d'antan déjà ne survit qu'un idiot radoteur, abandonné comme les viles nourrices de campagne aux influences de l'ombre, de l'orage et des revenants ? Ainsi je m'interroge, en des ricanements imbéciles. Au matin j'en hausse les épaules ; et, les ténèbres revenues, je frissonne encore à des histoires de cercueils dénudés par les averses, remontant à la surface du sol pour y déverser d'effroyables liquéfactions humaines qui se coagulent en vampires et promènent l'effroi triomphal et l'horreur ; aussi des traditions, comme en écouta notre enfance, de morts transmués en Génies mauvais, dans la forme du chien qui sauta par-dessus leur cadavre. Ces balbutiements de puériles cervelles me hantent, comme les diables hantèrent ces morts. Je crois, mon Dieu ! je crois : moi, vivant, intact de corps et d'esprit, bientôt je serai l'immonde haillon de chair en pourriture, qu'un démon ricaneur ou le nécromant redresse et secoue pour la peur des enfants et des femmes. . . . . .

. . . .

26 août.

Mais de graves nouvelles : en guerre, en guerre ! — Voici peut-être enfin la grande aventure espérée, et tout le reste en est oublié. Comme les saines rafales du matin, cela dissipe les fantômes et les nocturnes bafouillements de l'épouvante. Les Français rompent la trêve, ont annoncé nos espions ; ils se décident à traquer Dôc-Cô dans ses montagnes. Hier, au conseil des chefs, j'ai traduit diverses gazettes en France, à la nouvelle d'un convoi enlevé vers Lang-Son, le parlement a sommé le ministre d'exterminer la piraterie ; et, seulement en échange de promesses conformes, voté deux millions pour combler le déficit du budget tonkinois. D'après les journaux, 400 hommes — infanterie de marine, tirailleurs et miliciens — vont nous bloquer. On défendra le Nui-Dao, car où transporter les armes des arsenaux, les approvisionnements des magasins ? Je me retrouve gaillard et gai, puisqu'on va se battre ! Finie l'inaction, mère des longues fumeries et des cauchemars. Bataille, bataille !

30 août.

Nous sommes investis. Les chefs, sans doute taisant de sérieuses inquiétudes, affirment la certitude du succès. Demain l'ennemi tentera l'assaut par le sud du massif. Il n'a pas d'artillerie ; cette attaque ne réussira pas.

Pour nous déloger d'ici, il faudra passer par des sentiers de chèvres sauvages, où, à l'abri des roches, nous fusillerons les assaillants un à un. Nous affamer serait une longue entreprise : nous sommes approvisionnés pour six mois.

Aussi, Cô ne veut pas abandonner ses trésors et ses troupeaux sans nécessité ; et à aucun moment le blocus ne nous empêchera de fuir, s'il le faut jamais, par des pistes ignorées de l'ennemi. Les sorciers à la solde des chefs, ayant consulté les calendriers, déclarent faste le jour de demain et certifient la victoire. D'autres ont endormi, à grand bruit de tam-tams, une jeune fille ; et les ancêtres prophétisent par la bouche du médium la prochaine libération du sol national. Les quatre Cô-

nies militaires, préposés à la garde de Ngoc-Hoang,
l'empereur céleste, apparurent cette nuit à un très vieux
bohze, cuirassés d'or, le visage empourpré de colère
et d'enthousiasme guerrier ; leurs sabres, « plus hauts
que des aréquiers », combattront pour nous ; le res-
plendissement de leurs casques aveuglera les diables
d'Ouest « qui aboient à la manière des chiens et fuient
à la manière des lièvres ». La confiance arborée par les
chefs a, comme toujours, fortifié les soldats. Moi-
même, — et pourtant je sais bien que la France peut,
au besoin, inonder le Tonkin d'une marée de cent mille
hommes — je me reprends, partageant leur illusion
d'ignorants, à espérer qu'ils rejetteront les Occidentaux
dans le golfe du Tonkin. La petite Grèce n'a-t-elle pas
anéanti l'armée des Perses, et la Suisse minuscule
écrasé comme des poux les innombrables Impériaux ?
Qui saurait évaluer et délimiter les forces morales, —
le patriotisme, l'exécration des étrangers ?

Vers cinq heures, seul, derrière une roche en dehors
de l'enceinte, je distinguais, au loin dans le couchant,
les positions françaises, les hommes allant et venant et,
par couples, les fonctionnaires des grand'gardes. Il y a
là-bas, parmi ces troupiers, de mes anciens camarades ;
les plus abrutis, les plus infâmes, sans hésitation me
fusilleraient, plus injurié mille fois que le pire des rebelles. Mais ils ne me tiennent pas, les sales bougres !
Crapuleuse canaille, qui m'abhorre pour le mépris en
moi deviné !

Dans la joie du combat prochain, sous les rayons
chauffant mon corps anémique et durant l'immense
horizon silencieux, je me redisais obstinément : « A-
Dieu-vat ! le sort est jeté ; tous les faits se justifient par

leur cause », — la formule que je rabâche aux heures de doute, pour ne plus douter

Or, un merveilleux couchant se composait dans le ciel, et sa beauté luxueuse complétait, pour me rasséréner, l'œuvre de l'indubitable argument. De l'horizon occidental montait comme une tenture de soie saumon-clair, lucidifiée, ainsi qu'un transparent huilé devant une lampe, par le soleil disparu. Sa couleur, vers le zénith, se fondait en un rose vif qui lui-même allait mourir dans les verts délicats dont se teintait à son contact le bleu pâle de l'orient. Sur ce bouquet de nuances et de lumières se découpaient des feuillages presque noirs. Puis, soulignant les couleurs déjà pâlissantes, apparut à l'horizon une étroite et longue chaîne de nuages violets, pareils aux lointains sommets d'Alpes inconnues. Et çà et là, disséminées en flocons sur les roses, les verts et les bleus célestes, s'envolaient de légères et transparentes fumées. — Un ciel de pâte tendre, comme en peignent sur leurs théières les porcelainiers de la Chine.

Certes, en ces minutes, mon orgueil fortifié par la sérénité du monde ne branlait point. Les martyrs des religions ou de la philosophie, assaillis par les foules ineptes, n'eurent jamais conscience de leur supériorité morale plus que moi devant ces ilotes armés, incapables de discerner un devoir non imposé par les chefs, — fiers d'obéir. Alors, entendant marcher, j'ai détourné la tête et reconnu Plantin qui venait à moi. Dieu ! combien il a changé ! Vert de fièvre, des haillons flottant sur ses membres desséchés, il titubait et ricanait, — gaîté de ronde macabre ; et c'était l'alcool de riz qui le faisait rire et vaciller.

Avec son horrible gouaillerie d'ivrogne moribond, il m'a désigné du geste le camp français : « Tu les vois, les salauds, tu les vois, mon vieux Césade. Ils y sont, ceux de Dap-Cau qui nous ont fait souffrir. Ce qu'on les canardera ! Mais nous autres, nous sommes des frères, — pas, mon vieux ? » — Et sans transition, l'ivrogne a sangloté : et, entre les cahots de son hoquet et de ses geignements inattendus, il expectorait d'étranges paroles ; « Non, vois-tu, ce n'est pas bien, ce que nous avons fait... On nous tuera, tu sais ?... Cré nom de Dieu ! comme j'étais bête !... » — Et il m'a tourné le dos ; il s'est enfui, grognant, pleurant, balbutiant, immonde et grotesque. Voilà celui qui me tenta ! Sa présence m'a fait du mal, quand j'ai retrouvé sur ses lèvres d'inconscient voyou mes haines et mes imprécations, et même mes regrets passagers, — mais en caricature ignoble, ainsi que dans ces miroirs qui grossissent nos traits et les déforment. Donc, en cette brute, il y a moi tout entier : mes sophismes, dont je fus orgueilleux, car j'eus l'illusion de ne les cueillir, concepts magnifiques, fleurs suprêmes, qu'après de patientes et subtiles méditations. il les connaît, hélas ! comme aussi les dégoûts et repentirs dont je ne rougissais pas, car, s'ils détrônaient parfois la pensée de sa légitime prépotence, ils signifiaient — selon moi — ma fine nature nerveuse, ma douce âme illogique et flottante de dilettante aristocrate. Une heure après je l'ai retrouvé, cet homme, consolé, déclamant contre les Occidentaux avec une obstination de pochard, dans un cercle d'indigènes ricaneurs. Allons ! cela complète la ressemblance : il n'est pas moins livré que moi-même aux ironiques contradictions. Hélas ! quel sceptique souffleur tient nos ficelles et s'exprime par nos pratiques de polichinelles !

2 septembre

Hier les Français, ayant tenté l'assaut, furent repoussés. Ils ont laissé des cadavres que j'ai vu décapiter : chacun pour soi, m'a dit l'opium, et au bout la mort pour tous. Dès l'aube je postai en deçà d'un ruisseau mon peloton de gars solides. Près de moi, le Dôc-Sat et ses quarante fidèles ; et partout, sur les rochers, dans les broussailles, nos plus fins tireurs. Plantin était ailleurs, sous les ordres de Cô. Vers sept heures commença l'attaque. Une avant-garde européenne s'est tout à coup révélée à trois cents mètres en aval de notre position, prête à passer le gué. L'ennemi ne nous découvrait pas, abrités d'un mur en terre que seuls dépassaient nos têtes et les fusils braqués. Alors j'ai vu le chef du détachement, un lieutenant blondin, nous apercevant à l'improviste, pousser au gué, d'un tour de bras, cinq de ses hommes et sauter à l'eau avec eux. Nos partisans les ont régalés d'un feu de section ; et l'officier, tournant la tête, s'est subitement trouvé seul, trois des siens tombés dans un jaillissement d'écume, les autres, affolés, regrimpant sur la berge ; il pataugeait, avec de grands gestes furieux. Mes pirates tiraillaient à volonté, maintenant ; ils visaient à coup sûr, découvrant juste, dans un cadre d'arbres et de brousse, le passage du gué, tel qu'une miroitante plaque d'argent bruni. Et je commandais, aussi calme qu'au tir d'exercice : « Ne vous pressez pas ! — Ne visez pas au tas ; choisissez votre cible, les galonnés surtout ! » — Et dans la préoccupation de calmer nos hommes, trop disposés — comme tous les soldats — à prodiguer les munitions, je n'avais guère loisir d'analyser mes sentiments, en Narcisse de ma belle âme. D'abord je ne ne voulais pas tirer ; mais le petit Dôc-Sât m'a regardé durement et j'ai brûlé au hasard ma première cartouche. Puis, à sentir la poudre, de la colère m'est venue : serai-je toujours un discutailleur sans énergie ? qui me tiendra compte de sentimentalités niaises ? Hésiter, c'est trahir — pour des gens qui ne m'en récompenseraient pas, même si mon abstention leur facilitait la victoire. Et rageant, décidé à bonne besogne, je visai froidement un groupe de Tonkinois apparu sur l'autre rive, et logeai les dix cartouches de mon winchester dans le tas des uniformes bleus. J'ai mérité les éloges de Dôc-Sât, car vraiment je suis ce qu'on appelle un beau tireur. A ce jeu, la fureur du combat me gagnait, avec la griserie de la fumée, et du soleil qui montait là-bas sur la mer rose. Les feux de l'ennemi ne nous gênaient pas beaucoup. Du reste, l'attaque ne fut pas sérieuse ; après quelques mousquetades, les Français se retirèrent à l'abri des haies vives.

A huit heures, second assaut. Les Tonkinois, lancés en avant, s'arrêtèrent encore au gué sous la cinglante averse des balles. Ils se débandaient, tournoyaient en ballerines grotesques ; et les plus braves, tombés à genoux dans les herbes, cachant leur tête à la guise des autruches, tenaient le fusil aussi haut que possible à bras tendus, et tiraient à la précipitée. Tout cela, — dans la fine atmosphère du matin, sur le fond vert des fouilles, — très net, très clair, ainsi que dans le champ circulaire des lorgnettes. Un tirailleur, le ventre crevé, montrait à un sergent les entrailles débordant de ses mains ; il les voulait réintégrer de force, et sa douleur hurlante démoralisait les hommes. Le Français le prit par les épaules et l'aplatit dans la brousse. Alors, au triomphal claironnement de la charge, reparurent les « joyeux », poussés brutalement par-dessus les cadavres, terrifiés par le chuintement des balles. Et de ces pauvres diables dont l'animalité, regorgeante de belle vie, s'affolait devant la mort imminente et qui ne pensaient qu'à s'abriter d'un arbre, une pierre, une feuille, — après quelques secondes plus d'un à son tour tomba sur les corps défigurés qui gisaient au bord de l'eau. Mais les clairons psalmodièrent la retraite ; les notes, mélancoliques et traînantes comme un regret d'amour incompris, palpitaient au-dessus des branches, dans la fumée de la poudre, qui s'accroche aux ramures et s'éparpille sur le bois tout à coup silencieux. — Ce n'était qu'une escarmouche, en vue de nous distraire d'attaques plus sérieuses tentées d'un autre côté. Çà et là, des cadavres abandonnés saignaient parmi les herbes. Quelques partisans ont passé le gué et rapporté de là-bas des casques, des tronçons de baïonnettes, et cinq têtes — dont celle du sergent qui si rageusement bousculait les poltrons. Je les ai dévisagées sans frémir, puisque tous, moi comme les autres, nous sommes promis à la mort.

Au même instant Cô, qui soutenait ailleurs un furieux assaut, nous ordonna par messager de maintenir nos positions avec trente partisans et de lui expédier le reste des hommes. Deux heures je demeurai là, sous un banyan. J'entendais au lointain les sonneries précipitées de la charge :

> *« Y a la goutte à boir' là-haut,*
> *« la goutte à boire ! »*

et le crépitement de la fusillade. Le vent 'm'apportait des clameurs sauvages et l'odeur de la poudre, et l'ombre des feuilles frissonnait sur mon bourgeron, avec l'ombre des tourterelles dont palpitaient les ailes lustrées, dans l'air lumineux et subtil. C'était une de ces heures où tout paraît bon dans la nature, où le sphinx rentre ses griffes en leur gaîne de velours ; de ces heures où, sous le ciel léger, au frôlement d'une brise tiède, tout semble vivre et vivre joyeux — les pierres, les troncs rugueux, l'eau courante — si bien que nous accepterions la mort avec une indifférente sérénité, certains que tout se transforme et que rien ne peut mourir. Et, rêvant à des choses douces, il me souvenait d'avoir aussi rêvé vers mes seize ans, en terre de Bretagne, par les matins de soleil, au bord de « la lieue de grève », dans les senteurs amères des immortelles et la fraîche exhalaison des genêts, comme aujourd'hui. Ce sont les odeurs, flottant au gré du vent, qui m'évoquent les paysages connus autrefois ; le nostalgique souvenir ne me revient jamais que par elles. Mais combien imprévus, en ces défunts jadis, les visages barbares et les âmes hostiles qui m'entourent, et les clairons d'aujourd'hui, signifiant peut-être, à ce moment précis, notre défaite, et pour moi la mort d'un traître ! — Clairons, autrefois suivis par les rues sonores de ma vieille ville, qui rythmaient le pas des troupiers et des gamins ; cuivres militaires dont les notes graves font encore battre mon cœur, parce que, comme les gammes

montées et descendues sur des pianos de province,
elles sont mêlées aux souvenirs du temps où j'étais petit. Et par de ténues associations d'idées, j'ai porté mon
rêve sur tous ceux-là, de races diverses — jeunes soldats français, vieux Annamites rebelles, pirates chinois
— que je vis mourir tranquilles et décents, en ces
pays où, à l'exemple des jaunes, les plus débiles Européens s'imposèrent la coquetterie de finir proprement.
De là, ma pensée errante s'est allée poser très loin, au
cimetière où, cet hiver, nous avons couché Darlös, mon
ami d'enfance, mort de ses blessures. De l'ambulance à
la tombe, sous une fine pluie transperçante, nous pa-
taugions dans la glaise tenace. Un soldat de première
classe, bien astiqué, dressait comme drapeau une
hampe où pendaient, sous une couronne, des rubans
tricolores entrelacés parmi les feuilles et la nacre
nuancée des fleurs sauvages. Puis le cercueil, porté par
des troupiers, drapé d'un pavillon français ; et, là-dessus, les *sardines* dorées, le coupe-chou fourbi pour la
suprême parade, et la médaille commémorative. Nous
allions, parmi les tertres fleuris de pervenches du Cap,
affaissés par les pluies, reconnaissables à la croix noire
où s'inscrit à la craie le nom d'un soldat. Quelques
tombes d'officiers s'effritent au vent et aux averses ; la
poussière et l'herbe emplissent les creux des caractères
entaillés dans le calcaire ou gravés sur cuivre. Deux
coolies fossoyeurs attendent accroupis au bord de la
fosse, sur le remblai de terre rouge, grasse et luisante.
On dépouille le cercueil du drapeau, qui resservira
pour d'autres, et des insignes ; on laisse les fleurs, sau-
vageonnes cueillies au jardin de l'ambulance, pour dissimuler l'horreur des minces planches mal jointes. Un

sergent, le képi à la main, ânonne à défaut des prières rituelles un *pater ;* il bafouille, se perd, saute résolument à la dernière phrase, et barre l'*ainsi-soit-il* d'un immense signe de croix, à tour de bras. Ma vie entière — combien d'heures encore ? — je verrai cela : la plate grisaille du ciel, le versant très doux du mamelon, les pervenches violettes rampant à travers le fouillis des ronces et des gramens ; les enfouisseurs en haillons, vaguement ricaneurs ; une poignée de militaires disant adieu au camarade, dans le décor exotique de ce vaste horizon, à vingt mètres des pagodes où de très anciens Génies hostiles triomphent de notre deuil. Il me semblait, alors, que nulle ambition réalisée ne valait l'orgueil de s'en aller, comme Dariès, modeste et glorieux, avec le salut de quelques amis serrés autour du cercueil. Et je pense à cela maintenant, à cette heure où, rêvant sur la mousse fraîche, sous les feuilles remuées et le ciel tendre, je mêle à mes rêves de bonheur, comme leur nécessaire condition, la défaite immédiate des Français, quelques mois à peine après ces humbles et triomphantes funérailles de mon ami.

Mais la mousqueterie s'alentit ; puis, après quelques détonations isolées, elle a cessé. Et de nouveau j'entends, très lointaines, très affaiblies, les notes mélancoliques de la retraite. Un partisan accourt essoufflé : l'ennemi recule sur tous les points. De notre côté, trois tués seulement, et huit blessés. Nous laissons un poste de surveillance, et rentrons au camp où Dôc-Cô, rayonnant de joyeux orgueil, fait distribuer à pleins tonneaux le *choum-choum* (1), et l'opium à pleines co-

____

(1) Alcool de riz (*mot de sabir*).

quilles. Il m'invite à quelques pipes, ma foi! bien ga-
gnées. Plantin à ses côtés s'est crânement battu : c'es
lui qui, d'une balle au front, a *démoli* le seul officier
tué dans l'affaire. En récompense, Cô lui promet un
grade, et une barre d'argent. Mais le pauvre diable,
abattu par un violent accès de fièvre, s'est réfugié dans
sa case. J'irai le voir. — Les mandarins exultent. Ils
comptent sur deux mois de répit, au moins, — le temps
de préparer contre nous une sérieuse opération militaire, appuyée par de l'artillerie. Nous l'emploierons à
mieux armer les populations fidèles, à exaspérer en
elles la haine de l'étranger, le sentiment national, qui
va s'exalter de notre victoire. Il faut que dans quelques
semaines les Français trouvent tout le pays ouverte-
ment hostile ; que leurs sentinelles soient surprises ;
que les garnisaires de leurs postes, en alerte nuit et
jour, lâchent de fatigue le fusil et s'endorment à la
tranchée ; que les convois soient enlevés, les escortes
décimées, les approvisionnements compromis. Il faut
que le Tonkin devienne inhabitable aux Occidentaux ;
que harcelés toujours, partout, ils ne mangent ni ne
dorment sans appréhender la mort subite ; qu'enfin,
comme jadis en Espagne, par la perpétuelle lassitude,
les sommeils coupés, l'anxiété sans répit, ils se sentent
vivre dans le cauchemar, jusqu'à ce que leurs soldats
en soient lâches et leurs officiers imbéciles. Jamais je
ne fumai d'aussi bon cœur, développant ce plan au chef,
qui m'écoutait inexprimablement ravi. Et je lui dis aussi
que les *boys* devaient nous être complices ; qu'il fallait
acheter des âmes dans chaque compagnie de tirailleurs
et miliciens ; et payer largement, de piastres et de
grades, les cartouches volées, le fusil livré. N'ai-je pas

brûlé mes vaisseaux, et que puis-je craindre? — Plus
d'hésitations ni de remords! Tout à mon amour de la
lutte, à mon emballement de batailleur qui pense au
seul succès et à l'assurer, mes joues brûlaient; dans
l'ébène d'un panneau vertical je voyais mes yeux
brillants d'intelligence et de volonté; et après si longtemps je retrouvais ces joies profondes, saines et pures,
sans une ombre, connues à seize ans, et plus tard,
quand je m'embarquai, les cheveux au vent, pour le
Tonkin, les aventures et la gloire. Je ne cherche plus
ma voie : actif, vaillant, né pour commander, je m'associe à la sainte cause d'un relèvement national, qui
par moi triomphera. Nous jetterons les Français à la
mer ; et si l'Annam, trop pauvre et faible, ne peut se
constituer en état libre, comme le Japon ou Siam,
s'enrichir par le commerce et s'approprier les sciences
et méthodes d'occident, — eh bien ! quand la nécessité
d'un Protectorat me sera démontrée, j'appelerai les
Célestes, ou les Anglais, ou les Allemands. Je serai
général, haut mandarin, colonne de l'Empire : des gens
me maudiront, mais d'autres me seront tributaires de
leur vénération reconnaissante. — Puis j'ai cessé de
fumer ; ma main ne pouvait plus soutenir la pipe ; je
ne parlais plus, et Cô souriait discrètement. Mes rêves,
de plus en plus beaux et vastes, s'évaporaient, vagues,
vagues, — ainsi la fumée, dense et bleue au ras des
lèvres, se dilate et s'éparpille dans l'air, toujours plus
légère et plus diaphane. A un moment, il me souvient,
'étais roi d'Annam, mitré d'or, drapé de jaune impé-
al, constellé de bijouteries et de topazes. Par un cu-
ux dédoublement, j'assistais en spectateur à l'apo-
ose de mon reflet intronisé, et des mandarins, in-

décis et fluents comme des ombres, épanchaient à ses pieds les offrandes d'un Timour-Lenk, les trésors d'une reine sabaïque. Puis, tout cela s'effaçant, je me fondais dans un éther bleu et j'étais l'Empereur du Ciel ; des parfums d'encens, qui réjouissaient aussi comme des couleurs et des sons, montaient vers moi, glorieux infiniment, infiniment heureux. Et tout s'est mêlé ; gloire et joie, parfums, musiques et couleurs, en la synthèse d'un état, une manière d'être, — un bonheur sans conscience, l'ineffable.., Et j'ai dormi jusqu'au lende-main midi, où je me retrouve vanné, brisé, triste à la mort et griffé par l'angoisse, sur le lit, chez Dôc-Cô.

27 septembre.

Un mois après. — Plantin va mourir. Les premiers jours je le rencontrais errant à travers le camp, les yeux ternes et fixes d'être toujours ivre. Même, l'incor-rigible pochard, pour clôturer je ne sais quelle discus-sion, souffleta le sergent préféré de Dôc-Sât. On le dé-capitait, sans mes prières. Sât réclamait sa tête pour apaiser le battu, un gaillard influent qui ameutait les partisans et se roulait, grinçant des dents, hurlant de rage, à la porte de son chef. Ils ignorent les Annamites, ceux qui les virent timides, hypocrites, doux comme satin, dans nos résidences et citadelles ; ils soup-çonnent guère l'insolence, l'orgueil et la haine de ces gens. Maintenant je connais ces âmes arrogantes. Une émeute montait : la bande, prenant fait et cause pour le sergent, exigeait la mort de Plantin. Des partisans je-taient leurs armes et déclamaient, sur la place du mar-ché ; ils juraient de déserter si l'on ne châtiait l'insulte.

L'affaire menaçait de mal tourner pour nous, et peut-être pour les chefs. Car s'il est facile de commander à des hommes, tirailleurs, miliciens, employés des résidences, qui ne peuvent, en cas de trahison, échapper au châtiment sans compromettre leur famille, leur village, il est plus malaisé de maîtriser ces aventuriers, insoucieux des risques, naturellement hostiles au maître quel qu'il soit, qui dans les bandes sont les indisciplinés, les bavards, les influents. Ils dominent une majorité de paysans balourds, clientèle héréditaire des chefs, et les patriotes qui cherchent asile ici contre l'arbitraire des Occidentaux. En fin de compte, Plantin dut se prosterner quatre fois aux pieds du sergent, devant une foule dont les regards haineux ne nous séparaient pas dans leurs promesses de male aventure ; et quand il eut gauchement rendu ces hommages, on lui remit la cangue.

En manière de menaçant avis, on l'a forcé d'assister à genoux, les mains garrottées derrière le dos, à l'exécution d'un espion. J'étais là, moi aussi, parmi le public gouailleur. Plus d'un homme me considérait de travers, mais la protection du maître conjurait le mauvais sort. Un mandarin, canalisant ses paroles dans le cuivre d'un immense porte-voix, hurle la sentence inscrite en gros caractères sur une planchette verticale. Des partisans en armes, blousés de rouge, élargissent le cercle des curieux. Le condamné, les mains liées, agenouillé, impassible, fume une cigarette et blague Plantin, en solide gars insoucieux de mourir. L'homme penche la tête en avant ; un soldat, désigné pour l'office de bourreau, lui relève les cheveux et les plaque contre l'occiput avec une poignée de boue argileuse, puis se

campe fièrement, les manches retroussé·s, le coupe·
coupe pointe à terre. Un signal : le sabre tournoie par
deux fois et s'abat. Beau travail ! La tête pend encore
par un lambeau de peau, dans un flux de sang. Le
bourreau, l'empoignant aux crins, scie cette loque et
fait rouler la boule rouge sur le gazon, tandis que le
torse s'aplatit en avant. Alors le ciel s'est voilé subitement ; un bœuf, dressé sur un tertre à vingt pas de
nous, a longuement mugi dans le vent. Un partisan,
malade du cœur, — paraît-il, — en quête d'un précieux
remède, emplit une tasse de sang écumeux, au jaillis·
sement pourpré de la carotide, et vide la *bolée* d'un seul
trait, rubis sur l'ongle.

Deux jours après, on a délivré Plantin de sa lourde
cangue. Les rebelles se délectent à le griser de *choum-
choum ;* et, saoûl à tomber, bousculent et rouent de
coups le pauvre ilote.

Les chefs m'affirment de plus en plus leur confiance.
Ainsi, Cô me montre les factures de ses fournisseurs
d'armes, — des Chinois de Hai-Phong et des Européens
aussi, — non, un Européen, ce Landsperg que je vis
hier. Il apportait cinq mille cartouches, dix Spencers
ou fusils Gras. Il ne craint pas de venir, certain
que nul en Hai-Phong n'oserait le soupçonner, pour
s'expliquer au sujet d'une fourniture mal exécutée.
Blond, rose, imberbe, la voix grêle, la mine d'un
gros brave eunuque, il fait le bon enfant et me tend
ses doigts en boudins. J'ai feint de ne pas remarquer
ce geste ; et je ne saurais vraiment justifier l'invincible répulsion à laquelle j'obéissais. Après tout, cet
honorable commerçant n'est pas Français ; — tant
pis pour les imbéciles qui l'accueillent et qu'il trahit !

Il traite les choses de son négoce avec rondeur et simplicité, le Norvégien, inconscient d'être infâme. Il multiplie les promesses de zèle, en honnête marchand dé-
sireux de contenter un sérieux client. Et j'ai beau le
qualifier *in petto* de Caïn et d'Iscariote, il doit penser
de moi plus de mal que je n'en pense de lui ; même,
en me donnant la main, il se montre charitable, dilettante supérieur aux préjugés. Puis, en affaires! une
poignée de main ne compte pas...

29 septembre.

Cô ce matin est parti, peut-être pour deux semaines,
avec les autres chefs. Je reste, comme Plantin moribond, au camp du Nui-Dao confié à la garde d'un détachement que commande Bui, mon hôte. Hier, Cô semblait inquiet, préoccupé. Depuis huit jours je note des
allées et venues d'estafettes, des conciliabules entre
les chefs, dont rien ne transpire. Hier, las, la mine
triste, Cô m'a rappelé, comme se parlant à lui-même,
les difficultés de commander à des rebelles, de tenir en
sa main, d'une forte poigne, « ceux-là qui veulent savoir tout et tout critiquer ». — D'où ces préoccupations ?
Avant-hier on décapita deux gradés qui incitaient les
partisans à la désertion. Quelle est la cause des mé-
contentements que je devine parmi les hommes ? —
Malgré l'opium, les heures me sont longues et douloureuses à cause de l'incertitude ; et je m'associe à la tristesse du ciel. Pendant ces journées d'automne où l'on
voit confusément à travers un brouillard se balancer
le dôme à demi dépouillé des grands arbres ; j'essaie
en vain de comprimer le flux montant des inquiétudes

et des souvenirs. L'été, noyé dans l'éclatante lumière,
j'ai joui du soleil et parfois oublié. Maintenant, cette
fine pluie, ces longs nuages gris, ces vieux banyans
lavés par l'averse, me désespèrent et, seul sur le lit de
camp, je tiens avec mon cœur de mélancoliques conversations...

5 octobre.

Cô est de retour. En son absence j'interrogeai en
vain le gros Rui. Ces huit jours, pourtant, les affres de
l'appréhension ne me tourmentèrent pas. Car, sans
transition ni cause apparente, l'opium qui, depuis bien
des semaines, se révélait trop souvent impuissant à
m'apaiser, et parfois renforçait l'horreur de mes cauchemars, de nouveau m'a donné de calmes nuits et des
veillées délicieuses où s'évoquent les années mortes,
apparues à travers le verre bleu d'une douce joie. Hier,
mon hôte m'offrit en bouquet des fleurs de montagne ;
il m'aime, le brave homme, et son amitié, à force de
s'ingénier, invente les témoignages les plus inusités en
ce pays. A la veillée, j'ai joui, pour la première fois
après si longtemps, d'admirer, en un vase de cuivre
aux contours harmonieux comme une belle ode, des
grappes roses et violettes, et des calices jaune d'or,
bleu céleste, blanc d'argent ou de lune. Si chaque jour,
sur mon lit de camp, j'avais trouvé de fraîches corolles
épanouies, pour reposer mes yeux des roches grises
sombrement embroussaillées, j'eusse échappé, je crois,
par leur pacifiante influence, à la tristesse de bien des
heures...

... Les hirondelles sont revenues, comme en Bretagne autrefois. Elles ont maçonné leurs nids sur nos

maisons, avec le chaume des paillotes. Elles protègent qui les accueille en amies ; et les bonnes gens d'Annam éloignent de leur case les odeurs qui déplaisent aux voyageuses et les chasseraient. Par les soirées déjà moins chaudes, par les lentes après-midi pluvieuses, j'écoute les brefs appels aigus des hirondelles en chasse, et lentement à fleur de mémoire les chères images de printemps abolis...

Cô rentre plus soucieux qu'auparavant. Thuât ni Dôc-Sât ne sont avec lui ; seul, Bang-May l'accompagne. Des mécontents recommencent à parler de trahison. L'ami Bui semble triste ; et pourtant celui-là suivra partout son maître, jusque chez le résident français. Quel malheur plane sur nous?...

12 octobre.

Plantin mourut la précédente semaine. Demain je quitte le campement, sous escorte, pour rejoindre Dôc-Cô au village de Ma-Thô. Avant de partir il m'offrit en témoignage d'amitié sa belle pipe à eau, un présent de Thuyêt, et deux bâtonnets de bois précieux, qui, lorsqu'on s'en sert pour manger, révèlent en se brisant a présence du poison dans les aliments...

Hanoï, 18 octobre.

Depuis quarante-huit heures me voici dans la prison militaire de Hanoï. Quelques jours encore, un conseil de guerre me jugera, et *ils* me fusilleront. C'est la fin. Tant mieux ; j'étais las. Mais pourquoi cela n'arriva-t-il pas plus tôt, alors que mon âme gisait — comme un paralytique sur le dos, au fond d'un abîme, — au tréfonds du dégoût et de la misère ?

... Nous avions quitté le camp dès l'aube, et passé la journée au hameau de Yên-Tha. Repartis vers quatre heures après midi, à la nuit tombante nous atteignions Ma-Thé. Dôc-Cô ne s'y trouvait point. Je m'installai chez le maire ; et, ayant beaucoup fumé, causé beaucoup, sans aucune appréhesion je m'endormis à trois heures du matin...

Je sursautai, au contact d'une rude patte sur mon épaule, et, la tête encore bourdonnante, lourde de l'opium fumé, dans la blême clarté du jour naissant je me vis entouré de miliciens indigènes ; leur sergent, un Européen, le revolver au poing, me maintenait d'une main et gueulait brutalement : « Rends-toi, ou je te brûle ! » J'affirmai ne vouloir résister. Alors le sous-officier — un bon diable — parla plus doucement. Quand j'eus les chevilles serrées d'une corde à nœud coulant, il m'offrit de casser la croûte et consentit à causer. J'appris du nouveau. Cô et Bang-May s'étaient soumis. Ils discutaient depuis vingt jours les conditions de l'affaire, et je n'en avais rien su. L'autorité française avait exigé qu'on me livrât. Cô avait pour moi longtemps sollicité la garantie de la vie sauve. — « Mais, disait le sergent, s'il n'a pu faire admettre formellement cette clause, il espère cependant qu'on ne vous fusillera pas. »

— J'ai remercié, sans me leurrer de ces charitables paroles. A Dong-Triêu, j'ai encore su garder devant les galonnés gouailleurs et méchants, l'impassibilité du visage.

J'arrivai à Hanoï par une chaloupe douanière. Du débarcadère à la prison j'ai traversé les quartiers européens, menottes au mains, entre quatre hommes. Voilà ma première visite à la capitale où, un soir de rêve et d'ambition, je me jurais d'entrer en vainqueur, en Timour-Lenk coupeur de têtes françaises. L'ancienne Concession, avec ses bâtiments officiels — des cubes blancs dans un parc tout vert du clair feuillage des *flamboyants* — m'apparaît sous un pluvieux crépuscule. Les reflets sur le trottoir mouillé des reverbères qu'on allume, le souffle d'un vent tiède, cette adorable senteur perverse de la poussière et de la pluie, tout cela me rappelle certains crépuscules à Paris, certaines traversées du Pont-Neuf, à dix-huit ans, quand je courais à quelque *noce* d'étudiants. Et comme je m'attendris, la vue des gens accourus pour me dévisager au passage refoule en moi les délicieuses mélancolies du souvenir. Tas de brutes et de lâches ! Je voudrais leur crier à ces réguliers, à ces châtrés, qu'aucun d'eux n'oserait m'imiter ; — par patriotisme ? scrupules honnêtes ? non ! par pleutrerie de cafards soucieux uniquement des ambitions modérées et sans péril. Je les méprise. Mais ils ne verront pas mon mépris, ma haine de moribond. Je jouis à marcher la tête haute ; je jouirais plus encore à cracher mon exécration sur ces faces bouffies de boutiquiers, si toute marque d'émotion ne devait les faire rire et triompher à mes dépens. Mon calme leur en impose ; — mais quels ricanements et huées, s'ils devinaient ce qui fermente sous la glace de ce front injurieusement impassible ! — Le 12 novembre, je comparaîtrai devant un conseil de guerre. Fini, le rêve des hautes aventures ! — D'ailleurs un unique souci me reste : fumer ; — je suis réduit à manger de l'opium que le portier-consigne m'a procuré. Il y a de braves gens partout.

20 octobre.

Interrogatoires sur interrogatoires, depuis deux jours. Je suis harassé. J'ai fait acheter des pilules d'opium, avec l'argent d'un mandat qui m'attendait ici : mon père l'envoyait au moment même où je désertais de Dap-Cau. Je n'apporterai aux juges nulle préoccupation de sauver ma peau, mais l'unique souci de me montrer brave — pas *crâne*, oh, non ! indifférent — comme un résigné que rien n'émeut plus, comme un apache au poteau de torture. Je lis quelques livres empruntés à la bibliothèque de l'hôpital. Le soir, je médite longuement — on me tolère la chandelle jusqu'à minuit — sur les bouquins que tachèrent les doigts graisseux des condamnés et des dysentériques, aujourd'hui morts ou déportés, qui ne les comprirent pas, comme en témoignent les niaises annotations crayonnées en style de concierge. Livres de voyages, ceux-là qui m'exaltèrent au temps jadis, — livres d'aventure, ceux-là qui me mentirent. J'y retrouve, dans les imageries de Vierge et de Riou, les poses mélodramatiques du Trappeur Canadien et du Capitaine Hatteras. C'est peut-être de les avoir trop admirées qui m'a conduit jusqu'ici. Je rêvai, me bannissant des civilisations, l'orgueilleuse sépulture de « Nemo », au profond des abîmes sous marins ; — non ! le front et le cœur troués de balles, dans quelque coin honteux ma pauvre chair sera livrée aux vers rouges et aux nécrophores. comme ma pauvre volonté fut livrée à l'opium, aux instigations des livres, aux conseils chuchotés d'un morne voyou... — Allons, de la tenue ! Si le Devoir n'est pas un vain mot, le devoir me reste de regarder en face et sans peur les fusils. Et encore, que signifie cet enfantillage quasi-posthume? Ma famille, pas vrai? La postérité? me composer pour le public une décente attitude de rétiaire tombant au cirque? — Ah! rhéteur jusqu'au bout! Il ne s'agit pas de devoir; il me plaît d'attendre la mort avec simplicité; je puis bien me payer cette dernière satisfaction, pour qu'en son intime orgueil mon âme enfin s'éjouisse.

11 novembre.

Demain je comparaîtrai devant le conseil de guerre. Nul ne s'illusionne plus sur mon sort prochain, puisque le portier-consigne, le sergent à trois brisques, fermant les yeux, a laissé dans ma cellule introduire une fumerie complète. Je fume nuit et jour. Chaque matin, maître Massy, l'ancien sénateur, un digne homme, vient ici préparer ma défense. Il essaye de me « remonter le moral », jure qu'il sauvera ma tête et l'honneur du nom; il s'indigne de me deviner indifférent à tout. Or, je ne tiens guère à faciliter sa tâche; je ne pense qu'à donner vite les renseignements qu'il demande, pour le renvoyer plus tôt et fumer en paix. Ses pressantes interrogations, quand il voudrait arracher à mon insouciante lassitude quelques arguments me fatiguent plus peut-être que les entretiens avec le juge instructeur : car, si le magistrat se révèle brutalement malveillant et préoccupé de faire saigner mon orgueil autant que d'édifier sa conscience, du moins devant lui je savoure la joie de laisser transparaître à demi-mots mon dédain pour ses prudhommesques assertions. Quand il parle d'honneur, de famille, de patrie, c'est à

mes oreilles le vain bruit d'un dialecte **ignoré** ; parfois
je me compare à quelque fauve encagé que l'on conju-
rerait de dévoiler les autres tigres, ses complices, pour
la bonne renommée de son respectable père ? — Du
reste, l'avocat et moi, nous ne nous comprenons guère
mieux. Lorsque mon inertie l'encolère, il ne devine
pas que nous traduisons le vocable « espérance » de
différente manière : lui, il espère sauver ma peau et
m'embarquer ver un bagne de travaux publics où j'at-
tendrai dix ans ma grâce, compagnon de chaîne —
mari ou *femme*, on dit là-bas, — de quelque Plantin
qui me rossera ou me prodiguera ses rations de vin.
Moi, ce que j'espère, c'est quitter bientôt ce monde de
civilisés incoerciblement pleutres et méchants. Dame !
le père Massy m'en voudra, si mon attitude au tribunal
annihile les effets de sa rhétorique.

Quand il est parti, j'ai hâte d'oublier ses conseils,
et, vautré sur une natte, je me grise d'opium. Je souffre
seulement — voyez, le sybarite ! — du verre de ma
lampe brisé en dix endroits et rapetassé de vilain papier
gommé. Je lis, et je repense aux clairs soleils qui
flamboyaient sur le Nui-Dao, à la tête pâle du petit
sergent, qu'un partisan bousculait du pied, un frais
matin vert, sous les feuilles murmurantes.

Un autre visiteur de chaque après-midi : l'aumônier
de l'hôpital. Il ne parle pas de confession ; — à quoi
bon me terrifier trop tôt ? Mais ses causeries m'attris-
tent, et me décourageraient presque. Il évoque ma
famille, que je veux oublier, en très douces paroles
d'onction, épandues comme une rosée d'aube en mon
cœur épanoui. Hélas ! je ne suis pas encore l'impassible
que je voulus, qui garderait le seul souci de vivre vite,

les yeux fermés, les oreilles closes, ces derniers jours. Certes je ne *crois* pas, je ne croirai jamais ; mais je m'attendris ; et puis, à aucun prix, je ne voudrais peiner un bon prêtre. Toujours je ressentis, même au collège, un délicat plaisir à fréquenter des ecclésiastiques, gens simples, sages, de génie tempéré, de façons courtoises, — en abomination de l'esprit « conseiller municipal » et de la muflerie libre-penseuse. Et leur ministère, susciter des illusions consolatrices aux malheureux d'ici-bas, me parut toujours si noble, presque divin ! Je leur envie cette Foi qu'ils aiment à faire partager aux déshérités. Rien n'est plus beau, pour qui pense, que leur fraternelle mission. Moi-même, qui n'eus guère l'inquiétude de « l'Inconnaissable », — cet Inconnaissable réel pourtant, mais placé hors des atteintes de nos sens et de notre raison ! — souvent le désir me vint de rencontrer un chrétien troublé, doutant, désorienté, et de lui restituer la certitude et la paix, par des paroles de prêtre subtil. J'aurais, je crois, trouvé des arguments, — vains pour moi et moindres que rien, — j'aurais fait un heureux, j'aurais sans espérer donné l'espérance. Et si le paradis et la divinité ne sont pas mensonge, j'aurais — sceptique promis à l'enfer — ouvert le ciel de Dieu à un pauvre diable.

Par l'abbé Marris je connais l'accueil triomphal que reçut Dôc-Cô, en ville de Hanoï, au grand scandale des colons et des militaires. Le vieux portier n'en décolère pas : lui aussi m'a dit la réception solennelle, les populations enthousiasmées, Cô rendant la justice en sa maison, rue des Voiles, comme saint Louis à Vincennes. Mon chevronné le vit entouré de lieutenants, tous paradant à cheval, haranguant le peuple, distribuant de l'argent, en joyeuse bienvenue. Aussitôt arrivés, les partisans se rangèrent en bataille au long du fleuve, magnifiquement vêtus, cartouchières pleines, fusils chargés, drapeaux au vent. Un haut fonctionnaire, en grande tenue, les attendait sur le perron de son hôtel. Cô et Bang-May s'étant acquitté des prosternations réglementaires, les imitèrent ; puis, passés en revue, allèrent librement déposer leurs armes à la milice, à l'autre bout de Hanoï. On les voit circuler en ville, les poches garnies de piastres. Le briscard en étouffait de colère : « Les vilains bougres ! Vous avez de jolis amis, vous, un garçon instruit, bien élevé ! Tenez, rue des Brodeurs, j'ai failli casser les reins à l'un de ces bandits qui cavalcadait ; mon traîneur de *pousse-pousse* ne se garant pas assez vite, il l'avait presque assommé, d'un revers de bâton. Oui, ces gaillards galopent dans les rues, et si j'en faisais autant, cela me vaudrait une belle amende. Mais, quoi ? à les bousculer, un vieux serviteur écoperait, huit jours de prison pour le moins. Ah ! ils font du propre, vos civils ! » — Et j'ai compâti — pourquoi pas ? — aux doléances du brave homme.

Avant-hier, Bang-May traversait la ville à cheval, avec une escorte en riches costumes, des parasols, des palanquins, tam-tams, bannières, et sabres au clair. Une vieille en haillons, la mère d'un tirailleur tué dans quelque embuscade, arrête le chef au passage et l'agonise d'injures. Il écoute en souriant, comme l'Ali-Tépéléni des *Orientales*, tire négligemment de sa ceinture vingt ou trente piastres, argent et billets, et les laisse tomber aux pieds de l'aïeule. Celle-ci, rageuse, s'en empare d'une poignée, et, dans une malédiction, les lui rejette en pleine figure...

Pas une fois mon ami Dôc-Cô n'envoya prendre de mes nouvelles. J'ai bu de l'amertume et du dégoût jusqu'à mourir. Seule, la conversation du bon abbé me réconforte. Si cordial est l'accent de ses paroles ! Son « pauvre enfant ! » semble si sincèrement affectueux ! — Puis, devant lui, je ne rougis pas : par la constante préoccupation des choses du ciel, seules durables, seules réelles sous le vain décor transitoire des apparences, le prêtre ne peut, à l'égal du séculier, honnir les manquements aux devoirs sociaux ; il ne saurait opposer au criminel la haine vigoureuse et le mépris laïques, lui qui toujours croit au rachat possible, et qu'une brebis ramenée vaut plus d'amour que tout un troupeau fidèle.

25 novembre.

Je suis condamné. Dans quelques jours le télégraphe ordonnera mon exécution, si M. Carnot, sous couleur de je ne sais quelle odieuse grâce, ne me dénie la faveur — tant espérée — des douze balles. Des reportages vantent ma belle tenue devant les juges : parbleu ! s'attendait-on à des amendes honorables, à des geignements cafards ? N'avais-je pas avant chaque séance assez fumé pour conquérir le courage et la lucidité nécessaires ?

Deux séances : Cô et Bang-May, libres au banc des témoins, affirmèrent que jamais je ne portai les armes contre des Français. Inutile générosité ! — J'ai tout avoué. Je me fusse chargé de crimes imaginaires, si je n'avais suffisamment mérité par mes actions la mort... sans phrases. Mais l'éloquence du lieutenant Kayser, commissaire pour le gouvernement, m'a rassuré. A l'ouïr, j'ai, désormais assuré d'une condamnation capitale, souri de contentement, — « le seul moment — disent les journaux — où l'accusé se départit de son impassibilité coutumière. » — Il y allait de bon cœur, comme à l'assaut, ce brave officier, sans se douter qu'un de ses auditeurs, moi, désirait la condamnation avec plus d'ardeur encore, et s'épanchait en vœux brûlants à toutes les puissances de la terre, du ciel et de l'enfer ! Un brigadier de gendarmerie, mon camarade d'enfance, est venu certifier que d'habituelles crises nerveuses auraient dû m'éliminer du métier militaire, comme irresponsable à moitié. Cher ami ! je le regardais avec un sourire affectueux, — et je lui eusse volontiers, pour sa miséricordieuse intention, rongé le crâne. Mais quel flux de joie m'inonda, quand le commissaire, faisant justice — avec mépris — de la niaise allégation, flétrit les modernes criminalistes, négateurs de la liberté, de la morale, de la *discipline* ! — « Non, mon colonel, messieurs les juges, vous repousserez ces funestes théories, glorificatrices de la matière, contemptrices de l'idéal ! Si vous les adoptez, prenez garde, vous rabaissez l'homme au rang de la brute ; *et il n'y a plus d'armée possible* ! » — Sur ce, ayant comme il convenait honni Darwin, Lombroso, *Baudelaire* (1) et le malencontreux gendarme, M. Kayser conclut à la mort sans rémission. — Bravo, Kayser, voilà l'argument ! à toi d'y répondre, si tu peux, père Massy ! — Par exemple, la rhétorique de mon avocat me fit passer de mauvais quarts d'heure. Quelle émotion ! Plus éloquent que l'accusateur, il paraissait aussi sincère. A un moment je me crus sauvé — fichu ! Mais le vénérable bavard avait contre lui, pour moi, — ha, ha, ha ! —

la discipline, la morale, *la liberté humaine.* Le colonel y tenait, à la liberté, non moins qu'à la discipline. Et mon avocat pleura presque, au prononcé du jugement qui me condamnait à la peine capitale : 1° pour désertion à l'ennemi, avec emport d'effets militaires ; 2° pour avoir servi contre la France.

Tout est bien qui finit bien ; et il me tardait que cela finît. Au cours de ces interminables séances, on m'a questionné sur le ravitaillement des rebelles, leurs moyens de s'approvisionner en armes et munitions. Je n'ai rien révélé ; il me répugnait de trahir encore ; j'en avais assez, de la trahison ! Le colonel m'adjurait d'avouer, pour rendre au moins, en réparation des crimes, un service à ma patrie. Non, par exemple ! Halte-là ! J'ai trahi, je fus trahi : qu'on me tue. Ne comprennent-ils pas, les stupides, qu'à présent il ne me soucie guère de ma patrie ? J'aurai transité quelques années sur la terre, de l'Inconnu d'où je vins à à l'Inconnu où je retourne, détaché de tous préjugés, des affections, des morales : — solitaire désormais, je ne veux même pas, tant je me sens étranger aux hommes, anéantir ces pages où je nommai Landsperg. Qu'elles le mènent à ma suite, devant les fusils ou sous la guillotine ; cela ne m'intéresse plus.

Avant-hier, sous le *mirador* de la citadelle, on exécuta Ballet, un disciplinaire ; j'oublie pour quel méfait. Il a fallu le garrotter au poteau, parce qu'il se ployait en deux et tournait obstinément le dos, comme l'autruche dissimule sa tête, avec la confiance d'échapper au péril, — et qu'on ne voulût pas le fusiller par derrière,

4 décembre.

Dix jours depuis ma condamnation, — une décade de continuelles fumeries. Je *sais* que dans vingt-quatre heures je serai mort, et que j'écris mes derniers feuillets. Une lettre de France, du lieutenant mon frère, m'a-t-on dit, m'arrive, décachetée à l'ordonnance. J'ai prié mon vieux chevronné d'y jeter un regard : « Dites seulement si l'aîné connaît ma désertion. » — « Oui. Il vous écrit à tout hasard... » — « Bien, merci. » — J'ai déchiré la lettre. Le sergent hausse les épaules ; et moi, je dédaigne de me justifier. Qu'aurais-je trouvé ? Des objurgations inutiles, puisque trop tardives ; des reproches également vains ; sans doute le conseil du suicide. Cette idée m'irrite : je suis et veux rester libre ; à l'heure de mourir, je dénie à quiconque le droit de m'injurier, de me conseiller même ; et je n'aime personne, et je répousse, comme d'étrangers, les insultes et prières d'un père ou d'un frère. Larmoyer en des pages épistolaires, solliciter des pardons, — je n'en ferai rien. Du moins qu'on se souvienne de moi comme d'un homme qui sut vouloir et agir ; — ce sera une dernière ironie de la Destinée que, débile entre les débiles, je laisse une telle mémoire. On dira : « Pauvre garçon ! il fut presque irresponsable, l'intelligence anémiée par le climat torride et par l'opium ; mais, sang de gentilhomme ne pouvant mentir, il se révéla énergique et volontaire jusqu'à la fin. » — Et toujours ils ignoreront que je fus d'intelligence subtile, large et saine entre toutes, mais de volonté vacillant à chaque influence du dehors, comme à chaque pensée de mon cerveau ondoyant et divers. J'ai souvent rêvé d'un curieux caractère à étudier : l'homme d'intelligence ouverte, froide, l'homme qui a fait le tour des idées, sceptique, ne reculant en théorie devant aucune « scélératesse » et, dans ses plans, les admettant toutes pour réussir ; mais, à l'exécution, dans la vie quotidienne, dominé par son tempérament généreux, confiant et bienveillant. Et voyez la niaiserie humaine ! Pour chacun, celui-là est le bon camarade, l'honnête homme de ses actions, alors que, en réalité, sa bonté, son honnêteté sont *sa seule faiblesse,* sa véritable infériorité, — œuvre vile de la chair et du sang, contre lesquelles réagit en vain son intelligence *scélérate,* sa réelle pensée. Pour les imbéciles, c'est-à-dire pour la majorité des hommes, l'intention ne compte pas, et chacun de nous est presque toujours honni ou glorifié pour les vices ou pour les vertus qu'il n'eut jamais...

L'ordre télégraphique d'exécuter l'arrêt du conseil doit arriver, je l'ai calculé, au plus tard aujourd'hui. Puis, l'opium me rend plus lucide qu'une somnambule ; et ce soir, dans l'adieu de l'aumônier, dans un regard du portier, dans l'accent inusité de leurs habituels conseils d'espérer, je devine qu'il faut mourir demain. On ne me trompe pas, moi !...

... Laissé seul, je suis resté d'abord — une grande heure — aussi calme que tous me virent au cours du procès. J'ai brûlé quelques pipes, — cinq ou six à peine, — griffonné des lignes, feuilleté des bouquins. Mais — la drôle d'aventure, pour un garçon coutumier de concentrer sa pensée sur le livre lu, au point d'oublier les alentours, le lieu, le moment, les personnages ! — je n'arrivais pas à fixer mon attention. Et quand,

impatienté, pour me forcer à comprendre, je tentais
d'analyser une phrase, mot par mot, comme à l'école,
les caractères imprimés sautillaient à la manière des
danseuses. Tout à coup, je me suis levé de la natte :
l'horreur de mourir surgissait à l'improviste. Un quart
d'heure j'ai marché en rond tel qu'un fauve, ne parve-
nant pas à m'apaiser, sans penser nettement à rien, les
nerfs exaspérés, le corps malade, plus que l'intelligence.
Je voudrais exprimer très exactement cela : l'angoisse
de ma fin imminente était moins conçue que ressentie ;
elle se révèle de telle sorte, je suppose, aux animaux
en péril de mort, au bétail qu'on mène à l'abattoir, aux
êtres aptes à souffrir mais non à penser. Après, ayant
recouvré quelque empire sur mes gestes, j'ai fumé dix
pipes, et dix encore ; alors seulement l'épouvante a
passé des organes dans l'intellect, de la sensation dans
la conception, de l'inconscient à la conscience. A ce
moment j'étais sauvé, certain du calme dès que l'angoisse se plaçait, simple matière à étude, désormais
analysable, sous l'objectif de l'intelligence. Mais demain,
si à la minute suprême une peur sensuelle, échappant
au regard fixe de ma pensée, s'empare encore de mes
nerfs et de ma viande ? Alors, peut-être, je me contor-
sionnerai grotesquement à la manière des autruches ou
du disciplinaire fusillé l'autre semaine ? Je n'oserais
jurer que cela ne sera pas ! Et maintenant j'ai peur
d'avoir peur, j'appréhende que reparaisse l'ignoble
affolement. Un seul remède sans doute, — fumer, me
tenir constamment sous l'influence du saint opium,
souverain pacificateur des corps et des âmes. Mais si la
panacée me trahissait, à fin unique de me prouver —
ultime ironie ! — qu'il n'y a pas au monde, pour le

malheureux, un ami sûr ? La frénésie m'a ressaisi. Une énorme araignée, que je revois chaque jour à la même place, sans doute intoxiquée d'opium, se trouvait sur la natte, à quelques centimètres de ma lampe. Je levais la main pour l'écraser. Ensuite, ai-je pensé, pourquoi celui qu'on va tuer ne ferait-il pas au pauvre animal hideux la magnifique charité de la vie ? Je l'ai considérée avec bonté, confiante, immobile, se grisant de la fumée merveilleuse, et peut-être jouissant d'un bonheur surnaturel, pour la première fois révélé à sa race immonde. Et brusquement, dans un accès de rage et de suprême égoïsme, je l'ai broyée d'un coup de poing : j'aurais voulu qu'avec elle pérît le monde entier, comme je périrai, dans des convulsions sanglantes, les membres lacérés palpitant de douleur aiguë et mortelle. Un homme fût entré, je l'assassinais : — non, dans mes muscles émasculés j'aurais concentré la force de le maintenir comme garrotté par des cordes solides, de lui crever les yeux, de lui ronger le nez, afin que, me survivant, il survécût pour souffrir à toute heure en sa chair et son orgueil, et que, trop lâche pour le suicide, il m'enviât d'être mort. Et encore une fois, pauvre être abandonné aux contradictoires suggestions de l'Inconscient, je m'apaise au souvenir de ceux-là qui moururent au gué du Nui-Dao. Ils craignaient de mourir, plus que je ne le crains ; en marchant vers le ruisseau, ils voyaient rapidement se rétrécir la marge entre eux et la mort ; dix mètres, cinq mètres, un mètre à peine ; puis, tout à coup, le plongeon sous l'averse des balles, dans la furieuse poussée d'un sous-officier, en dépit des reculades effarées, des gigottements et des grimaces. Et voici que, pareil à ces hommes, je m'approche vite,

vite, de l'heure où je serai cadavre, sans la chance
d'une broussaille où m'abriter. Parmi eux, d'aucuns, à
quelques pas de la frontière mortelle, prenaient leur
élan et, dans la folie de la peur, bondissaient tête bais-
sée pour en finir plus tôt avec l'effroyable incertitude
Pouvoir comme eux fermer les yeux, et ne les rouvrir
jamais !

4 h. matin.

Ils vont venir, ils viennent, les bourreaux ! je les
pressens, vous dis-je, les ambassadeurs de la Mort ! —
Oui, j'en suis sûr, — à cette heure où je veille seul,
près d'ici veillent d'autres hommes qui froidement, méthodiquement, tranquilles dans l'accomplissement d'un
devoir, préparent la fosse, le cercueil, l'acte mortuaire ;
et qui bâ'lent, trouvant le temps long et l'attente fati-
gante. Mon Dieu, mon Dieu ! — Pourtant si je me trom-
pais, si venait le pardon ? mon Dieu, qu'il vienne ! mon
Dieu, que je me trompe ! mon Dieu, sauvez-moi ! Je
blasphémai, quand je jurai de me suicider plutôt que
d'accepter l'ignominie des travaux publics. Pardonnez
au blasphémateur, ô mon Dieu ! Mille années de honte,
toutes les hontes, mais pas la mort ! — Oh ! le songe
dont je m'éveille ruisselant de glaciale sueur ! S'il disait vrai, ce cauchemar, présage du déni de grâce ! —
Las d'écrire et de fumer, je me suis endormi sur ma
natte, la lampe allumée, dans la prison sombre et chaude.
Jusqu'au sommeil, il me souvient d'avoir fixé mes regards sur la muraille, balafrée de charbonnages manuscrits, et sur les toiles d'araignée ; je discernais
nettement la fine trame, le corps velu des guetteuses ;
— et, au-dessous, les yeux luisants d'un margouillat

qui guette aussi, son corps de serpent recourbé en arc
de cercle, ses quatre pattes étalées collant leurs ven-
touses à la chaux du mur. Soudain les lourdes murailles
ont croulé, au son brutal et bref du canon.; et je savais
en mon rêve que c'était le canon de Hanoï, annonçant
le réveil. Et des trompettes claironnaient, sur des notes
pressées, claires, *spirituelles*, comme si des anges soufflaient dans les cuivres, là-haut, là-haut, aux lointains
cristallins d'un ciel où s'épanouissaient les roses et
vertes floraisons de l'aurore. C'était un matin d'allégresse triomphale, tombant du profond firmament sur
des plaines blondes. sur des mers de nacre frémis-
sante et de vivant lapis ; et de fluettes nuées, houppes
frisées ou flocons de soie, s'enfuyaient, blanches et
dorées, si haut que l'alouette trillant ses frêles musiques
ne les pouvait suivre. Par tous les pores m'entrait le délice des formes, des sons, des nuances et des odeurs,
et de ce léger souffle glacé qui battait mes cheveux et
s'engouffrait sous le rude bourgeron, pour glisser jusqu'à ma chair — ô l'exquise souffrance ! — une fraîche
lame d'acier. J'avais des jours passés tout oublié ; je
m'épanouissais avec le ciel, les fleurs et les bêtes, sans
penser, dans l'instinct de participer à l'univers heureux, dans l'unique joie d'exister ; et par un simple
vœu j'aurais pu, enlevé du sol, fuir aussi là-haut parmi
les flocons neigeux et dorés, planer sur les rizières
blondines, sur les mers frémissantes et nacrées. Or, en
cette merveilleuse aurore de printemps, surgissent des
paysages connus, le bord du fleuve à Dap-Cau, la route
des Sept-Pagodes, indécis encore, pareils aux tableaux
d'une lanterne magique avant la mise au point. Puis des
maisons blanches, — comme d'immenses cubes de

pierre, — des bouquets d'arbres déjà vus à la Concession de Hanoï, — des rues, l'enceinte grise d'une citadelle ; et maintenant, plus précises, plus nettement des-
sinées, une rase pelouse et, dans le ciel profond, une
octogone tour de briques roses, où monte vite, vite,
vite, au battement de la diane, au rythme alerte des
clairons, un pavillon tricolore fuyant, toujours plus
petit, jusqu'au sommet de la tour. Je n'étais plus seul,
impersonnellement heureux, confondant mon âme et
ma chair avec la joie du monde, — mais perdu parmi
des soldats, en blouse de treillis comme moi-même.
Formant le cercle, nous arborions des mines de condo-
léance, sur ces visages faussement contrits qu'on se
compose en vue d'indifférentes obsèques. Qui devait
mourir, en ce matin clamant l'allégresse de vivre, par
les cent mille voix des insectes, par l'odeur des corolles
et l'infatigable va-et-vient des vagues bleues ? Assurément, si quelqu'un entrait dans la mort, ce ne pouvait
être qu'un dilettante connaissant combien dénué de signification ce mot « mourir », désirant — pour renou-
veler ses plaisirs — changer de forme et passer de
l'humanité dans la vie inconnue des fleurs ou des bêtes.
Pourquoi donc s'attrister ? Il y avait à coup sûr un ma-
lentendu qu'à tout prix j'expliquerais, afin de dissiper
la tristesse épandue en brouillard sur les visages, injurieuse pour cette matinée d'universel délice. Et je
m'efforçais de rassurer mes voisins, par d'évidentes
raisons, — l'affaire de quelques mots, à peine. Mais,
bizarre aventure ! ils ne comprenaient rien à mes explications, lumineuses pourtant et si indiscutables ! et,
souffrant de leur peine, soucieux de les rasséréner et
de les unir à ma joie, à la joie du monde, 'avais cons-

cience d'un ineffable devoir de charité, l'apostolat du bonheur. Ils ne comprenaient pas. Tous secouaient la tête, me considérant avec un sourire énigmatique ; et leur obstination me faisait mal. Alors, la pitié pour ces déshérités troublant la certitude de mon allégresse, un doute, une angoisse déjà, s'insinuait lentement en ma poitrine, avec l'acier aigu du vent froid, maintenant douloureux. Un homme s'avança, vêtu comme nous, la tête rase, soutenu par un prêtre, escorté de douze soldats en armes. Je devinais à présent · voilà l'homme qui devait mourir. Mais celui-là du moins me comprendrait ; je savais si bien qu'il mourait volontairement, par caprice de dilettante, pour se mêler à toutes les vies éparses dans le vaste monde ! Enfin, il m'aiderait à convaincre les autres, les pauvres diables, à les délivrer de tristesses injurieuses pour l'universel délice... — Je ne distinguais pas encore les traits de son visage, étrangement voilés d'une brume grise. Pourquoi, puisque je voulais le voir, pourquoi se cacher ainsi en égoïste, — pourquoi ? — répétais-je, en frappant du pied, et déjà tremblant de colère. Et, sans doute par la maudite suggestion des tristesses ambiantes, désormais le sort de cet homme m'apparaissait redoutable et maudit, et poignait mon cœur. En même temps, dans le ciel pâlissant, les blancs flocons s'épaississaient en large grisaille de nuages, et les angéliques trompettes ne clamaient plus la joie et le triomphe de vivre. L'homme approchait ; à coup sûr il allait mourir et mourir affreusement — pauvre homme ! Je le lisais à cette heure, dans ses pensées se répercutant en moi, — par quel phénomène inexpliqué ? car je ne voyais toujours pas son visage. Ces tristes pensées, je les lis, je les entends, — les mêmes qui me furent coutumières aux temps de désespérance oubliés en ce miraculeux matin. Or mon angoisse croissait, toujours inexplicable, et, à présent, l'acier du vent ayant éraflé mon épiderme, des tenailles — il me semblait — arrachaient mon cœur par lambeaux. Tout à coup, la brume flottant sur l'inconnu se dissipa ; et le visage de cet homme ressemblait au mien comme celui d'un frère jumeau, et les soldats en cercle me regardaient, moi aussi, avec des airs faussement attristés. Je commençais à soupçonner ceci : rien ne pourrait séparer mon sort du destin de ce sosie dont les pensées répondaient aux miennes en écho, dont les sentiments doublaient les miens. Je détournai la tête pour échapper à une fascination qui des yeux de cet homme allait à mes yeux et, sans apparent mouvement, insensiblement m'entraînait vers lui. *Je sentais que cette attraction ne cesserait que lorsque mon corps et mon âme se seraient unis, confondus, avec le corps et l'âme de l'inconnu, et ma destinée liée irrévocablement à la sienne.* Alors, quand j'eus détourné la tête, horreur sans nom ! à mes côtés je vis se dresser un prêtre, identique par la stature et les traits au prêtre qui soutenait l'*autre*. Mais le prêtre affectueusement me souriait. Affolé, me raccrochant à l'espoir que promettait ce sourire, je suppliai l'homme noir de me rassurer ; il me comprenait, bien que je n'entendisse pas moi-même le son de ma voix. Alors, comme j'attendais, anxieux, haletant, sa parole salutaire, son verbe consolateur, que boirait mon âme à larges goulées, il se pencha bienveillamment pour se faire mieux ouïr ; et, ayant évidemment prêté l'oreille, j'entendis ces mots : « Condamné à mort, mon frère ! il faut mourir. *Je suis bien mort, moi aussi !* » — Je vis les yeux du prêtre, ses prunelles claires virant vite au soleil, flamber de rage assouvie et de triomphante haine ; et je reconnus en lui Plantin ressuscité, ses minces lèvres ricaneuses, ses dents entre-croisées s'avançant pour me mordre, — et toute sa face horrible où se plissait la peau du front et s'agitaient clownesquement les oreilles, pour exprimer l'épouvantable ironie de sa gaîté macabre. — Sous le ciel, soudain noir d'orage, je restais seul, garrotté, des fusils braqués sur moi... — Dans le surhumain effort vers la fuite, je viens de me réveiller en la prison sombre et chaude, à la clarté de ma lampe. Mon Dieu, que le rêve ne se réalise pas ! Faites qu'on ne m'appelle pas pour mourir. Mon Dieu, j'espère !... Ils ne viendront pas...

5 h. 30.

Ils sont venus. Un bruit de pas et la porte ouverte arrêtent ma plume sur cet appel d'espérance. Maintenant, j'ai bu le verre de vin que m'offre un gendarme, et je vais signer ces dernières lignes. Je n'écris ni à mon père, ni à ma mère, — ni à personne au monde. Je ne crains plus d'être lâche ; les heures terribles sont passées. Je m'en retourne, — très calme, je le jure ! vers la nuit d'où je vins, voilà vingt ans. Adieu, vous tous ! — et si vous apprenez qu'au moment suprême je restai brave et fier, malgré la redoutable anxiété de souffrir en ma chair, — glorifiez, ô mes amis ! les bienveillants Génies de l'Opium.

FIN

TABLE DES MATIÈRES

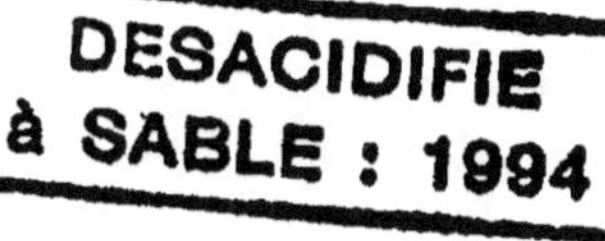

Saint-Amand (Cher). — Imprimerie Bussière.

1925